AF285314

Christiane Gezeck

Wacholderdrosseln

Roman

FSC
www.fsc.org
MIX
Papier aus ver-
antwortungsvollen
Quellen
Paper from
responsible sources
FSC® C105338

Layout: Reinhard Gezeck

Umschlag: Reinhard Gezeck

Herstellung und Verlag: BoD - Books on Demand,

Norderstedt

ISBN 9783751916882

Prolog

Letzte Woche sind die Wacholderdrosseln eingefallen. Innerhalb von Sekunden bevölkerten sie den kleinen Zierapfelbaum, er bebte und erzitterte unter ihrem Ansturm. Knapp drei Stunden später war das Bäumchen kahl, nur einige wenige vertrocknete Früchte schaukelten noch im Wind.

Dass die Vögel zu uns gekommen sind, ist ein Zeichen dafür, dass es in ihrer eigentlichen Heimat noch kälter ist als bei uns. Das wundert mich fast ein wenig, denn auch hier liegen die Temperaturen zur Zeit oft genug unter - 15°, nachts sinkt das Thermometer sogar bis auf -20°. Die fremden Drosseln taten mir leid, und ich gönnte ihnen den Zwischenstopp und die Mahlzeit in unserem Garten von Herzen.

Als der Baum geplündert war, erhoben sich alle Vögel wie auf Kommando und verschwanden mit ihrem typischen Ruf auf Nimmerwiedersehen - bis auf eine. Eine blieb sitzen, plusterte sich auf und musterte ihre Umgebung mit ruckartigen Kopfbewegungen.

Anfangs hatte ich Mitleid mit ihr, weil ich glaubte, sie sei vom Schwarm verstoßen, irgendwie behindert oder kränklich. Ich streute ihr zusätzliches Futter hin und beobachtete sie genau. Dann ging ich dazu über, extra für sie Äpfel zu kaufen, sie ihr klein geschnitten auf Tellern zu servieren oder auf Haken aufgezogen in den Baum zu hängen, von dem sie inzwischen auch die letzten verhutzelten Früchte abgezupft hatte. Und kurz, nachdem ich ihr einen Namen gegeben hatte (ich nenne sie „Gerda", weil sie mich irgendwie an meine Cousine erinnert), wurde mir klar, dass sie es war, die ihrem Schwarm den Rücken gekehrt hatte: Es war ihre eigene

Entscheidung zu bleiben, weil sie einen gefüllten Magen über die familiäre Gemeinschaft stellt.

Als Wacholderdrossel ist sie ein wenig größer als unsere heimischen Amseln. Und stärker. Und gefräßiger. Und aggressiver.

Heute Morgen, nachdem ich alle Futterstellen aufgefüllt hatte, habe ich sie beobachtet. Zunächst fanden sich alle Spatzen ein, dann die Meisen, Dompfaffen und Rotkehlchen, dann die Finken und Amseln. Es war ein wildes Durcheinander, ein Hin und Her und Auf und Ab. Und plötzlich nichts mehr. Alle weg - außer Gerda, die triumphierend und mit hochgerecktem Schnabel mitten auf dem Rasen saß. Ihr weißer Bauch hob sich nicht vom Schnee ab, die gelbe Kehle schimmerte im Morgenlicht, die gesprenkelte Brust strotzte vor Kampfbereitschaft. Und zum Kampf wäre es wohl auch gekommen, wären nicht die Amseln, wenn schon nicht stärker, so doch wenigstens wendiger gewesen als sie: Wann immer sich eine von ihnen dem Fettfutter näherte, fuhr Gerda mit vorgerecktem Hals wie eine Furie drauf los. Ließ sich eine andere auf dem Teller mit Apfelstückchen nieder, schoss sie wie der Blitz darauf nieder, zischte keifend zwischen drei Futterstellen hin und her und kam selbst nicht zum Fressen. Nach wenigen Minuten hatte sie sämtliche Fressfeinde vertrieben, saß dick aufgeplustert und selbstgefällig wieder mitten auf dem Rasen und schickte Blicke wie Pfeile in alle Richtungen. Zwar hatte sie immer noch nicht gefrühstückt, aber der Garten gehörte ihr.

Ich glaube, ich mag Gerda nicht.

PS: Acht Tage später. Gerda ist verschwunden. Aber unsere Amseln haben angefangen, sich gegenseitig zu attackieren …

Dana + Ecki mit Leonie	Sabrina + Tobias **Wittmer** mit Lasse und Mia	

◁ **Dorf**

Dorchen und Bernhard *Westermann* mit Buddy

Ina und Andreas *Seibold* Mit Mäxchen

Bolzplatz

Robert und Elena

▽ **Wald**

Luigi und Clara mit Fabio, Gino, Luca

Mai

„Animale! Bestia!" Die Fäuste schwingend stürzt Luigi aus dem Haus, greift zum Wasserschlauch und dreht den Hahn auf. Er lässt den Strahl zielgerichtet über den Rasen schießen und in Wellenlinien vor der Hecke aufprallen. „Lass meine Vögel in Ruhe, bruttarello", schreit er, schüttelt drohend die Fäuste hinter dem armen Mäxchen her und überhört geflissentlich das Protestgeschrei seiner Söhne. „Papá, piantala! Lass den Kater, Papa, der tut doch nichts", empört sich Fabio, sein ältester, während Gino blitzschnell aus dem kleinen Pool springt, um den Kater zu retten, der allerdings längst das Weite gesucht hat. „Du bist gemein", plärrt Luca und schlägt wütend aufs Wasser. „Gemein bist du, ganz gemein ...", doch seine Brüder haben sich schon wieder beruhigt, sein Vater ist zu seiner Zeitung im Strandkorb zurückgekehrt und seine Mutter lockt mit einem großen Krug Eistee. Augenblicklich muss sie für Nachschub sorgen, denn in diesem Moment fallen Mia und Lasse ein, rufen ein fröhliches „Hallo" herüber und stürzen sich kopfüber ins Wasser. Sekunden später scheinen alle fünf Kinder ein Knäuel zu bilden, tauchen unter und prustend wieder auf, spritzen und strampeln, kreischen und versuchen, sich gegenseitig unterzutauchen, und während Luigi hinter seiner Zeitung die Welt vergisst, setzt Clara die Kopfhörer auf und die Arbeit an ihrem Artikel fort.

Wie Luigi mit seinem feinen Gehör als Musiker diesen Lärm ausblenden kann, wird Clara nie verstehen - vermutlich ist es weniger der Musiker in ihm als vielmehr der Italiener, der Südeuropäer, für den Stimmengewirr und Kindergeschrei die unverzichtbare Begleitmelodie seines Lebens sind. Und dass Luigi ein wirklich begnadeter, anerkannter Musiker ist, zeigen seine Engagements und die Gagen, die er nach Hause bringt, inzwischen deutlich: Sein Können und seine Vielseitigkeit, Intuition und angeborene Virtuosität haben seinen Namen weit über regionale Grenzen hinaus bekannt gemacht: Luigi Franco, eigentlich Di Francescantonio, ist DER Stargitarrist hier im Norden, berühmt, gefragt, begehrt. - Über ihr Laptop hinweg wirft Clara ihrem Mann einen liebevollen Blick zu, streicht ihm in Gedanken die widerspenstige schwarze Haarsträhne aus der Stirn und kehrt zu ihrer Arbeit zurück.

Die Redaktion verlangt einen Beitrag zum „Tag des Kindes", einen „ernsthaften Beitrag", wie man betonte, weshalb sie zunächst geneigt war, den Auftrag gar nicht anzunehmen. Nachdem sie die Sache jedoch ein paar Mal überschlafen hatte, ein wenig im Netz recherchiert und mit Luigi und ihren Söhnen darüber diskutiert hatte, war sie dem Gedanken an den „Weltkindertag" auf den Grund gegangen und hatte die Herausforderung angenommen. Da es sowohl in Deutschland als auch in Österreich zwei Daten gibt, die man dem Kindeswohl gewidmet hat - den 1. Juni und den 20. September eines jeden Jahres - hatte sie beschlossen, ihre Arbeit ebenfalls zweizuteilen. Und so war sie - natürlich mit Einverständnis der Lehrer - am 1. Juni in die Schule ihrer Söhne marschiert, hatte detailliert vorbereitete Fragebögen verteilt und eine Woche später mit den Kindern der 3. Grundschulklasse so lebhaft diskutiert, dass sie wohl die halben Sommerferien brauchen wird, um alles Material zu sichten und auszuwerten, um es dann pünktlich zum 20. September als „ernsthaften Beitrag" der Redaktion vorlegen zu können. - Als freie Mitarbeiterin muss man oft doppelt so gut sein wie die festangestellten, das hat Clara schnell gelernt.

******

Das Haus und der Garten von Robert, das unverkennbar das zwischen Ina und Andreas und Luigi und Clara ist, könnte man getrost als „Schandfleck" dieser Siedlung bezeichnen, doch natürlich tut das niemand. Denn Robert hat sich den Nimbus des vom Schicksal Geschlagenen, des klaglos Duldenden angeeignet und kultiviert ihn, wie und wo er kann.

Natürlich ist Robert wirklich vom Schicksal geschlagen, wenn man denn seinen vor Jahren selbst verschuldeten Motorradunfall als Schicksalsschlag bezeichnen will. Damals, kurz nach dem Einzug in das neu gebaute Haus, hatte er nach einem handfesten Krach mit seiner Frau Lilo seine Maschine aus der Garage geholt, sich wutentbrannt den Helm aufgestülpt und die Siedlung mit aufheulendem Motor und Donnergetöse verlassen. Zwei Stunden später stand die Polizei vor Lilos Tür, eskortierte sie ins Universitäts-Krankenhaus und übergab sie in der Notfallambulanz dem diensthabenden Arzt, der sie darüber informierte, dass man ihrem Mann gerade ein Bein und den linken Unterarm habe abnehmen müssen, und dass man noch nicht wisse, ob und wie er den massiven Blutverlust an der Unfallstelle überleben werde. Auch die Rippenbrüche, der Milzriss und die Lendenwirbelfraktur könnten dazu beitragen, dass Robert dauerhaft zum Pflegefall werden könne.

Lilo fuhr nach Hause, klingelte bei Luigi und Clara und ließ sich dort aufs Sofa fallen. Nachdem sie in Stichworten berichtet hatte, was geschehen war, trommelte Luigi die Siedlung zusammen, stellte sich in die Küche und bereitete eine Minestrone als ersten und eine vegetarische Lasagne als zweiten Gang zu. Als er die dritte Flasche Valpolicella öffnete, waren sich alle einig, dass Robert zwar ein Armleuchter, aber immerhin ein bedauernswerter Armleuchter war, und sagten Lilo ihre Hilfe zu.

Während all der Wochen - und es mussten annähernd zehn gewesen sein - besuchte Lilo ihren Mann täglich, besprach sich mit Ärzten, Pflegepersonal, der Polizei und Rechts-anwälten (denn schließlich hatte Robert eine Bushaltestelle aufs Korn genommen und den Hund einer dort wartenden Rentnerin getötet), versorgte ihren Haushalt, ihren Garten und Robert mit frischer Wäsche, und erfüllte gewissenhaft und ohne zu murren jeden einzelnen seiner zwischen nunmehr lückenhaften Zähnen hervorgepressten Wünsche. Kurz bevor er nach Hause entlassen wurde, bestellte sie mit Einverständnis der Krankenkasse einen Rollstuhl, ließ die Treppe zum Haus durch eine Rampe ersetzen, orderte Essen auf Rädern und traf eine Vereinbarung mit dem örtlichen Lebensmittelgeschäft, und schließlich engagierte sie den Pflegedienst für zwei Besuche täglich, einmal morgens und einmal abends.

Am Tag nach Roberts Entlassung verließ Lilo das Haus und kehrte nicht zurück.

Die Nachbarschaftshilfe lief an - und bald schon auf Hochtouren. Außer für seine körpereigene Hygiene, die dem Sozialen Pflegedienst überlassen blieb, war für alles gesorgt: Die Frauen übernahmen im wechselnden Schichtdienst den Einkauf, das Putzen und die Wäsche, die Männer waren zuständig für anfallende Reparaturen, Installation und Wartung von Laptop und WLAN, den Garten und die abendliche Unterhaltung. Noch nie hatte Robert sich so umsorgt gefühlt - fast wie die Made im Speck. Und bald schon benahm er sich auch so.

Er wurde dick und übellaunig. Immer öfter vergaß er, sich für ihm erwiesene Gefallen und Hilfeleistungen zu bedanken. Immer öfter hatte er etwas auszusetzen - sei es am Essen, an einem noch nicht angenähten Knopf oder den Blumen, mit denen ihm jemand die Kästen auf der Fensterbank bepflanzt hatte. Immer öfter vergraulte er Nachbarinnen und Nachbarn mit seiner Unleidlichkeit, und als sich eines Tages herausstellte, dass er wieder operiert und ihm ein weiteres Stück vom Bein amputiert werden musste, hielt sich das ihm entgegengebrachte Mitgefühl in Grenzen.

Zwar ließen sie ihn nicht im Stich. Auch als er nach dieser Operation, nun abgemagert und schweigsam, nach Hause kam, waren sie für ihn da: Sie kauften für ihn ein, kochten für ihn, wuschen seine Wäsche und hielten sein Haus in Ordnung. Auch die Männer sahen immer mal wieder nach ihm, tranken ein Bier mit ihm oder saßen zum Fußballkucken mit ihm vor dem Fernseher. Aber es ließ sich nicht leugnen, dass sich die anfängliche Besorgnis, die selbstlose Hilfsbereitschaft nun in Pflichtgefühl gewandelt hatte, dem Freundschaft und Herzlichkeit abhanden gekommen waren.

Und irgendwann, als Dorchen all ihren Mut zusammen-nahm und Robert vom „Haus Seestern" erzählte, in dem es wunderschöne, lichtdurchflutete Wohnungen und eine liebevolle, kompetente Betreuung gab, verfehlte die Vase mit Buschwindröschen ihren Kopf nur knapp: Danach hatte Dorchen Roberts Haus lang nicht mehr betreten, und auch bei den anderen war die Ankündigung „ich geh zu Robert rüber" stets von einem gequälten Seufzer begleitet. Denn inzwischen wussten sie, dass er Geld genug hatte, sich eine bezahlte Haushaltshilfe zu leisten, alle vierzehn Tage einmal den Gärtner kommen und sich die Einkäufe ins Haus liefern zu lassen. Doch nichts davon nahm er wahr. Er verstummte, ließ sich einen Bart stehen und die Haare wachsen, verbrachte den Tag hinter heruntergelassenen Jalousien und kehrte der Welt den Rücken.

Die Kinder der Siedlung haben sich angewöhnt, an seinem Haus vorbeizurennen, ohne den Blick zu den Fenstern zu erheben.

******

Ina hat das Fenster heruntergekurbelt und die Sonnenbrille ins Haar geschoben, als sie den Wagen im Schritttempo um die Kurve und die kleine Stichstraße entlang in ihre Auffahrt lenkt. Schon von weitem ist das Lachen und Kreischen der Kinder zu hören, die sich wie üblich in einem der Nachbargärten versammelt haben und sich in irgendeinem Swimming Pool oder unter einem Rasensprenger vergnügen.

Sie hat die Autotür noch nicht geschlossen, als ihr auch schon Mäxchen, ihr kleiner roter Kater, schnurrend um die Beine streicht. Sie nimmt ihn hoch, drückt die Nase in sein Fell und prustet, weil die sommerlichen Temperaturen Mäxchens Fellwechsel einfach nicht enden lassen wollen: Die feinen roten Haare kitzeln in der Nase, legen sich auf die Lippen und kleben an ihrer Wimperntusche, doch sie knuddelt den kleinen Kerl liebevoll und freut sich über das emphatische Schnurren in ihren Armen.

Mit erhobenem Schwanz läuft er ihr voraus zur Haustür, als sie jetzt ihre schwere Tasche schultert, mit der einen Hand den Einkaufskorb und mit der anderen die Kühltasche greift und den Blick die Straße hinauf, über die Vorgärten von Dorchen und Bernhard und Sabrina und Tobias hinweg bis zu Dana und Ecki schweifen lässt. Keiner ihrer Nachbarn ist zu sehen, wahrscheinlich haben sie alle die Rollläden heruntergelassen und sich ins kühle Haus zurück-gezogen. Als Ina endlich ihren Schlüssel gefunden und die Tür aufgeschlossen hat, schiebt sie sich mitsamt ihrer Last über die Schwelle, setzt alles in der Küche ab und kehrt zurück, um den Briefkasten zu leeren. Da der Briefkastenschlüssel mal wieder nicht an seinem Platz hängt, angelt sie die drei Briefe durch den Schlitz heraus und schiebt die Haustür mit dem Fuß hinter sich zu.

Mäxchen streicht ihr wieder um die Beine, reibt den Kopf an ihrem Knie und schnurrt wie Bernhards Rasenmäher. Er weiß, dass er nie lange auf sein Futter warten muss, wenn Ina nach Hause kommt, doch anscheinend geht es auch heute wieder nicht schnell genug, denn als sie ihm das gut gefüllte Schälchen hinstellt, angelt er hastig mit der Pfote danach und verschüttet einen Teil der kostbaren Soße. Seufzend reißt Ina ein paar Papiertücher ab und wischt die Bescherung auf, dann macht sie sich daran, die Einkäufe einzuräumen.

Gerade hat sie ihren Durst gelöscht und sich aufatmend die Handgelenke unter kaltem Wasser gekühlt, als sie Andreas' Schlüssel im Schloss hört. Mit dem Handtuch in der Hand geht sie ihm entgegen, trocknet ihm das verschwitzte Gesicht und haucht ihm einen angedeuteten Kuss auf die Wange. „Magst du auch einen Eiskaffee?", fragt sie, schon wieder auf dem Weg in die Küche. „Gute Idee", antwortet er, „aber ich glaub, ich geh erst schnell unter die Dusche!" Er bückt sich nach dem Kater, kitzelt ihn liebevoll unterm Kinn und ist mit wenigen Sätzen die Treppe hinauf nach oben.

*****

Auf ihrer Terrasse ruhen sich Dorchen und Bernhard im Schatten unter der Markise aus, den alten Buddy, eine „gelungene Kreuzung aus Fuchs und Seelöwe", wie Bernhard immer sagt, zu ihren Füßen. Der kleine Spring-

brunnen, den Dorchen Bernhard zur Pensionierung geschenkt hat, plätschert beruhigend vor sich hin und vermittelt zumindest die Illusion von Kühle. Ein Blick auf das
Thermometer macht diese Illusion allerdings schnell wieder zunichte: „29° im Schatten!" Mit dem Saum seines T-
Shirts wischt Bernhard sich das schweissnasse Gesicht,
lässt sich schnaufend wieder auf der Liege nieder und
fächelt sich mit der „LandGang", die heute frisch einge-
troffen ist, Luft zu.

„Man könnte versucht sein, sich in den Teich zu legen", murrt er und ignoriert das Stirnrunzeln seiner Frau.
„Dabei fällt mir ein: Kennst du die Erzählung von Heinrich
Mann, ‚Der Weg führt zu den Fischen'? Das ist die Geschichte zweier Jungen, Schüler, so um die zehn Jahre,
schätze ich, nein, ein bisschen älter müssen sie sein, die
in einer Art masochistisch-sadistischer Hassliebe miteinander verbunden sind und die mehr oder weniger la-
tente Homosexualität der Manns widerspiegelt, wobei
…"

Wenn Bernhard zu dozieren beginnt, heißt es, sich in
Geduld zu fassen. Anfangs hat Dorchen - eigentlich
Dorothée, doch das war Bernhard zu hochgestochen -
sich ernsthaft bemüht, den spontanen Privatvorlesungen
ihres Mannes zu folgen, doch im Laufe der Jahre und
einiger Wiederholungen hat sie zu einem wohlwollend
desinteressierten Gleichmut gefunden, den sie mit einem entsprechend aufmerksamen Gesichtsausdruck zu
kaschieren weiß.

„Seine Studenten fehlen ihm", denkt sie gerade wieder, schenkt ihm wortlos ein gut gekühltes Alsterwasser
ein und reicht ihm den Teller mit Salzgebäck. „Iss ein
paar, Liebling", fordert sie ihn auf. „Und trink bitte etwas.
Elektrolyte sind so wichtig bei diesen Temperaturen, das
muss ich dir doch nicht erzählen." Zufrieden nickt sie, als

er das halbgeleerte Glas wieder absetzt, dann lässt sie den Blick durch den Garten wandern.

„Heute Abend müssen wir wieder gießen", sagt sie. „Die Dahlien lassen schon wieder die Köpfe hängen." „Ich stell nachher den Sprenger auf", sagt Bernhard, „dann kriegt der Teich auch gleich ein bisschen Sauerstoff." Wie aufs Stichwort ist von dort ein kräftiges „Platsch" zu hören. „Das war Mr. Strange, er kann's nicht lassen", lacht Dorchen, steht auf und geht mit dem Futtereimer hinunter zum Teich, Buddy folgt ihr auf dem Fuße in der Hoffnung, dass auch für ihn ein paar Krümel abfallen. Kaum fällt ihr Schatten auf das Wasser, beginnt es zu brodeln: Kleine und große Fische, Kois und Goldorphen, Barsche, Elritzen und Rotfedern drängen sich an der Oberfläche und kämpfen um den Platz an der Sonne, auf den Dorchen jetzt zwei Handvoll Futter rieseln lässt. „Die Kleinen sind schon wieder gewachsen", ruft sie Bernhard über die Schulter zu. „Wer hätte das gedacht", brummelt er, öffnet die „LandGang" erneut und vertieft sich in den nächsten Artikel.

Dorchen und Bernhard sind die ältesten Anwohner der Siedlung. Als sie vor gut zehn Jahren hier als erste bauten, war die Straße für die Anlieger noch nicht mal fertiggestellt und dort, wo sich heute Kinderspielplatz und Tennisanlage erstrecken, dehnte sich damals noch Wiese, wunderschöne, blumenbestandene Wiese. Jedesmal, wenn sie daran denkt, gehen ihr die Zeilen durch den Kopf: „So viele Blumen verblühten, ohne dass einer sie sah. Standen doch bunt und erwartend einen ganzen Sommer lang da." Den Namen der Autorin hat sie vergessen, aber wenn sie die Blicke schweifen lässt, wird Dorchen immer noch melancholisch, denn mit den Wiesenblumen verschwanden auch viele der Bienen und Schmetterlinge. Andererseits freut sie sich auch jeden Tag aufs Neue, dass sie und Bernhard damals so viel Geistesgegenwart hatten, noch ein Stück Brachland dazuzukaufen, das sie nach und nach ihrem eigenen Garten eingliederten. Heute bieten eine Vielzahl von Sträuchern, Stauden und Büschen Nahrung und Unterschlupf für unzählige Vögel und Insekten, und ganz besonders stolz ist Dorchen, dass sie mittlerweile fast alle ihre Nachbarn überzeugen konnten, ihre Bemühungen mit dem Aufstellen von Insektenhotels zu unterstützen - allerdings nur, weil sie und Bernhard all diese Insektenhotels gebaut und bestückt und in der Nachbarschaft verteilt haben.

„Dorchens Garten" - das ist die Zauberformel für Farben, Formen und Düfte in der Siedlung, und jeder weiß, dass man ihr keine größere Freude machen kann, als sich von ihr herumführen und mit jeder einzelnen ihrer Pflanzen vertraut machen zu lassen. Auch das kleine Grab, dass sich hinterm Teich kurz vor der Hecke befindet, ist immer gepflegt und hübsch bepflanzt, denn dort ruht „Tantchen", die kleine Rauhhaardackeldame, die sich ein langes, langes Leben lang von Dorchen und Bernhard verwöhnen ließ und die - man kann es sich heute kaum vorstellen - sich vom Rasen aus bis nach Australien durchbuddeln durfte, sobald sich irgendwo ein Maulwurf zeigte.

Nach seiner Emeritierung meinte Bernhard, seiner Frau im Garten helfen zu müssen, hatte jedoch nicht mit Dorchens lautstarkem Protest gerechnet. „Mein Garten gehört mir", hatte sie verkündet. „Schlimm genug, dass du meinst, in der Küche mitmischen zu müssen, also halt dich jedenfalls aus meinem Garten raus, ja?" Bernhard hatte sich schmollend zurückgezogen, etwas von „nur behilflich sein" gemurmelt und sich ein eigenes Betätigungsfeld gesucht: Er war zum Baumarkt gefahren, hatte Holz und Werkzeug gekauft - und nach und nach

die Siedlung mit den verschiedensten Nistkästen bestückt.

Begonnen hatte er mit einem Spatzenhotel für drei
Familien, das er am Ostgiebel seines eigenen Hauses
angebracht hatte. Es folgten zwei Meisenkästen, Staren-
kästen und sogar einer für die Schleiereule, die er mehrfach in der Abenddämmerung beobachtet hatte. Und
nachdem Lasse ihn eines Abends auf die Fledermäuse
aufmerksam gemacht hatte, die über dem Kinderspielplatz jagend ihre Kreise drehten, hatte Bernhard natürlich auch ihnen einen Unterschlupf gebaut. Inzwischen
hat er sich so viele Kenntnisse über die verschiedenen
Arten und ihre Bedürfnisse und Vorlieben angeeignet,
dass er jedem Haus in der Siedlung einen passenden
Brut- oder Nistkasten zugeordnet hat. - Auf die Idee,
dass sie ihren Nachbarn mit ihrem Engagement vielleicht aufdringlich erscheinen könnten, kommen die beiden nicht.

******

Zwischen dem weiß verputzten Bungalow von Dorchen und Bernhard und dem verklinkerten Haus mit dem
Friesengiebel von Dana und Ecki liegt, eingebettet in einen fremdartig wirkenden Feng-Shui-Garten, die Stadt-
villa von Sabrina und Tobias.

Dieses Haus ist das letzte, das in der Siedlung gebaut
wurde, und so ganz haben besonders Dorchen und
Bernhard sich noch nicht an den schwarz glänzenden
Klinker, die dunkelgraue Garage und die Fenster ohne
Gardinen gewöhnt. In dem ungefähr zehn Meter breiten
und vier Meter tiefen Vorgarten, durch den sich ein mit
sandfarbenen Steinen eingefasster Weg zur Haustür hin
schlängelt, haben Experten vor Jahren verschieden-far-
bige Erden und Sande von ganz feiner bis sehr grober

Struktur auf schwarzer Folie angehäuft (wobei Bernhard sofort Bedenken anmeldete, ob in einem Feng Shui-Garten überhaupt Folie gestattet sei) und erst mit Rechen, dann mit den Händen zu Wellen, Kreisen, Schlangenlinien und sonstigen Mustern geformt. Links vom Weg dreht sich eine riesige, von Wasser angetriebene Steinkugel in einer schimmernden Schale scheinbar schwerelos um sich selbst, rechts vom Weg führen geschwungene Muster an steil aufragenden, schwarzen Felsbrocken vorbei zu einer kleinen Anpflanzung asiatischer Zwergbäume in verschiedenen Grüntönen.

Wenn man Sabrina und Tobias sieht, wird schnell klar, wer von beiden sich hier verwirklicht hat. Tobias - groß, blond, rotgesichtig - neigt zu einer gewissen Körperfülle, spricht laut und lacht viel und dröhnend. Sabrina - ebenfalls groß, aber schwarzhaarig und spindeldürr - trägt nur schwarz, öffnet angeblich, wenn überhaupt, den Mund nur zum Rauchen und lacht nie. Ihre Familie, also ihren Mann Tobias, den zehnjährigen Lasse und die achtjährige Mia, dirigiert sie angeblich nur mit Blicken, welche Fähigkeit sie im übrigen auch beruflich zu nutzen scheint: Als Koryphäe im IT-Bereich fährt sie inzwischen einen Porsche (natürlich schwarz), finanziert Tobias einen SUV und der Familie mindestens zweimal jährlich eine luxuriöse Fernreise. Ihrem Mann, der seit Jahren Haus und Kinder betreut, hat sie vor ein paar Monaten eine Putzfrau an die Seite gestellt.

„Wie der Mann das schafft", wundert sich besonders Luigi stets, wenn Sand und Kies und Erde vor dem Haus wieder geordnete Wellen und Linien aufweisen, die Fahrräder der Kinder im Schuppen verstaut und alle Spiel- und Sportgeräte von der Bildfläche verschwunden sind, bevor Sabrina nach Hause kommt. Wie es im Haus aussieht, weiß man nicht, denn eingeladen wurde noch niemand aus der Nachbarschaft. Allerdings hat auch noch niemand gewagt, von sich aus Einlass zu begehren, dazu verlangt Sabrinas Auftreten dem Beobachter allzu viel Respekt ab.

*****

Dana und Ecki sitzen vorm Computer und stecken die Köpfe zusammen. „Mein Gott, ist das heiß", stöhnt Ecki, fährt sich mit dem Taschentuch über die Augen und greift zu seinem Glas. „Schon wieder leer ..." „Warte, ich hol neues", sagt Dana, springt auf und huscht die Kellertreppe hinunter. Sie trägt eine knappe, ausgefranste Shorts und eine leichte, extra weite Bluse, die raspelkurzen Haare schimmern feucht, und auf der Rückseite der braungebrannten Oberschenkel zeichnen sich die Konturen des Stuhls ab. Als sie zurückkommt und Ecki zwei gut gekühlte Seltersflaschen entgegenstreckt, schlingt er ihr den Arm um die Taille, zieht sie zu sich heran und fährt ihr mit der anderen Hand unter die Bluse. „Du siehst umwerfend aus", murmelt er an ihrem Hals, nur um sie gleich darauf weit von sich zu schieben, weil sie ihm kichernd die kalten Flaschen an den Hals drückt. „Siehst du, so angenehm kühl könnte es sein, wenn wir einen Swimming pool im Garten hätten", sagt sie, lässt sich auf ihren Stuhl fallen und greift zur Maus. Im selben Augenblick ertönt von oben verschlafenes Gejammer, das sich schnell zu empörtem Protestgeschrei steigert. „Gehst du?", fragt Dana ihren Mann, der bereits aufgesprungen ist und mit großen Schritten das Zimmer durchquert. „Ich komme, Mäuschen, ich komme. Der Papa ist schon da ...", und gleich darauf hört sie, wie Vater und Tochter beim Wickeln lachen und glucksen.

Die Wahl eines - eventuell - zu installierenden Swimming Pools wird in erster Linie bestimmt von der zur Verfügung stehenden Grundstücksfläche, in zweiter Linie von ihren Finanzen und last but not least von der Möglichkeit, einen solchen Pool kindersicher zu machen, das heißt abzudecken oder einzuzäunen oder sonst irgendwie sicherzustellen, dass er keine Gefahr für Leonie darstellt.

Langsam scrollt Dana die Seiten rauf und runter, stützt das Kinn in die Hand und studiert Durchmesser, Wandhöhe, Fassungsvermögen, Material, Filter, Zubehör und sonstige Kostenfaktoren. Als sie auf ein Komplettangebot stößt, das alle Kriterien einschließlich fest verankerter Abdeckplane und abnehmbarer Einstiegsleiter erfüllt, speichert sie und fährt den Computer herunter.

Als Ecki mit Leonie auf dem Arm herunterkommt, nimmt Dana ihm die Kleine ab und geht mit ihr in die Küche, wo sie sie auf die Arbeitsplatte setzt. „Banane oder Joghurt?", fragt sie, während sie das Trinkfläschchen mit Wasser füllt, doch Leonie schüttelt heftig den Kopf. „Eis!", fordert sie, zeigt auf den Kühlschrank und wiederholt energisch: „Eis!" Dieser charmanten Bitte kann Dana natürlich nicht widerstehen, füllt ihrer Tochter eine große Kugel Vanille-Eis in ihr Schälchen und hebt sie von der Arbeitsplatte herunter. „Okay, dann frag den Papi doch mal, ob er auch ein Eis möchte."

Wenig später sitzen sie alle drei unter der Markise auf der Terrasse, genießen mehr oder weniger geräuschvoll ihr Eis und beobachten ein Amselpaar, dass laut zeternd versucht, sein Junges vor dem Nachbarskater zu schützen: Immer wieder stößt ein Elternteil pfeilschnell nieder, dreht knapp vor den drohend erhobenen Katzenkrallen ab und kehrt schimpfend und kreischend sofort wieder um. Sie schaffen es tatsächlich, ihrem Jungen den

Fluchtweg offen zu halten und Mäxchen durch die Hecke hindurch zurückzudrängen.

Als auch Leonie ihr Schälchen geleert und Dana ihr das verschmierte Gesichtchen gereinigt hat, sammelt Ecki die Schälchen ein, wäscht sie unter fließendem Wasser ab und stellt sie zurück zu den anderen in den Schrank. Seine Bewegungen sind schnell und zielgerichtet, in Blitzesschnelle ist er zurück auf der Terrasse. Er nimmt seine Tochter auf den Arm, wirft sie hoch in die Luft und setzt sie platschend und spritzend in der zum Planschbecken mutierten Sandkiste ab. Das Wasser hat Badewannentemperatur, und fröhlich krähend greift die Kleine nach Eimer, Kuchenformen und Schwimmentchen, die dort bereits seit dem Vormittag herumdümpeln. Es dauert nicht lange, da liefern Vater und Tochter sich eine heftige Wasserschlacht, und Dana zückt ihr Handy, um eventuell eingegangene Nachrichten zu checken.

JUNI

Als Andreas am Mittwochmorgen den Restmülleimer nach vorn rollt, lässt er gewohnheitsmäßig den Blick die Straße hinauf- und hinunterwandern. Okay, Roberts Eimer hat Luigi schon rausgestellt, Tobias, verstrubbelt und noch im Pyjama, ist gerade dabei, seine Tonne vorsichtig durch den Feng-Shui-Garten zu dirigieren, alle anderen stehen bereits brav am Bordsteinrand. Alle, bis auf Dorchens und Bernhards. Ein Blick in die offene Garage zeigt ihm, dass die beiden bereits unterwegs sind, also öffnet Andreas die kleine Pforte, ist mit wenigen Schritten am Haus vorbei und holt die Mülltonne aus ihrer Box. „Moin Tobias!", grüßt er über den kleinen Zaun hinweg. „Moin Moin!" Tobias hebt verschlafen die Hand, reibt sich die Augen und sagt: „Ach ja, heut ist ja Mittwoch, die beiden sind schon unterwegs zu Harald. Ist das erste Mal, dass Bernhard seinen Eimer vergessen hat, oder? Jaja", gähnt er, „der Gute wird auch nicht jünger ...", dreht sich um und schlurft zurück ins Haus.

Seltsam, wie schnell sich alle daran gewöhnt haben, dass Dorchen und Bernhard mittwochs immer „zu Harald" fahren. „Wir waren ja gestern bei Harald" oder „mittwochs nicht, da fahren wir zu Harald" sind Sätze, die den beiden wie selbstverständlich über die Lippen kommen und die jedem in der Siedlung vertraut sind. Denn obwohl Harald, wie sie alle wissen, seit mehr als zwölf Jahren auf dem Friedhof liegt, auf dem winzig kleinen, von Buchen und Eichen bestandenen Friedhof ihres Heimatdorfes, besuchen ihn seine Eltern regelmäßig einmal in der Woche, pflegen seine Ruhestätte, reden mit ihm, reden über ihn, stehen - Buddy schweigend neben sich - still und lächeln auf ihn hinunter, um dann wieder eineinhalb Stunden nach Hause zu fahren, dann allerdings ohne zu reden. Irgendwann, in einer sehr schwachen Stunde, hat Dorchen Clara dieses Geständnis gemacht, wohlwissend, dass es nicht lange ein Geheimnis bleiben und Bernhard sich schrecklich darüber aufregen würde.

Wenn sie dann zuhause sind, setzt Bernhard sich mit seiner Zeitung in seinen Lesesessel oder den Strandkorb auf der Terrasse, je nach Wetter, während Dorchen sich in die Küche begibt. Seit Jahren, genau gesagt seit mehr als zwölf Jahren, gibt es mittwochs Eier in Senfsoße mit Kartoffelbrei - Haralds Lieblingsgericht. Und erst, seit bei Bernhard eine beginnende Makuladegeneration droht und der Augenarzt ihm riet, viel grünes Gemüse zu essen, gibt es entweder einen süßsauren Gurkensalat dazu oder einen Kopfsalat in Joghurtsoße. Und als Aperitif serviert Dorchen ihrem Mann neuerdings einen selbstgemixten Smoothie - einen grünen natürlich. „Runter damit", fordert sie und bleibt bei ihm stehen, bis er das Glas geleert hat, erst dann darf er weiterlesen.

In der Mittagshitze dieses Sommers ruht die ganze Siedlung, die südeuropäische Sitte der Siesta hat auch hier im Norden Einzug gehalten. Für Dorchen allerdings ist diese Zeit des Ruhens stets von neuem eine Zeit der Unrast und der Ungeduld. Stillsitzen konnte sie noch nie, und während sie unter der Markise hervor den Blick über ihre Beete wandern lässt, beginnt sie, auf ihrer Liege herumzurutschen und zu zappeln, steht schließlich entschlossen auf und geht nach oben, um sich umzuziehen. Sie muss die Rosen ausschneiden, bevor sie Hagebutten bilden, muss die Blätter auf Rollwespen kontrollieren und die jungen Triebe mit Neembaum-Lösung besprühen, und wenn sie Glück hat, kann sie sowohl von der Heritage als auch von der Madame Knorr schon bald Stecklinge nehmen.

Sie zieht also die alte Leinenhose und die dazugehörige Bluse an (Rosen mögen kein Leinen, ihre Dornen finden keinen Halt darin), schleicht sich an dem leise schnarchenden Bernhard vorbei in den Schuppen und bewaffnet sich mit Handschuhen, Eimer und Rosenschere. Leise vor sich hinsummend und die immer noch heftigen Temperaturen ignorierend, beginnt sie ihre Inspektion im Rondell vor der Thujahecke, wo jedenfalls teilweise Schatten herrscht.

Sie hat noch nicht lange gearbeitet, als Ina von ihrer Seite her an den Zaun tritt, die Augen mit der Hand beschattet und Dorchen ihre Bewunderung für die Blütenpracht in ihrem Garten ausdrückt. „Du hast wirklich einen grünen Daumen, Dorchen", sagt sie, beugt sich herüber und führt eine besonders üppige Blüte an die Nase. „Hmmm, was für ein himmlischer Duft!" Mit weiteren Kommentaren, Fragen oder Anmerkungen hält sie sich jedoch bewusst zurück, denn in diesem Punkt darf man Dorchen nicht allzu deutliches Interesse signalisieren: Sie würde in ihrer Begeisterung sonst kein Ende finden.

„Hast du schon über das Straßenfest nachgedacht?", fragt Ina deshalb und lenkt Dorchens Aufmerksamkeit auf ein weiteres Lieblingsthema. „Weißt du schon, was du uns diesmal servieren wirst?" „Ach, Gott, das ist doch noch so lange hin", erklärt Dorchen und streckt leise ächzend den Rücken durch. „Daran hab ich noch gar keinen Gedanken verschwendet." „Na ja, sooo lange ist es nun auch wieder nicht", entgegnet Ina. „Immerhin haben wir heute schon den 10., Sonnabend in einer Woche ist es soweit." „Ja, sag ich doch: Ist noch lange hin", lacht Dorchen, die sich ihre Ideen für Leckereien und Überraschungen zum alljährlichen Straßenfest nur ungern entlocken lässt.

„Andreas und Luigi sind jedenfalls schon kräftig am Üben", verrät Ina. „Und wenn sie beim Fest genauso viel Spaß verbreiten, wie sie selbst dabei haben, kann eigentlich ja nichts schiefgehen." Sie zwinkert Dorchen vielsagend zu, schiebt sich die Sonnenbrille in die Haare und blinzelt in den Himmel. „Hauptsache, das Wetter spielt mit", murmelt sie, und fügt erschrocken hinzu: „Oh je, ich hab Tobias noch nicht nach dem Zelt gefragt. Das mach ich lieber gleich. Also, bis nachher, Dorchen ..."

Als Ina sich dem schwarzen Haus von Sabrina und Tobias nähert, schlägt ihr ohrenbetäubender Lärm entgegen, in dem das Klingeln der Türglocke untergeht. Auch Pochen und Klopfen verklingen ungehört, so dass sie schließlich auf Zehenspitzen durch den Feng-Shui-Garten und um die dunkelgraue Garage herum in den Garten vordringt. Auf der Terrasse sitzen Tobias und Mia, beide mit Kopfhörern auf den Ohren und beide in Zeitschriften vertieft, während aus dem Wohnzimmer blechernes Getöse hallt: Mitten in dem hellbeige gefliesten Zimmer sitzt Lasse, einen Blecheimer zwischen den Knien und rechts und links davon je einen Topf, auf denen er mit zwei Holzlöffeln einen wilden Rhythmus schlägt. Die Augen hält er geschlossen, den Kopf geneigt, nur von Zeit zu Zeit schüttelt er enthusiastisch den weißblonden Schopf, wie um einer besonders gelungenen Schlagfolge noch mehr Verve zu verleihen. - Fragend dreht Ina sich zu Tobias um.

„Er hat sich in den Kopf gesetzt, beim Straßenfest zusammen mit Andreas und Luigi ‚aufzutreten'", grinst der und nimmt die Kopfhörer ab, nur um sofort schmerzlich das Gesicht zu verziehen. „Luigi ist schuld, der hat ihm den Floh ins Ohr gesetzt", erklärt Mia, ohne sich die Kopfhörer vom Ohr zu nehmen. „Ich wünschte nur, er hätte ihm zum Üben auch seinen Keller zur Verfügung gestellt ..."

Bei dieser Geräuschkulisse ist eine Unterhaltung schlecht möglich, und Tobias muss sich dicht vor seinem Sohn aufbauen und ihm schließlich die Sticks aus der

28

Hand nehmen, um zu ihm durchzudringen. Augenblicklich einsetzender, wütender Protest ist die Folge, doch bevor sich Vater und Sohn gänzlich erzürnen, legt Tobias Lasse eine Hand auf die Schulter, und das Gezeter verstummt. „Danke", sagt Tobias freundlich, „das ist nett von dir. Ina und ich würden uns gern einen Moment unterhalten. Meinst du, du könntest uns derweil ein paar Eisbecher zubereiten? So einen mit Krokant und Karamelsoße zum Beispiel?" Lasses eben noch vor Zorn gerötetes Gesicht entspannt sich sofort, er winkt grüßend zu Ina hinüber und ist schon auf dem Weg in die Küche. „Ich will aber Erdbeer und Schoko", ruft Mia, springt auf und folgt ihrem Bruder auf dem Fuße.

„Ihr habt einen netten Umgangston", sagt Ina und hebt anerkennend den Daumen. „Ich glaube, mir hätte man das ‚Schlagzeug-Spielen' früher auf etwas derbere Art und Weise untersagt …" „Na ja, ein etwas gedämpfteres Hobby würde mir persönlich auch besser gefallen", bestätigt Tobias, „aber andererseits finde ich es toll, dass er sich dafür so begeistern kann und sich da wirklich ganz eisern reinkniet. - Nimm Platz, Ina - was kann ich für dich tun?"

Schnell haben sie geklärt, dass Sabrina sich bereits um das zu mietende Zelt gekümmert hat („Aber es wird doch kein schwarzes werden?"), dass Tobias die noch fehlenden Biertischgarnituren aufgetrieben und zwei zusätzliche Grills vorbestellt hat, und gerade haben sie vereinbart, dass Dana und Ecki sich um die Grillfleischbestellung beim Schlachter kümmern sollen, als Ina plötzlich die Hand vor den Mund schlägt und verstummt. „Ist was?", fragt Tobias und sieht sich erschrocken um, als Ina wortlos an ihm vorbei ins Wohnzimmer deutet. „Das ist ja gar nicht schwarz", murmelt sie. „Das ist ja total hell und freundlich …. Das hätte ich jetzt nicht gedacht!" Und Tobias bricht in dröhnendes Gelächter aus.

*****

Die Feng-Shui-Kreise und Muster muss Tobias heute ausnahmsweise nicht nachmalen, bevor Sabrina nach Hause kommt, weil die Kinder weder mit ihren Fahrrädern, noch mit Skateboards oder Inline-Skatern unterwegs waren und dadurch auch nicht vom rechten Wege abgekommen sind. Deshalb überlässt er Sabrina sowohl die Kinder als auch die Vorbereitungen fürs Abendessen und macht sich auf den Weg zu Dana und Ecki. Wenn Tobias und Ecki es eilig haben, steigen sie auch schon mal einfach über den Zaun, aber seit Sabrina, nur bekleidet mit Slip und Socken, bei einer solchen Gelegenheit einmal fast einen hysterischen Anfall bekommen hat, achtet Ecki immer darauf, diese Abkürzung nur zu wählen, wenn er sicher sein kann, dass Sabrina nicht zuhause ist.

Jetzt steht also Tobias bei Dana und Ecki vor der Tür und drückt brav auf den Klingelknopf. Von oben hört er ihre Stimmen, Leonies kieksendes Krähen, untermalt von Eckis unheilvollem Brummen und Grummeln, und das hört sich so lustig und liebevoll an, dass Tobias noch ein Weilchen lauscht, ehe er zum zweiten Mal klingelt. Als Dana mit tropfenden Fingern und einem Tuch in der Hand öffnet, grinst Tobias von einem Ohr zum anderen, deutet mit dem Daumen nach oben und sagt: „High life im Kettenkasten, was?" Dana lacht, zieht eine Grimasse und bittet ihn herein. „Geh durch, Tobias, ich hol uns schnell was zu trinken."

In dem hellockerfarben gehaltenen Zimmer, in dem Ecki sich selbst am „Wandputz mit Struktur" versucht hat, steht auf dem massiven Eichentisch vorm Terrassenfenster ein aufgeschlagener Laptop. Offensichtlich hat Dana gerade noch dran gearbeitet, denn sie reaktiviert die letzte Seite und deutet auf den Monitor: „Wir möchten doch da hinten links in der Grundstücksecke so gern einen richtigen Swimming Pool bauen, weißt du? Na ja, was heißt ‚Pool‘ … aber jedenfalls einen, in den auch Ecki und ich mal zur Abkühlung springen können und in dem uns das Wasser dann jedenfalls bis zur Brust und nicht nur bis zum Bauchnabel reicht, weißt du?" Tobias nickt, lässt die aufgerufenen Dateien über den Bildschirm laufen und sagt: „Aber bei diesem hier müsstet ihr erstmal ein abgesenktes Fundament gießen, das erfordert einen Bagger und anschließend mindestens 4 Wochen Trocknungszeit - bis dahin ist der Sommer so gut wie vorbei!" „Ich weiß", stöhnt Dana, „das Dings hat ja auch schon die rote Karte gekriegt … aber es wär schon schön, oder?"

Tobias antwortet nicht. Voll konzentriert huschen seine Finger über die Tastatur, auf dem Monitor tobt das Leben, Dateien öffnen sich und schließen sich wieder, der Cursor verharrt für den Bruchteil einer Sekunde mal auf diesem, mal auf jenem Link, huscht dann weiter und lässt schließlich die Abbildung eines mit stabilen Stahlwand-Seitenwänden ausgestatteten, drei mal fünf Meter großen Pools mit einer Füllhöhe von einhundertundzwanzig Zentimetern zum Preis von nicht einmal achthundert Euro erstehen. - „Wie wär's mit dem?", fragt Tobias, überlässt der staunenden Dana seinen Platz vor dem Monitor und wendet sich Ecki zu, der gerade, sich die Hände desinfizierend, von oben kommt.

„Hast du Zeit für ein Bier?", fragt Ecki, und schon sitzen die beiden gemütlich auf der Terrasse, stoßen klangvoll an und schweigen einträchtig. Nach einer Weile fragt Ecki: „Geht's ums Straßenfest?" Tobias nickt, sagt aber nichts. „Hoffentlich spielt das Wetter mit", sagt Ecki nach einer Weile, und Tobias leert seine Flasche, stellt sie sanft auf dem Terrassentisch ab und hält sich beim Rülpsen diskret die Hand vor den Mund. „Wird schon", sagt er, streckt die Beine von sich und blinzelt in den rosarot gefärbten Abendhimmel. „Ich wollt auch bloß fragen, ob ihr die Fleischbestellung bei Frankie wieder übernehmt?" Ecki stellt seine Flasche exakt neben die von Tobias, richtet beide mit dem Etikett nach vorn an der Tischkante aus und wischt sich übers Kinn. „Na klar, machen wir doch immer ...", und dann sehen die beiden zu, wie sich das Licht im Westen immer rötlicher färbt und die Wolkenfäden den Himmel marmorieren.

*****

Als Tobias Stunden später zurück über den Zaun steigt, Ecki ein leises „Nacht" zuwinkt und versucht, sich einigermaßen lautlos von hinten über die Terrasse in sein Haus zu schleichen, muss er feststellen, dass Sabrina bereits zu Bett gegangen ist und die Terrassentür verriegelt hat. Er klopft seine Taschen ab auf der Suche nach einem Hausschlüssel, findet aber keinen. Ratlos steht er da, so ganz klar im Kopf ist er nach drei oder vier Bier wohl doch nicht mehr. Schließlich fällt ihm der Notfallschlüssel unterm Nistkasten ein. Leise vor sich hin grummelnd ertastet er ihn, reißt das Plastik auf, in das er zum Schutz vor Nässe gewickelt war, und schleicht sich den Feng-Shui-Weg entlang nach vorn zur Haustür. Die Schuhe trägt er in der Hand.

„Na, junger Mann - wo wollen wir denn hin?", donnert da plötzlich eine Stimme in seinem Rücken, und vor Schreck stolpert Tobias in einen der Feng-Shui-Kreise.

Erstaunlich behände rappelt er sich auf und kehrt hüpfend und jammernd auf den Weg zurück. „Mann, Bernhard, ich bin's doch … au, verdammt, diese Kiesel sind ja gemeingefährlich … blöder Mist!" Während Tobias weiter schimpft, steht Bernhard schuldbewusst und hilflos gestikulierend am Zaun. „Tut mir leid, Tobias", sagt er immer wieder, „tut mir echt leid! Ich dachte doch, da macht sich einer an eurem Haus zu schaffen. Es heißt doch immer, man soll auch auf die Häuser seiner Nachbarn ein wachsames Auge haben, nicht? Aber es ist ja auch so dunkel hier, euer Außenlicht funktioniert nicht, da hab ich nur deinen Schatten gesehen und … tut mir leid, Tobias, ehrlich!"

„Schon gut, Bernhard, ist ja schon gut", beruhigt ihn Tobias und kann schon wieder lachen. „Ist doch gut zu wissen, dass wir so einen wachsamen Nachbarn haben … selbst mitten in der Nacht noch! Aber du verpetzt mich nicht, Bernhard, oder? Wenn Sabrina sieht, dass ich in ihre Feng-Shui-Kreise getorkelt bin, krieg ich eine Woche Stubenarrest - mindestens …" Nun kann auch Bernhard sich das Lachen nicht verkneifen, kichernd schüttelt er den Kopf und winkt eine „Gute Nacht" herüber. - Schließlich kehrt auch hier Ruhe ein, und nur von oben aus Dorchens Schlafzimmer wirft das Licht ihrer Leselampe einen schwachen Schimmer in die Nacht.

*****

Morgens um halbsechs scheint die Welt noch im Schlaf zu liegen. Die Vögel allerdings haben ihre erste Gesangsstunde längst hinter sich und sind dabei, sich für die zweite Runde zu stärken. Nur die Nachtigall, die sich in diesem Jahr wieder eingefunden hat, begrüßt Luigi mit langanhaltenden Trillern, als er leise die Haustür hinter sich ins Schloss zieht und seine Laufschuhe zuschnürt. Er richtet sich auf, atmet ein paar Mal tief ein und lässt den Blick durch die Stille der Siedlung wandern. Mit zufriedenem Lächeln setzt er sich in Bewegung, zunächst langsam, dann immer schneller werdend. Irgendwann hat er sich mal einen Schrittzähler ans Bein gebunden und festgestellt, dass die Runde zum See hinunter und einmal rund herum genau 12,7 km lang ist, aber diese Strecke kann er sich nur am Wochenende leisten. In der Woche begnügt er sich mit der kleinen Runde zwischen den Feldern entlang, am Kieswerk vorbei und über den Friedhof zurück. Auch das tut seinen Muskeln, seiner Lunge und vor allem seiner Stimmung gut.

Als er eine knappe Stunde später verschwitzt, aber zufrieden zurückkommt, wirft er einen kurzen Blick zu Robert hinüber, der wie immer bereits an seinem Küchentisch vorm Fenster sitzt, Zeitung liest und raucht. Selbst aus dieser Entfernung kann Luigi erkennen, wie ungepflegt und griesgrämig Robert wieder aussieht. ‚Was für ein elendiges Dasein‘, denkt er, muss sich aber eingestehen, dass diese Formulierung auch eine gute Portion Kritik beinhaltet, denn diese absolute Untätigkeit, die er schon so lange bei Robert beobachtet, ist in Luigis Augen ein Zeichen von Schwäche. Auch wenn man im Rollstuhl sitzt, sagt er, auch wenn man nur ein Bein und eineinhalb gebrauchsfähige Arme hat, muss man sich nicht derartig hängen lassen, das ist jedenfalls Luigis Meinung. Clara ist da ganz anderer Ansicht, und das macht sie auch jedes Mal wieder deutlich, wenn sie Robert einen Salat, ein Stück Kuchen oder einen Teller Suppe hinüber bringt und sich auch von seiner Grantelei nicht entmutigen lässt. „Der arme Mann“, sagt sie und zählt auf, was er alles nicht kann, nur um sich umgehend anzuhören, was er Luigis Meinung zufolge noch alles tun könnte, wenn er nur wollte.

Um kurz nach sieben sitzt Luigi frisch geduscht und gut gelaunt im Kreise seiner Lieben am Frühstückstisch. „Ich muss nachher nochmal kurz in die Redaktion", sagt Clara, beißt in ihr Brötchen und hält ihrem Mann die Kaffeetasse hin. Luigi schenkt ihr nach und reicht ihr die Milch. „Aber du bist doch heute Mittag rechtzeitig zurück?", fragt Fabio, der sich schon seit Wochen auf die lang versprochene Fahrt an die Ostsee einschließlich Dampferfahrt und Eis essen freut. „Heute gibt's Zeugnisse, Mama, hast du das vergessen?" Auch in Ginos Frage schwingt die Besorgnis mit, die Erfahrung hat die Jungs gelehrt, dass ihrer Mutter gern auch mal unaufschiebbare Termine dazwischenkommen können.

„Natürlich nicht!", versichert Clara, verschließt drei gut gefüllte Brotdosen und verteilt sie an ihre Söhne. „Pünktlich zum Mittagessen bin ich zurück - versprochen!" Schon im Stehen leert Luigi seine Tasse, nimmt seinen Jüngsten auf den Arm und haucht seiner Frau einen Kuss auf die Wange. „Viel Spaß in der Kita!", ruft sie Luca nach, dann steht sie in der Tür und winkt, als alle vier - Fabio und Gino voran, Luigi mit Luca im Kindersitz hinterher - auf ihren Rädern davonbrausen.

*****

Zu ihrer eigenen Überraschung ist Clara vor ihrer Familie zurück, fährt den Wagen in den Schatten des Carports und hievt die Einkaufstaschen aus dem Kofferraum. Als sie ihre Last noch einmal absetzt, um ihren Hausschlüssel zu suchen, steht plötzlich Dorchen mit dem Hund neben ihr.

„Hey", begrüßt Clara sie, umarmt sie kurz und hält sie dann ein wenig von sich weg, um ihr forschend ins Gesicht sehen zu können. „Nanu, welche Laus ist dir über die Leber gelaufen?" Dorchen hat die Hände fest in die Taschen ihrer Hose gestopft, kneift die Lippen zusammen und zieht die Schultern hoch. „Phh, sowas ist mir schon lange nicht passiert", sagt sie mit einer Kopfbewegung in Richtung auf Roberts Haus. „Grad hab ich ihm die Bettwäsche aus der Reinigung geholt und gefragt, ob er was aus der Apotheke braucht, da sagt er, ohne mich auch nur anzusehen, er könne in Zukunft auf unsere Dienste verzichten, er habe sich jetzt für die polnische Lösung entschieden. Auf unsere ‚Dienste' kann er verzichten, Clara, ist das nicht rührend?" Man sieht Dorchen an, wie verletzt sie ist, und auch Clara traut ihren Ohren kaum. „Natürlich war er sauer, als ich ihn noch einmal auf eine Beinprothese angesprochen habe. ‚Ist das mein Bein oder deins?', hat er mich angefaucht. Und was meint er denn überhaupt mit der ‚polnischen Lösung'? Verstehst du das? Ich war so sauer, dass ich ihn einfach sitzen ließ und die Tür hinter mir zugeknallt hab." Dorchen zeichnet mit der Schuhspitze wilde Zeichen in den Sand.

„Wenn es das ist, was ich meine", erklärt Clara und sieht hinüber zu Roberts Küchenfenster, hinter dem sie eben noch seine Silhouette zu sehen meinte, „dann bedeutet das, dass er nicht nur auf unsere Hilfe, sondern auch auf die des Pflegedienstes verzichtet und stattdessen eine polnische Pflegerin engagiert, die dann bei ihm wohnen und ihn 24 Stunden täglich betreuen wird." „Und warum muss das eine Polin sein?", fragt Dorchen und runzelt die Stirn. „Weil die polnischen Pflegekräfte viel billiger sind", klärt Clara sie auf. „Soweit ich weiß, werden sie auch ganz offiziell über entsprechende Organisationen vermittelt, verdienen aber höchstens die Hälfte von dem, was die deutschen Pflegedienste kassieren." „Das ist ja unfair!", empört sich Dorchen. „Und dazu ist Robert sich nicht zu schade? Der hat doch Geld genug ..." Mit einem hingehauchten Küsschen verabschiedet sie sich, fordert Buddy mit einem geflüsterten „komm, Schatz" auf, ihr zu folgen und marschiert kopfschüttelnd nach Hause.

Clara bückt sich nach ihren Einkaufstaschen, da fällt ihr noch etwas ein: „Und ab wann, hat er gesagt, benötigt er unsere Dienste nicht mehr?", ruft sie Dorchen hinterher. Die dreht sich um, stemmt die Fäuste in die Hüften und schnauzt zurück: „,Mit sofortiger Wirkung' hat er gesagt."

*****

Der Nachmittag gehört den Kindern, die Jungs sind mit ihren Zeugnissen hochzufrieden und so gut gelaunt, dass auch die Eltern über ein paar kleine Schönheitsfehler hinwegsehen. Als Luigi mit Luca aus der Kita zurückkommt, steht die Familie bereits parat: Fabio steht breitbeinig über der riesigen Tasche mit Badezeug, Handtüchern und Decken, Gino umklammert zwei Luftmatratzen und Clara bewacht die Kühltasche mit dem Picknick.

„Endlich!" Fabio und Gino stürzen ihrem Vater entgegen und reißen Luca fast aus seinem Kindersitz. „Wir warten hier schon drei Stunden", behauptet Gino und hüpft ungeduldig auf und nieder. „Alles ist fertig", ruft Fabio, während er seiner Mutter hilft, das Gepäck im Auto zu verstauen. "Kann losgehen!"

Während der mehr als einstündigen Fahrt - Ferienbeginn! Die halbe Republik ist unterwegs an die See! - denkt Clara immer wieder über das Gespräch mit Dorchen nach. Sie brennt darauf, sich mit Luigi zu besprechen, doch muss sie warten, bis die Jungs außer Hörweite sind, und das wird erst am Strand der Fall sein. Schließlich aber liegen sie nebeneinander auf ihren Handtüchern im Sand, beobachten ihre Söhne, die sich am Wassersaum bereits mit toten Quallen bewerfen, und genießen eisgekühlten Zitronentee.

„Robert hat Dorchen heute praktisch vor die Tür gesetzt", beginnt Clara. „Diesmal offensichtlich endgültig. Und nicht nur Dorchen, sondern uns alle - fristlos gekündigt!" Sie merkt selbst, dass sie sich von Dorchens Empörung inzwischen hat anstecken lassen. Stirnrunzelnd wendet Luigi sich ihr zu, und mit einem schiefen Lächeln erzählt Clara ihm von dem Gespräch.

Lange schweigt Luigi, was ihm gar nicht ähnlich sieht. Schließlich sagt er: „Also, ich gehe mal davon aus, dass diese Polin wirklich als Pflegerin ins Haus kommt, stimmt's? Ich meine, nicht dass ich dem alten Robert nicht auch ein bisschen Spaß gönnen würde, aber ich kann mir nicht vorstellen, dass er das dann so unverblümt kundtun würde. Und, na ja, auch wenn ich persönlich ja immer der Meinung war, dass auch Robert sich am eigenen Schopf aus dem Sumpf ziehen und mehr aus seinem Leben machen könnte, ist diese Lösung doch eigentlich ganz vernünftig: Auf diese Art und Weise muss der Mann sich jedenfalls nicht jede Woche auf eine neue Hilfe einstellen, so kann sich doch auch für ihn eine ganz normale Alltagsroutine entwickeln. Und wer weiß - vielleicht schafft die Frau es ja sogar, ihn endlich aus seiner Depression zu holen."

Diesmal schweigt Clara. Natürlich hat sie sich in den vergangenen Monaten, in denen die Nachbarschaftshilfe zunächst auf hohen Touren lief, um dann nach und nach immer weiter zurückgefahren zu werden, auch gefragt, wie Robert den Tag eigentlich herumbringt. All die Stunden, die er allein ist, grübelt und sich mehr schlecht als recht an Krücken oder im Rollstuhl fortbewegt, haben ihn zum Griesgram werden lassen, das ist nicht zu übersehen. Und unter dem Aspekt hat Luigi natürlich Recht: Eine Frau im Haus, egal ob man sie nun als Pflegerin oder als Gesellschafterin bezeichnet, wird ihm ganz bestimmt nicht nur in Bezug auf die physische Unterstützung gut tun.

Lächelnd wendet sie sich ihrem Mann zu. „Es ist doch immer wieder erstaunlich, zu welchen rationalen Überlegungen so ein gefühlsduseliger Italiener fähig ist!" Und kichernd entwindet sie sich seinem Griff und stürzt an ihren Söhnen vorbei ins Wasser.

*****

Die Nachricht von der „polnischen Lösung" hat sich in der Siedlung natürlich schnell herumgesprochen. Zwar hat auch Bernhard es verstanden, seine erboste Frau zu beruhigen und ihr mit sachlichen Argumenten den Wind aus den Segeln zu nehmen, doch sie daran hindern, Roberts Entscheidung weiterzutragen, konnte er nicht.

Die Reaktionen in der Nachbarschaft sind vielfältig. Während Ina fast ein wenig erleichtert scheint und Robert „für dieses Unternehmen", wie sie sich ausdrückt, schon mal alles Gute wünscht, beginnt Andreas sofort zu unken: „Na, die wird ihm natürlich als erstes mal das Rauchen abgewöhnen. Und wenn die dann mit ihrem Atombusen unter der steif gestärkten Schürze und dem Häubchen auf der frischen Dauerwelle pünktlich morgens um halbsechs an seinem Bett steht und ihn unter die Dusche zerrt, wird er sich ganz schnell nach der Nachbarschaftshilfe zurücksehnen, wetten?"

Auch Tobias kann sich ein Grinsen nicht verkneifen, enthält sich aber dank der Anwesenheit seiner Kinder jeglicher Gehässigkeit. Sabrina dagegen nickt anerkennend und meint, ausgerechnet Robert so viel Vernunft gar nicht zugetraut zu haben. „Wie? Du findest also, dass unsere bisherige Nachbarschaftshilfe unvernünftig war?", fragt Dorchen gekränkt, doch Sabrina hat sich bereits wieder dem Monitor zugewandt.

Dana und Ecki dagegen liegen mit Dorchen ganz auf einer Linie. „Hm, das ist ja eine Überraschung", meint Ecki und sortiert die sorgsam gefalteten Servietten in die Schublade. „Ob die dann auch seinen Rasen mäht, die Dachrinnen sauber macht und solche Sachen? Ich meine, wenn sie da schon wohnt …?" Dana wirft einen Blick auf die Pastete, die sie, bereits in Folie verpackt, für Robert bereitgestellt hat. „Tja, schade eigentlich. Ich hab immer gern geholfen, aber wenn er meint …" Und damit greift sie nach der Schale und drückt sie Dorchen in die Hand: „Ich hatte natürlich Robert mit eingeplant, Dorchen - jetzt müsst ihr euch opfern, okay?"

*****

Schon am nächsten Tag werfen große Ereignisse ihre Schatten voraus: In Roberts Haus sind sämtliche Fenster weit geöffnet, Musik erklingt - und plötzlich lacht jemand. Das alles ist so ungewohnt, dass die Nachbarschaft vorsichtig Distanz hält; hier und da, in einem Vorgarten oder auf einer Terrasse, haben sich kleine Grüppchen zusammengefunden und unterhalten sich leise tuschelnd.

„Gesehen hab ich sie noch nicht", sagt Clara, die mit untergeschlagenen Beinen bei Ina und Andreas auf der Terrasse sitzt. „Aber ich bin gespannt wie ein Flitzbogen!", gibt sie zu und krault Mäxchen, der voller Vertrauen auf ihren Schoß gesprungen ist, sanft unterm Kinn.

„Jedenfalls hat sie erstmal für Durchzug gesorgt", stellt Andreas fest, der die weitgeöffneten Fenster beim Rasensprengen entdeckt hat. „Ich kann mich gar nicht dran erinnern, wann ich das letzte Mal da drüben offene

Fenster gesehen hab ..." „Kein Wunder!", erwidert Ina. „Jedes Mal, wenn ich rüberging und vorschlug, mal für ein bisschen frische Luft zu sorgen, fuhr er mich an und meinte, ob er frische Luft brauche oder nicht, könne er schon noch selbst entscheiden." Clara nickt, sie weiß wovon Ina spricht.

„Hat eigentlich irgendjemand Robert zum Straßenfest eingeladen?" Sie wechseln verlegene Blicke und zucken die Achseln. „Also, ich wär dann einfach am Samstag zu ihm rübergegangen und hätte ihn abgeholt", sagt Clara, und Andreas ergänzt: „... und hättest dir eine total charmante Abfuhr eingehandelt ..." „Klar, so wie letztes und vorletztes Jahr auch", fügt Ina hinzu, und in schweigendem Einverständnis heben sie ihre Kaffeetassen und prosten sich zu.

„Tja, aber was machen wir in diesem Jahr?", fragt Ina schließlich. „Bis zum Straßenfest ist es nur noch eine gute Woche. In der kurzen Zeit kann man die Frau unmöglich wirklich kennenlernen, selbst wenn sie den Mut und den Anstand hätte, sich uns offiziell vorzustellen. - Also, ich bin der Ansicht, dass wir sie auf jeden Fall einladen sollten, Robert zu begleiten und uns alle kennenzulernen, was ja nicht heißen muss, dass sie sich auch an den Vorbereitungen beteiligen soll."

Sowohl Clara als auch Andreas stimmen ihr zu, und so machen die beiden Frauen sich schließlich auf den Weg, um sich mit Dorchen, Sabrina und Dana zu besprechen.

*****

Sie finden alle drei versammelt auf Danas Terrasse. Ecki ist dabei, Leonie ins Bett zu bringen (das Gequietsche und Gekicher aus der oberen Etage entlockt ihnen

allen in regelmäßigen Abständen ein gerührtes Lächeln)
und Dana hat beim Erscheinen ihrer Nachbarinnen ihre
Internetsuche nach dem passenden Swimmingpool unterbrochen, ihren Laptop zugeklappt und eine Flasche
Sekt geöffnet. Jetzt holt sie noch zwei zusätzliche Gläser, schenkt auch Clara und Ina ein und grinst sie über
ihr Glas hinweg an: „Na dann", sagt sie und prostet ihnen
zu, „auf die polnische Lösung!"

Wie sie da so einträchtig im letzten Glanz der unter-
gehenden Sonne sitzen, die zweite Flasche Sekt geköpft
und die gemeinsamen Vorräte an Snacks und Knabberkram zusammengetragen haben, steht Dana plötzlich
auf (nur ganz kurz muss sie sich an der Tischkante ab-
stützen), hebt ihr Glas und sagt: „Ich finde, wir sollten
endlich mal auf uns anstoßen - auf uns und diese tolle
Gemeinschaft, die wir hier haben, die wir uns hier aufgebaut haben, und die wir uns auch von niemandem ka-
puttmachen lassen, oder?" „Darauf trinken wir!" „Recht
hast du!" „Genau, das war mal fällig …" Kichernd und
glucksend stoßen sie an, dass es nur so klirrt, und nachdem sie Sabrina überredet haben, endlich ihre Gitarre zu
holen, hocken sie mit angezogenen Beinen auf ihren
Stühlen, singen ein Lied nach dem anderen, blicken hinauf in den nachtschwarzen Himmel, hinauf zu dem halben Mond und der Milchstraße, und erst, als die Kühle
der Nacht beginnt, sie leise erschauern zu lassen, trennen sie sich mit Umarmungen und Küsschen und dem
Versprechen, sich ganz bald wieder zu treffen.

*****

Dorchen steht am Küchenfenster, als Sabrina frisch
wie der junge Morgen in aller Herrgottsfrühe ins Büro
fährt. Sie selbst schwingt ihr Glas mit Alka Selzer, starrt
trübsinnig in die milchige Flüssigkeit und stöhnt. „Ich

werde alt", sagt sie über die Schulter zurück zu Bernhard, der gerade an ihr vorbei zur Haustür schlurft, um die Zeitung hereinzuholen. „Ich kann keinen Alkohol mehr ab." „Tjaja, kleine Sünden bestraft der liebe Gott sofort", antwortet er spöttisch, „oder spätestens am nächsten Morgen." Doch als er das gemarterte Gesicht seiner Frau sieht, streicht er ihr zärtlich über die Wange und fügt hinzu: „Es ist noch so früh, Schatz. Leg dich doch noch ein Stündchen aufs Ohr, ich bring dir nachher eine schöne Tasse Kaffee ans Bett." Dankbar lächelt sie ihn an, stellt das Glas in die Spüle und schleicht die Treppe hinauf nach oben.

Sie muss tatsächlich noch einmal eingeschlafen sein, denn als sie das Klappern von Geschirr und ein tiefes Brummen hört, fährt sie erschrocken hoch. „Ich bin's nur, Schatz - der Zimmerservice!" Erleichtert lässt sie sich zurücksinken, breitet die Arme aus und nimmt ihm dankbar das Tablett mit einem großen Becher Kaffee und einem köstlich duftenden Brötchen aus den Händen. „Du bist der Beste, Bernhard!", lächelt sie, streckt ihm den Mund mit gespitzten Lippen entgegen und drückt ihm einen Kuss auf die Wange.

„Irgendetwas hat gerade ganz tief gebrummt", sagt sie kauend und sieht sich suchend um. „Das war kein Brummen, das war mein Ständchen für dich", grinst Bernhard. „Ihr wart gestern Abend so gut in Form, dass euer Gesang locker bis ins nächste Dorf zu hören war, und seitdem geht mir dieser Ohrwurm nicht aus dem Kopf …" Und mit seinem Bass stimmt er ihn an, den Ohrwurm: „Die Gedanken sind frei …" Lachend stimmt sie mit ein, doch dann fällt ihr Blick auf den Wecker auf ihrem Nachttisch. „Um Himmels willen", ruft sie, „wie spät ist es? Acht Uhr dreiundvierzig? Bernhard, wann hab ich zuletzt so lange geschlafen? Also, nun aber los - raus aus dem Bett!"

Kurz darauf steht sie wieder in der Küche, räumt ihr Frühstücksgeschirr in die Spülmaschine und schiebt Bernhard zur Seite, der sich vorm Fenster gerade den Hals verrenkt.

„Was hast du gesagt, wann diese ‚polnische Lösung‘ bei Robert anfangen soll?" „Hab ich gar nicht gesagt, weil ich's nicht weiß", antwortet sie. „Ich hab nur gesagt, dass er auf unsere Dienste mit sofortiger Wirkung verzichten kann." Und lässt die Spülmaschine mit lautem Knall zuschlagen.

„Na, dann ist die ‚sofortige Wirkung‘ wohl gerade eingetreten", meint Bernhard und deutet hinaus auf die Straße. An der Goldulme im Vorgarten vorbei späht nun auch Dorchen hinaus, reckt den Hals und traut ihren Augen nicht, als sie dort Robert im Rollstuhl entdeckt, der von einem elfenartigen Wesen zügig die Straße entlang geschoben wird.

Das Wesen ist die zierlichste junge Frau, die man sich vorstellen kann. Höchstens ein Meter sechzig groß, schmalschultrig und mit taillenlangem, weißblondem Haar, steckt sie in engen Jeans und Turnschuhen, die weiße Bluse in der Taille geknotet. Dorchen sieht die beiden nur von hinten, denn sie scheinen bereits wieder auf dem Heimweg zu sein und Roberts Haus anzusteuern, doch der Eindruck reicht aus, um sich über die offensichtliche Kraft dieser Frau zu wundern. „Meine Güte, die wiegt doch höchstens 50 Kilo - wenn überhaupt …", staunt Dorchen und ist versucht, vor die Tür zu treten, um besser sehen zu können. Gerade rechtzeitig besinnt sie sich noch, stemmt die Hände in die Hüften und sagt: „Na, da bin ich ja gespannt, ob und wann wir das Mädchen mal kennenlernen." Und insgeheim brennt sie darauf, sich mit Dana, Ina und Sabrina zu besprechen.

44

*****

Pünktlich mit Beginn der Sommerferien hat die Hitze Einzug gehalten: Über dem Asphalt der Straße flirrt die Luft, wer kann, lässt Rollläden und Jalousien herunter, das Wasser in den kleinen und größeren, für die Kinder aufgestellten Pools lockt Bienen und andere Insekten an, und Bernhard muss dem Teich, in dem die Temperaturen die Algen schnell wachsen lassen, täglich frisches, sauerstoffreiches Wasser zuführen.

Während er den Strahl des Gartenschlauchs in hohem Bogen in den Teich plätschern lässt, unterhält er sich über den Zaun hinweg mit Tobias, der in Badehose auf die Terrasse getreten ist, um zu prüfen, ob er schon seinen Rasen sprengen kann. „Nee, lass man, ist noch zu früh", rät Bernhard ihm, „der verbrennt dir nur!", und Tobias, der den Rasen erst gestern richtig schön kurz geschoren hat, nickt zustimmend.

„Hast du schon Roberts ‚polnische Lösung' kennengelernt?", fragt Bernhard so beiläufig wie möglich. „Hör bloß auf!", faucht Tobias und dreht sich verstohlen zum Haus um. „Die hat bei uns gleich den Haussegen schief hängen lassen …" Bernhard ist so verwirrt, dass er einen Moment nicht auf seinen Wasserschlauch achtet und den armen Buddy quietschend unter der Hortensie hervorjagt.

„Wieso das denn?", fragt er verständnislos, und etwas verlegen grinsend gesteht Tobias, dass er, genau wie Bernhard selbst, beobachtet hat, wie sich Robert von einem weizenblonden, elfengleichen Wesen die Straße hat entlangschieben lassen, wie er, Tobias, sich staunend den Hals verrenkte und einen anerkennenden Pfiff ertönen ließ, wobei er vielleicht auch noch die eine oder andere Bemerkung äußerte und dadurch den Unmut seiner Frau auf sich zog, die zufällig gerade dazugekommen sei, und dann eben ein Wort das andere gab und dies und das zur Sprache kam, was schon länger unter der Oberfläche gebrodelt habe, und dann .. na ja, dann sei das Ganze eben eskaliert und Sabrina habe das Haus wutentbrannt verlassen. „Das allein wäre ja noch nicht so schlimm gewesen", fügt Tobias hinzu, „wenn sie nicht zum ersten Mal in ihrem Leben ihr Handy zuhause vergessen hätte, ohne das sie doch gar nicht lebensfähig ist."

„Ach, du Schreck!", entfährt es Bernhard, der bereits ein oder zwei Mal aus der Entfernung einen Eindruck von Sabrinas Temperament bekommen hat. Und als Tobias jetzt noch erzählt, dass sie nach Hause zurückkam, als sie dieses Versäumnis bemerkte, dadurch fast eine ganze Stunde hinter ihrem Zeitplan herhinkte und schließlich sogar quer durch ihren Feng-Shui-Garten gestapft sei, weiß Bernhard, was die Stunde geschlagen hat und dass bei seinen Nachbarn der Haussegen wirklich schief hängt, richtig schief.

„Und das alles wegen der polnischen Lösung?", vergewissert er sich, wobei Tobias nur die Schultern zuckt. „War wohl grad mal wieder fällig", murmelt er, wischt sich den Schweiß von der Stirn und sagt: „Ich hol mir `n Bier - trinkst du eins mit?"

*****

Zur selben Zeit steht Dorchen, den pudelnassen Buddy auf dem Arm, am Zaun zwischen Rittersporn und Sonnenbraut und klärt Ina und Andreas auf. „… scheint ein ganz junges Ding zu sein", sagt sie gerade, als

Buddy Mäxchen erspäht und fiepsend und zappelnd versucht, sich aus Dorchens Klammergriff zu befreien. „Sieht aus, als wär sie noch gar nicht ausgewachsen. Aber Haare bis zum Po … und was für ein Po!" „Und sie hat Robert im Rollstuhl durch die Siedlung geschoben?", vergewissert sich Ina, die das nur einmal versucht hat und dann nie wieder. „Wenn ich's doch sage", trumpft Dorchen auf. „Zielsicher und mit forschem Schritt, und Robert saß in dem Dings wie Graf Koks persönlich …"

„Höre ich da vielleicht ein wenig Gehässigkeit heraus?", mischt sich Andreas ein, der gerade mit zwei 10-Liter-Kannen beladen um die Hausecke kommt. „Wollen wir das Mädchen nicht erstmal kennenlernen, ehe wir uns das Maul zerreißen?" Beide Frauen protestieren lautstark und sind sich einig, dass von „Maul zerreißen" ja wohl keine Rede sein kann. „Außerdem habe ich von Anfang an gesagt, dass ich Robert diese Möglichkeit der Betreuung von Herzen gönne"", verteidigt sich Ina und schießt ihrem Mann einen giftigen Blick zu. „Und mir ist das doch sowas von egal", fügt Dorchen hinzu, lässt Buddy endlich hinunter auf den Boden und wendet sich ihren Rosen zu. „Und ob es sich überhaupt um ein ‚Mädchen' handelt, soll sich erst noch zeigen. Ich hab sie nur von hinten gesehen …" „Aha, und sie könnte sich als klarer Fall von ‚von hinten Lyzeum, von vorne Museum' entpuppen, meinst du?", lacht Andreas, verstummt jedoch schließlich angesichts der finsteren Mienen seiner Frau und seiner Nachbarin.

*****

Bei Luigi und Familie wird auf der Terrasse der Abendbrottisch gedeckt. Teller und Bestecke klappern und scheppern, Gläser klirren und die Jungs laufen hin und her, weil der eine den Frischkäse und der andere die Tomaten vergessen hat. Luigi steht vor dem riesigen Gasgrill, wendet Würstchen, Holzfällersteaks und Gemüsespieße und pfeift und summt selbstversunken vor sich hin. Alle Augenblicke tauscht er die Grillzange gegen den Stift, um auf dem hinter ihm liegenden Papier Noten zu streichen oder hinzuzufügen. Dazu nickt er im Takt mit dem Kopf, regelt nebenbei die Hitze des Grills und beobachtet seine Söhne, die gerade Milch, Saft und Selter herbeischleppen.

Als Clara ihm von hinten die Arme um die Taille schlingt, brummt er genussvoll. „Hmm, Bella, gib mir mehr davon", fordert er, legt den Kopf schief und drückt die Wange auf ihr Haar. Einen Moment lang stehen sie selbstvergessen da, dann bohrt Clara ihm das Kinn in den Rücken und sagt: „Bei Robert scheint die polnische Lösung eingezogen zu sein. Alle Fenster stehen offen, auf der Leine flattert die Bettwäsche und in der Küche singt eine Frau mit einem bezaubernden Alt - die Stimme wird dir gefallen." „Und wie sieht die Frau zu der Stimme aus?", fragt Luigi. „Hoffentlich ebenso bezaubernd?" „Oder ebenso alt? Das wirst du sicher ganz schnell in Erfahrung bringen, wie ich dich kenne", antwortet Clara, knufft ihn in die Seite und drückt ihm einen Kuss auf die stoppelige Wange.

*****

An Dana und Ecki scheint die ganze Aufregung irgendwie vorbeizugehen. „Typisch!", sagt Dana, als Dorchen anlässlich von Buddys Abendspaziergang kurz bei ihnen reinschaut. „Wir hier oben kriegen sowas doch immer zu allerletzt mit!" Womit sie wieder einen wunden

Punkt berührt, denn Ecki war es, der ihr beim Bau des Hauses in der Küche ein zusätzliches Fenster zur Straße hin verwehrte. „Das kommt eben dabei raus, wenn man von der Küche aus lediglich in den eigenen Garten sehen kann …"

„Also Bernhard ist jedenfalls von ihrer Rückfront ziemlich beeindruckt", erklärt Dorchen und bemüht sich um einen süffisanten Ton. „Zumindest die langen blonden Haare bis zum Po haben es ihm angetan", fügt sie hinzu und beobachtet Ecki dabei genau. „Bis zum Po?", fragt Dana, fährt sich mit der Hand instinktiv über ihre raspelkurzen Stoppeln und lacht. „Toll! Darum könnte ich sie glatt beneiden! Und was habt ihr sonst noch so beobachtet?"

Dorchen muss zugeben, dass sie sonst nicht viel an Neuigkeiten zu bieten hat, außer dass in Roberts Haus plötzlich alle Fenster weit offen stehen, dass Musik nach draußen dringt und jetzt, zur Zeit des Abendessens, ein verlockender Duft nach irgendwas Gebratenem.

„Na, das hört sich doch gut an", sagt Ecki. „Vielleicht kann die polnische Lösung ja irgendwelche nationalen Spezialitäten zum Straßenfest beitragen? Hat sie schon mal jemand gefragt?" „Noch hat sie nicht mal irgendjemand gesprochen", erklärt Dorchen, nimmt sich jedoch im selben Atemzug vor, dem ‚Mädchen' am nächsten Morgen einen Antrittsbesuch abzustatten, vielleicht ja sogar in Begleitung einer ihrer berühmten Marmeladen …

Dorchen und Buddy setzen ihren Weg fort, das heißt sie schlendern die Straße wieder hinunter, drehen eine Runde über den Bolzplatz, schauen nochmal beim Tennisplatz vorbei und kehren dann gemächlich nach Hause zurück.-

Währenddessen hat Ecki seiner Frau die Arme um die Brust gelegt, wiegt sie sanft hin und her und vergräbt

das Gesicht in ihrem kurz geschorenen, kastanienbrau-
nen Haar. „Wehe, wenn du jemals auf die Idee kommst,
dir die Haare bis zum Po wachsen zu lassen", raunt er,
während seine Lippen an ihrem Ohr nagen und dann
weiter, den Nacken entlang nach unten gleiten. „Was
dann? Was würdest du dann tun?" Ihre Stimme ist nicht
mehr als ein heiseres Flüstern, und als er sie aufhebt,
spürt sie die Kraft, mit der er ihren Körper umschließt,
und als er sich in einer raschen Drehung der Treppe
nach oben zuwendet, streift ihr Fuß den exakt an der
Kante des kleinen Tisches ausgerichteten Zeitschriften-
stapel, und über seine Schulter hinweg stellt sie erleichtert fest, dass er nur verschoben, aber nicht gekippt ist.
Seine Lippen, seine Stimme, sein Griff werden von Stufe
für Stufe drängender, fordernder, und gerade als sie
meint, es keine Sekunde länger mehr ertragen zu können, haben sie das Schlafzimmer erreicht ...

*****

Zwar hat der Wetterbericht für heute nicht mehr als
drei Sonnenstunden vorausgesagt, doch als Luigi zur
üblichen Zeit, also um 5.30 Uhr, die Haustür hinter sich
zuzieht, sich hinunterbeugt, um die Joggingschuhe zu
schnüren und seinen Beinmuskeln die üblichen Dehnübungen angedeihen zu lassen, brechen bereits die ersten Sonnenstrahlen durch den Frühnebel und tauchen
alles in ein unwirkliches, milchiges Licht. Nur die Dächer
der Nachbarhäuser glitzern über dem weißen Dunst, die
Amseln in den Wipfeln der Kirschbäume scheinen über
den Wolken zu schweben und ihren Sangeswettstreit in
einer anderen Sphäre auszutragen. Einen kleinen Augenblick bleibt Luigi stehen, lauscht dem Konzert und
versucht, es abzuspeichern, dann wird ihm bewusst,

dass sich der Juli bereits seinem Ende nähert und die Amseln in wenigen Tagen ihren Gesang endgültig einstellen werden.

„Schade", denkt er, „echt schade. Von euch kann man so viel lernen …" Dann wendet er sich um, trabt langsam an, findet seinen Rhythmus und strebt gleichmäßig atmend dem Weg um den See herum zu.

In Roberts Haus wird das Fenster im ersten Stock lautlos geschlossen.

*****

Dorchen ist sich ihrer Verantwortung bewusst. Alle Nachbarn, sowohl weiblich als auch männlich, sind berufstätig und somit längst unterwegs oder aber familiär und haushaltstechnisch voll eingespannt und daher also unabkömmlich. Die Bürde der ersten Kontaktaufnahme liegt somit allein auf ihren Schultern.

Im Gegensatz zu Bernhard ist Dorchen Frühaufsteherin, d.h. um 7.30 Uhr hat sie bereits gefrühstückt und ihre morgendliche Gymnastik hinter sich. Noch vor dem Duschen dreht sie die erste Runde mit Buddy, bürstet ihn und serviert ihm ein kleines Frühstück, dann setzt sie sich an den Computer und „trainiert ihren Geist", d.h. sie spielt online Sudoku, Solitaire und „Wer wird Millionär", allerdings nie länger als eine halbe Stunde, denn die Suchtgefahr dieser Art von Beschäftigung ist ihr durchaus bewusst.

Wenn sie aus der Dusche kommt, gehört auch die nächste halbe Stunde ihr ganz allein. Das heißt, sie gönnt sich eine intensive Trocken-Bürsten-Massage, cremt sich von Kopf bis Fuß ein mit Ziegenmilch, stylt ihre Haare und legt ein dezentes Augen-Makeup auf, bevor sie sich ankleidet und Bernhard weckt.

Heute allerdings fällt es ihr schwer, diese Routine einzuhalten. Die Ungeduld sitzt ihr im Nacken, sie ist versucht, die Bürstenmassage und das Styling der Haare entfallen zu lassen, doch andererseits ist ihr bewusst, dass es gerade heute auf ein gepflegtes Äußeres und ein souveränes Auftreten ankommt.

Schließlich kann sie ihre Ungeduld nicht mehr zügeln. „Es ist gerade mal 9.45 Uhr", gibt Bernhard zu bedenken. „Ist das nicht vielleicht ein bisschen zu früh für einen Antrittsbesuch?" „Papperlapapp!" Dorchen hasst diese Art von Einwänden. „Wer einen Pflegefall zu betreuen hat, wird ja wohl um 10 Uhr am Vormittag empfangsbereit sein, oder?" „Wie du meinst", murmelt Bernhard hinter seiner Zeitung hervor, greift nach seiner Kaffeetasse und schlägt gemütlich die Beine übereinander.

*****

Das wunderschöne, bauchige Glas Orangen-Aprikosen-Marmelade mit dem Hütchen aus geblümtem Stoff und der orangenen Schleife drum herum hat Dorchen mit Bedacht gewählt: Es ist ihre letzte Kreation, auf die sie wirklich, und wie sie glaubt, zu Recht stolz ist: der Hauch von Ingwer, kombiniert mit den kleinen Blütenbällchen der Pimpernelle, gibt dieser fruchtigen Marmelade eine leicht herbe Note. Bernhard hat sie spontan zu seiner Lieblingssorte erklärt und sieht es gar nicht gern, dass seine Frau ausgerechnet diese Marmelade als Begrüßungsgeschenk verwenden will. „Ich finde, die Erdbeer-Rhabarber hätte es auch getan …", ruft er ihr hinterher, als sie hocherhobenen Hauptes das Haus verlässt.

Als sie vor Roberts Tür steht, strafft sie die Schultern und atmet tief durch. ‚Sei nicht albern', ermahnt sie sich, ‚du willst lediglich eine junge Frau im Kreise ihrer neuen Nachbarn willkommen heißen - weiter nichts!' Und entschlossen drückt sie den Klingelknopf.

Der Ton ist noch nicht verhallt, als sie schnelle Schritte auf der Treppe hört, dann wird die Tür aufgerissen. Einen klitzekleinen Augenblick lang taxieren die beiden Frauen sich, dann streckt Dorchen ihrem Gegenüber die Marmelade entgegen und sagt so strahlend wie möglich: „Herzlich willkommen im Kreise Ihrer Nachbarn im Wiesengrund!"

Die junge Frau, die da vor ihr steht, scheint einem skandinavischen Ferienprospekt entstiegen zu sein: Klein, schlank, braungebrannt, die weißblonden Haare zu einem Pferdeschwanz gebunden, ein Grübchen in der Wange und die Augen von einem geradezu überwältigenden Blau. Das Mädchen ist so jung, so natürlich, dass es ohne jedes Makeup auszukommen scheint - und trotzdem so schön, dass Dorchen den Blick gar nicht von ihr wenden mag.

Und so ertappt sie sich dabei, dass sie der Aufforderung, doch bitte einzutreten, erst bei der zweiten Wiederholung folgt, sich umständlich die Schuhe reinigt, obwohl da wirklich nichts zu reinigen ist, um sie dann im Eingangsbereich auszuziehen und sorgfältig nebeneinander stehen zu lassen.

„Aber bitte, das tut doch nicht nötig", sagt das blonde Mädchen ohne jeden Akzent, was Dorchen nun völlig verwirrt. Hat Robert nicht gesagt, er habe sich für „die polnische Lösung" entschieden?

Mit herzlichen Worten nimmt sie Dorchens Gastgeschenk entgegen, stellt sich vor - „Hallo, herzlichen Dank - ich bin Elena!" - und bittet sie hinaus auf die Terrasse, auf der ein Mann in Shorts und Poloshirt an dem noch gedeckten Frühstückstisch sitzt und in der Zeitung blättert. Erst als sie ihm direkt gegenüber steht, realisiert sie, dass es Robert ist, der dort nicht etwa in seinem Rollstuhl mehr liegt als sitzt, sondern sich aufrecht und gerade in einem ganz normalen Terrassenstuhl hält.

„Robert, bist du's wirklich?", staunt Dorchen und lässt den Blick bewundernd über sein glattrasiertes Gesicht wandern, in dem sie die Spuren der Verbitterung gerade vergeblich sucht. Auch sein Grinsen ist neu - es geht von einem Ohr zum anderen und steht ihm gut.

„Dorchen!" In Roberts Stimme schwingt tatsächlich so etwas wie Freude mit. „Das ist ja schön, dass du mal wieder reinkuckst. Komm, nimm Platz, trinkst du einen Kaffee mit uns?" Kaum hat er mit lang ausgestrecktem Arm einen der Terrassenstühle für sie zurecht geschoben, da steht auch schon Elena mit einem Kaffeegedeck, Besteck und Serviette da, und ihr Protest verhallt ungehört: Während Elena den Kaffee einschenkt, schwenkt Robert den Brötchenkorb vor ihrer Nase, reicht ihr Butter, Marmelade und Käse und nötigt sie mit unwiderstehlichem Lächeln, doch bitte zuzugreifen.

Während Dorchen sich also Butter auf das in Scheiben geschnittene Brötchen streicht, die Blicke über den Tisch gleiten lässt und sich zunächst für ein Stück Camembert entscheidet, auf dem sie dann gleichmäßig einen Löffel Orangenmarmelade verteilt, spürt sie die forschenden Blicke der beiden auf sich ruhen. Sie führt das Brötchen zum Mund, setzt es wieder ab und lacht: „Die Mischung kennt ihr nicht, was? Richtig schön reifer Camembert - am besten natürlich auf einem saftigen Schwarzbrot! - mit richtig schön herber Orangenmarmelade drauf … lecker, kann ich euch sagen. Solltet ihr unbedingt probieren!" Und während sie genussvoll mit geschlossenen Augen hineinbeißt, greift Elena in den Brotkorb, bestreicht ein Stück Schwarzbrot mit Butter, belegt es dick mit Camembert und streicht - nicht ganz so dick - Orangenmarmelade drauf. Schnell teilt sie das Brot, legt Robert eine Hälfte auf den Teller und beißt mutig in die andere. Gespannt beobachtet Robert sie, und erst, als sich ein verträumtes Lächeln auf ihrem Gesicht ausbreitet, traut auch er sich, in sein Brot zu beißen.

„Elena", beginnt Dorchen, „Sie sind so jung - und haben schon eine so verantwortungsvolle Aufgabe übernommen." Ihr Blick ruht auf Robert, der sich schmunzelnd in seinem Stuhl zurücklehnt. „Ist das nicht zuviel für eine so junge, zarte Frau?"

Elena lacht, tupft sich Marmeladenreste aus den Mundwinkeln und greift nach ihrer Kaffeetasse. „So jung bin ich gar nicht", antwortet sie und sieht jetzt ebenfalls zu Robert hinüber. „Letzten Monat bin ich 29 geworden, das heißt: Meine Berufsausbildung habe ich vor fast 10 Jahren abgeschlossen. Natürlich habe ich mich ständig weitergebildet, das ist entscheidend in meinem Beruf, aber ich wusste immer, schon als Jugendliche, dass ich mit Menschen arbeiten will. Menschen helfen, sich selbst zu helfen - das ist es." Und zu ihrem Erstaunen sieht Dorchen, wie Robert errötet.

Da ihr partout keine diplomatische Methode einfällt, Elena nach ihrer Herkunft zu befragen, fällt Dorchen mit der Tür ins Haus: „Und Robert sagt, Sie kommen aus Polen? Sie haben überhaupt keinen Akzent ...?"

„Meine Familie stammt aus Polen", erklärt Elena, „ich bin hier geboren und aufgewachsen, aber natürlich fühle ich mich allem Polnischen eng verbunden. Und so habe ich eben auch den Vertrag bei einer polnischen Agentur, die die Pflegekräfte nach Deutschland vermittelt, unterschrieben, weil die m.E. sehr reell arbeiten und beiden Seiten, also den Pflegebedürftigen genauso wie dem Pflegepersonal, gerecht werden. Tja, und da bin ich ..." Sie strahlt Robert an, der dieses Strahlen erwidert und plötzlich wieder an den Robert von vor zwei Jahren erinnert.

Kurz darauf verabschiedet sich Dorchen. Nachdem sie Robert spontan umarmt und ihm versichert hat, wie sehr sie sich für ihn freut, stehen die beiden Frauen in der Tür und reichen sich die Hände. „Ach, was soll's", sagt Dorchen, umarmt auch Elena und fügt hinzu: „Lass uns doch ‚du' sagen - ich bin Dorchen!" Und als sie schon fast wieder auf der Straße steht, fällt ihr auch wieder ein, weshalb sie eigentlich gekommen war: „Elena! Das Wichtigste hätte ich jetzt fast vergessen: Am übernächsten Sonnabend findet unser traditionelles Straßenfest statt. Wir treffen uns mittags zum Grillen und zum gemeinsamen Essen da drüben auf dem Bolzplatz, anschließend gibt es ein paar kleine Vorführungen und viele lustige Spiele, und abends wird wieder gegrillt und Musik gemacht, getanzt und gesungen. - Robert war in den letzten Jahren nicht dabei … aber in diesem Jahr kommt ihr doch, oder?"

Einen kleinen Moment sieht Elena fast erschrocken aus, dann lächelt sie und ruft: „Aber ja, gerne! Soll ich etwas mitbringen? Sag mir, was fehlt noch, was braucht ihr?" Dorchen muss nicht lange überlegen: „Kannst du eine polnische Spezialität machen? Irgendwas Kleines, Leckeres, was man hier nicht so kennt? Das wär doch toll …" und mit diesen Worten winkt sie ihr zu und marschiert schnellen Schrittes nach Hause.

Juli

Dorchens Schilderung dieses ersten Treffens macht in der Nachbarschaft schnell die Runde. Der Bann ist gebrochen, und schon bald trauen sich auch andere, Robert und ihr einen kurzen Besuch abzustatten oder sie auf der Straße anzusprechen, wenn man sich trifft. Nicht nur von Elenas Aussehen und ihrer aufgeschlossenen Art ist man angetan, sondern vor allem auch von der Veränderung, die ihre Gegenwart bei Robert bewirkt hat: Aus dem ungepflegten Griesgram ist binnen weniger Tage wieder ein zwar zurückhaltender, doch immerhin lächelnder Mann geworden, der jedenfalls schon wieder entfernt an den Robert von früher erinnert.

Inzwischen laufen die Vorbereitungen für das Straßenfest auf vollen Touren. Dorchen brütet über diversen Einkaufslisten: Für jedes der geplanten Gerichte hat sie eine Liste erstellt, die sie dann, bevor sie einkaufen geht, zu einer großen zusammenfügt. So kann sie sicher sein, dass sie später bei der Zubereitung aller Speisen wirklich alles zur Hand hat. Schließlich hat sie einen Ruf zu verlieren, denn ihre Spezereien sind beliebt und begehrt und alle sind gespannt, womit sie sie in diesem Jahr überraschen wird.

Bereits Mitte der Woche wird das von Sabrina organisierte Zelt angeliefert, und nicht nur die Männer der Siedlung, sondern auch Fabio, Gino, Luca und Lasse packen beim Aufbau mit an, während Mia mit Ina zusammen ins Dorf radelt, um mit großen Packungen Eis und Keksen beladen zurückzukehren.

Als am darauffolgenden Abend Tobias auf dem geliehenen Trecker um die Kurve tuckert, vor dem Bolzplatz hält und mehrere Biertischgarnituren und zwei riesige

Gasgrills ablädt, kann alles gleich an Ort und Stelle aufgebaut werden, und das Zelt ist so groß, dass sie sogar noch Platz für eine richtige kleine Bühne haben: Luigi stellt sie zur Verfügung, und gemeinsam schleppen sie Paletten, Balken und Hölzer jeder Art aus seinem Keller hinüber ins Zelt. „Na, Kumpel?", fragt Luigi und pufft Lasse freundschaftlich in die Rippen. „Wie wär's mit einer kleinen Kostprobe?" Doch Lasse, der doch sonst gern das große Wort führt, kneift: Mit roten Ohren flüstert er hinter vorgehaltener Hand, dass er in den letzten Tagen nicht zum Üben gekommen sei und das jetzt dringend nachholen müsse. „Okay, alles klar!", grinst Luigi. „Noch ist ja jede Menge Zeit ..."

*****

Doch die Zeit fliegt nur so dahin, und plötzlich ist es Sonnabend - ein strahlender Sommertag, an dem kein Wölkchen den blauen Himmel trübt und eine zarte Brise die aufkommende Hitze mildert: Das optimale Wetter für ein Straßenfest.

Dementsprechend gut gelaunt werden Stühle geschleppt und Tische gedeckt, Spiele vorbereitet und die dafür benötigten Utensilien deponiert, die Musikanlage installiert und für Beleuchtung gesorgt, die Tafeln für das Buffet errichtet und die Getränke gekühlt - es ist ein geschäftiges Hin und Her, bei dem viel gelacht und gekichert wird.

Schon lange, bevor Tobias das Fest mit einem kräftigen Schlag auf den mitgebrachten Gong offiziell eröffnet, hat der Duft von Gegrilltem alle angelockt, und jetzt erheben sie die Gläser, prosten sich zu und wünschen sich gegenseitig „viel Spaß und gutes Gelingen".

Tobias und Ecki sind die Grillmeister, und gerade will Ecki mit seinem üblichen Ruf - „zu mir, zu mir, was Beine hat", wobei er Buddy und Mäxchen stets wohlwollend einschließt - die Verteilung von Fleisch und Wurst, Fisch und Gemüse einläuten, als sein Blick über die Straße hinüber zu Roberts Haus wandert, in dem sich in diesem Augenblick die Tür öffnet und Elena den Rollstuhl die Rampe hinunterrollen lässt. Den zweiten Teil seiner Ankündigung kann Ecki gerade noch verschlucken, drückt Tobias seine Grillzange in die Hand und eilt Elena zu Hilfe, die mit der einen Hand versucht, den Rollstuhl zu schieben und auf der anderen ein Backblech balanciert. „Mensch, Mädchen, lass dir doch helfen", ruft Ecki, nimmt ihr das Backblech ab und lugt sofort unter das darüber ausgebreitete Tuch. „Hm, wie das duftet!" Und Robert grinst: „… und warte mal ab, wie das schmeckt!"

Auch für Elenas Piroschki findet sich auf dem Buffet noch ein Platz: Neben Datteln im Speckmantel, Kartoffelsalat mit und ohne Mayonnaise, Nudel- und Reissalat, bunter Gemüseplatte und kaltem Gazpacho, zwischen Couscous und Bulgur, Avocado-Dip und Remoulade, Melone mit und ohne Schinken, Obstsalat und Käsekuchen - es ist wie immer für jeden Geschmack etwas dabei, hungern muss hier niemand.

Staunend ist Elena im Zelteingang stehen geblieben, lässt die Blicke wandern und versucht, sich an all die Namen zu erinnern, als Clara zu ihr tritt, ihr den Arm um die Schulter legt und sie herzlich begrüßt. Dann geht sie vor Robert in die Knie, mustert ihn ausgiebig und fragt: „Bist du's wirklich, Robert? So schön hab ich dich lange nicht gesehen!" Und zur Bekräftigung gibt sie ihm lachend einen Kuss.

„Tja, wenn man den Friseur im Haus hat, bleibt einem gar nichts anderes übrig, als schön zu sein", lacht auch er und sieht über die Schulter hinauf zu Elena. „Hat sie gut gemacht, oder?" „Du hast ihm die Haare geschnitten? Super - hast du das gelernt?" „Nicht wirklich", antwortet Elena, „nur abgekuckt und angenommen. Und bei Robert war das, glaube ich, mal fällig", fügt sie hinzu und sammelt ihm ein Haar vom Kragen.

*****

Während des Essens wird es ein wenig ruhiger im Zelt, jeder genießt auf seine Art und probiert von den angebotenen Leckereien und Köstlichkeiten. Dorchen behält wie immer das Buffet im Auge, arrangiert neu und dekoriert um, legt neue Servietten zurecht und entsorgt Abfälle, und schließlich zieht der Duft frisch gebrühten Kaffees durch das Zelt. Luigi springt auf das aus Paletten errichtete Podest, die „Bühne", greift zum Mikrophon und schaltet die Anlage ein. „Moin Moin, liebe Nachbarn, Freunde und Gäste!" Seine Worte werden begleitet von einem schrillem Kreischen, die Umsitzenden zucken zusammen, halten sich die Ohren zu und ziehen mit schmerzverzerrten Gesichtern die Köpfe ein. Tobias eilt herbei, um die Rückkopplung zu beseitigen, und dann geht's los:

„Ihr Lieben, als vom Los auserkorener Moderator freue ich mich, euch alle hier zu unserem 3. Straßenfest …" - Protestrufe unterbrechen Luigis wohlgesetzte Worte - „… okay okay, also zu unserem 5. Straßenfest begrüßen zu dürfen! Ich find's toll, dass wir uns alle wieder zusammengefunden haben, und bevor ihr jetzt womöglich nach dem Genuss all dieser Köstlichkeiten der postprandialen Fressnarkose anheimfallt …" (allseitiges Gemurmel, Schulterzucken und verständnisloses Grinsen) macht euch bereit für das erste Highlight dieses

Festes: Unter großen Mühen und Aufbietung aller Kräfte ist es uns gelungen, das allseits bekannte, ja: weltberühmte Wiesengrund-Trio zu engagieren! Bitte ein Riesen-Applaus für das Wiesengrund-Trio ..." Und mit weit ausholender Geste lenkt er die Aufmerksamkeit seiner Zuhörer auf Lasse und Ecki, die sich jetzt, sich nach allen Seiten verneigend, durch die Reihen schlängeln und sich neben Luigi auf der Bühne einfinden. Ecki gibt den selbstbewussten Star, winkt gönnerhaft und routiniert ins Publikum, während Lasse verlegen und mit hektischen roten Flecken auf den Wangen versucht, sich hinter Luigi zu verstecken.

Der legt ihm aufmunternd die Hand auf die Schulter, schiebt ihn nach vorn und verkündet: „Wir bringen nun etwas ganz Besonderes zu Gehör, nämlich einen an die südamerikanische Samba angelehnten HipHop mit klassischen Hardrock-Passagen im Metallica-Country-Sound!"

An dieser Stelle kann er sich vor Lachen selbst kaum noch halten, greift nach seiner Gitarre und fordert Ecki und Lasse auf, ebenfalls zu ihren „Instrumenten" zu greifen. Lässig in den Knien wippend, tritt Ecki zwei Schritte zurück, zaubert unter einer Kiste zwei riesige, verbeulte Topfdeckel hervor und hält sie triumphierend in die Höhe. Als Lasse dann auf einem Hocker hinter den dazugehörigen Töpfen Platz nimmt, johlt und pfeift das Publikum. Luigi hebt die Hand, Ecki grinst und Lasse schwitzt, und dann legen sie los: Während Lasse auf seinen Töpfen zunächst zaghaft, dann immer mutiger den Rhythmus vorgibt und Ecki mit den Topfdeckeln dramatische Akzente setzt, hält sich Luigi auf der Gitarre noch ein wenig zurück, schüttelt nur hin und wieder enthusiastisch den Kopf, auf dem leider keine schwarzen Locken mehr fliegen, legt mit geschlossenen Augen den Kopf in den Nacken und leitet dann mit großer Geste

Lasses Solo ein: Voll konzentriert, mit roten Wangen und fest zusammengebissenen Zähnen, schlägt der auf die Töpfe ein, lässt die „Sticks" (es sind die längsten Holzlöffel, die er in der Küche seiner Mutter finden konnte), kreisen und wirbeln, legt alle Kraft in das rhythmische Schlagen und erlaubt sich ein zufriedenes Lächeln, als ihm auch das Staccato mühelos gelingt und das Publikum ihn mit spontanem Applaus belohnt. Erst als ihm der Schweiß in die Augen rinnt, richtet er sich auf und übergibt wieder an Luigi, der, tatkräftig unterstützt von Eckis Topfdeckeln, die Darbietung mit einem nicht enden wollenden Crescendo ausklingen lässt.

Von postprandialer Fressnarkose kann nicht mehr die Rede sein, Lachen und Rufen erfüllt das Zelt, als Luigi erneut auf die Bühne springt, zum Mikrofon greift und um Ruhe bittet. „Liebe Leute, es wartet noch eine weitere Überraschung auf euch! Wir haben keine Kosten und Mühen gescheut, um euch noch einen weiteren, wahren Kunstgenuss präsentieren zu können:

Direkt eingeflogen aus Paris, aus dem weltberühmten, sagenumwobenen ‚Moulin Rouge', kommen zu uns zwei begnadete Künstlerinnen! Bitte begrüßt mit einem kräftigen Applaus Chantal und Jaqueline, die Meisterinnen des Cancan!"

Bei diesen Worten bauscht und beult sich der aus einem schwarzen Satinlaken (gestiftet von Sabrina?) gestaltete Vorhang, man fürchtet schon eine Karambolage, als die „Tänzerinnen" auf die Bühne stolpern: Angetan mit knallroten Lockenperücken, rosa Tütüs über schwarzen Radlerhosen, enganliegenden Tops über prall gefüllten BHs und Ballettschläppchen an den stacheligen Waden, stehen sie da: Der lange, dünne Andreas und der gut gepolsterte Tobias. Die grellrot geschminkten Münder zu einem breiten Grinsen verzogen, halten sie sich sittsam an den Händen und verneigen sich brav vor ihrem Publikum, das sich vor Lachen krümmt und sich bereits jetzt die Hände wund klatscht.

Da setzt die Musik ein. Chantal und Jaqueline nicken sich zu, greifen in ihre Tütüs und heben sie an. Das Publikum kreischt, als darunter Strapse sichtbar werden, die zwar mangels Seidenstrümpfen lose herumbammeln, doch der Erfolg ist den beiden sicher. Mit den angehobenen Tütüs wedelnd, lassen sie abwechselnd den linken und den rechten Unterschenkel kreisen, springend und hüpfend und die Beine schwingend, meistens sogar synchron und im Takt, wirbeln sie über die Bühne, behalten tapfer das Lächeln im bereits schweißglänzenden Gesicht, wechseln die Seiten und versuchen einen angedeuteten Spagat, bis sie sich zum Schluss um die eigene Achse drehen, den Zuschauern den Rücken zukehren und sich mit dem Schlussakkord schwungvoll vornüber beugen: Auf ihren schwarzen Radlerhosen prangt mittig ein rotglänzendes Herz.

Die Begeisterung kennt keine Grenzen. Lachtränen fließen in Strömen, man hält sich den Bauch und keucht erschöpft: „Ich kann nicht mehr … ich kann nicht mehr …", während der frenetische Applaus nicht enden will.

Irgendwann haben sich Chantal und Jaqueline die Perücken vom Kopf gerissen, verbeugen sich ein letztes Mal und humpeln atemlos von der Bühne, und trotz allgemeinen Murrens und Meckerns erklingt jetzt die übliche, viel geschmähte Polonaise, die jeden einzelnen abholt und vom Stuhl hochzieht, bis die ganze Kolonne, angeführt von dem im Rollstuhl geschobenen Robert, sich singend, im Takt stampfend und in bester Stimmung zwischen den Tischen hindurch nach draußen auf den Bolzplatz schiebt.

*****

Nachdem alle den Schock, Sabrina nicht in obligatorischem Schwarz, sondern einem strahlend weißen, bodenlang wallenden Kleid in ihrer Mitte zu sehen, verdaut haben, formieren sich die Mannschaften für das Völkerballspiel, lachen beim Sackhüpfen und Eierlaufen Tränen und fühlen sich erinnert an die fernen Zeiten der Kindergeburtstage. Immer mehr Vorschläge finden Beifall, und schließlich bauen sie die Stuhlreihe auf für die Reise nach Jerusalem, entwenden Dorchens Halstuch für das Tuchspiel und klatschen Sabrina Beifall, als sie kurzerhand eine Sektflasche in den Sand entleert, um das Flaschendrehen zu ermöglichen. Selbst vor Scharaden schrecken sie nicht zurück, singen „Wir wolln eine goldene Brücke bauen" und vertilgen zwischendurch Unmengen von Kuchen und literweise Kaffee, und als ihnen bewusst wird, dass ihre Kinder und deren Kumpel ihnen nur noch kopfschüttelnd und irgendwie peinlich berührt zusehen, kehren sie erhitzt und kichernd zurück ins Zelt. Die Sektkorken knallen, das Bier zischt, und die nun voll funktionsfähige Musikanlage ist auf Zimmerlautstärke gedrosselt und verbreitet mit sanften Rhythmen und melodischer Untermalung Entspannung und Gemütlichkeit.

„Wo bist du da nur hingeraten, was?" Lächelnd reicht Dana Elena ein Glas Sekt, stößt mit ihr an und zwinkert ihr über den Rand ihres Glases hinweg zu. Elena lässt den Blick auf der Suche nach Robert durch das Zelt gleiten, prostet ihm lächelnd zu, als sich ihre Blicke treffen und wendet sich zu Dana um. „Ich hab ehrlich gesagt nicht gewusst, dass ihr Norddeutschen so locker und entspannt feiern könnt", sagt sie und stößt noch einmal mit ihr an. „Bei uns im Spreewald geltet ihr eher als ... als ..." Sie zögert. „Na? Spuck's aus!", fordert Dana. „Als stur und humorlos, stimmt's?" Elena dreht und windet sich ein wenig, dann lacht sie aber und gesteht: „Also jedenfalls nicht als besonders aufgeschlossen und zugewandt ... eher als spröde."

Gemeinsam betrachten sie nun die Festgesellschaft, die die Tische und Bänke gerade zu einem großen Rund zusammengestellt hat. Das Stimmengewirr zeugt von ausgelassener Atmosphäre, es wird geredet und gelacht, die Kinder rennen hin und her und raus und rein, es sind noch viele aus dem Dorf dazugekommen, und während Dorchen Schalen mit Knabberkram, Gläser voller Salzstangen und Wasserflaschen auf den Tischen verteilt, lässt sie die Blicke suchend umherschweifen. Plötzlich wird ihr bewusst, dass sie Bernhard schon eine ganze Weile nicht mehr gesehen hat.

„Wann ist es denn soweit?", fragt Elena leise, fast beiläufig. Dana stutzt, sie versteht nicht. „Wie? Was meinst du?", fragt sie und runzelt die Stirn. „Das Baby", antwortet Elena. „Du bist doch schwanger, nicht?" Als sie die Fassungslosigkeit in Danas Gesicht erkennt, beißt sie sich auf die Lippen und legt ihr entschuldigend die Hand auf den Arm. „Oh je", flüstert sie. „Du weißt es noch gar nicht? Es ist noch ganz frisch? Herrje, entschuldige, es tut mir leid, wenn ich dich erschreckt habe, wirklich, es tut mir leid. Aber weißt du, ich kann nichts dafür, ich habe den Blick ..."

*****

An seinem Schreibtisch sitzend, Buddy zusammengerollt zu seinen Füßen, lässt Bernhard den Blick durch den Garten wandern. Das Lachen und Rufen, die Musik und das auf- und abschwellende Gesumm und Gesirre aus dem Festzelt dringen nur noch gedämpft zu ihm herüber.

Mit beiden Händen fährt er sich über das Gesicht, spürt die raue Haut auf seinen Wangen und lässt die Hände sinken. Er ist müde. Es ist nicht die Art von Müdigkeit, die man nach stundenlanger Gartenarbeit empfindet; nicht die Art von Müdigkeit, die einen nach langer Wanderung in einer Berghütte endlich die Beine unter den Tisch strecken lässt. Es ist eine bleierne Müdigkeit, eine, die jede Bewegung zur Anstrengung werden lässt, die nicht nur Arme und Beine schwer und träge macht, sondern auch das Herz, das mühsam, aber tapfer gegen diese gnadenlose Schwere ankämpft. - Langsam, wie in Zeitlupe, greift er zum Stift und beginnt, das Papier mit seiner großen, runden Schrift zu füllen.

„Hannah, mein Liebes!

Ich habe mich davongeschlichen, das Straßenfest läuft gerade zu großer Form auf. Aber du
weißt ja, wie sehr ich solche „Events", wie es heute
neudeutsch so schön heißt, liebe - je älter ich werde,
desto unwohler fühle ich mich unter so vielen Menschen.

Bei deiner Mutter ist das anders. Gerade in den
letzten Tagen habe ich sie wieder beobachten können: Sie genießt die Vorbereitungen zum Fest in
vollen Zügen. Sie stellt ihre Listen zusammen, sie
plant und kauft ein, und wenn sie dann in der
Küche anfängt zu wirbeln, dreht und wendet sie
sich wie ein junges Mädchen, hat die kaputte Hüfte
und die Arthrose in den Fingern total vergessen,
summt vor sich hin und bekommt glänzende Augen und rote Bäckchen. Und auch heute dauerte es
keine halbe Stunde, bis all ihre Platten, Etageren
und Schüsseln, die sie vorbereitet und auf dem
Buffet deponiert hat, leer gefuttert waren - all das
Lob, der Zuspruch und die Anerkennung haben
ihr gut getan.

Heute war zum ersten Mal Elena dabei. Sie ist
Roberts Pflegerin, seine „polnische Lösung". Sie ist
eine kleine, grazile junge Frau. Mit ihrem weißblonden Haar bis zum Po und den strahlend

blauen Augen über der zierlichen Stupsnase erinnert sie mich ein bisschen an dich. Auch in ihrer Gestik. Das fühlt sich seltsam an - manchmal nimmt ihr Anblick mich gefangen und lässt mich lächeln, manchmal kann ich ihn nicht ertragen. Auch deshalb brauchte ich erstmal eine Pause.

Am Mittwoch waren wir natürlich wieder bei deinem Bruder. Manchmal bin ich mir nicht sicher, ob er sich über unseren Besuch jedenfalls ein bisschen freut oder ob wir ihm nicht inzwischen längst lästig geworden sind. Er sitzt uns schweigend gegenüber, lässt den Kopf hängen und beantwortet unsere Fragen am liebsten nur mit einem Nicken oder Brummen. Was soll er auch schon von sich erzählen? Viele Sensationen wird es in seinem Leben nicht geben. Und die Therapie, zu der sie ihn verdonnert haben, verweigert er offensichtlich nach wie vor, und selbst wenn er sie machen würde, wären die Fortschritte dank seiner Einstellung dazu sicher nur marginal. Ganz abgesehen davon, dass wir auch nicht wissen möchten, was da zur Sprache käme ...

Aber nicht nur seinetwegen bringe ich es nicht fertig, unsere Besuche bei ihm einzustellen oder auch nur zu reduzieren: Sie sind lebenswichtig für deine Mutter, Hannah, sie stellen sozusagen die Rettungsleine dar, an der sie sich von Woche zu Woche durchs Leben hangelt.

Ach Hannah, mein Liebes, ich habe dir auch nicht viel Neues zu erzählen. Meine Sehnsucht nach dir und Harald kann höchstens noch mit meinen Schuldgefühlen konkurrieren und mit der zentnerschweren Last, als die ich dieses unendliche Versteckspiel, dieses nicht enden wollende Theater immer öfter empfinde. - Ihr fehlt mir.

In Liebe -

Paps"

Im Zelt scheint derweil gerade etwas Ruhe eingekehrt zu sein. Von den auf dem Bolzplatz veranstalteten Spielen sind sie erhitzt und verschwitzt, die Lachmuskeln schmerzen, sie sind atemlos und angenehm erschöpft. Jetzt sitzen sie zusammen, löschen den Durst mit Wasser, Saft und Bier und tauschen die neuesten Neuigkeiten aus. Erst als die allgemeine Stimmung zu erschlaffen droht, steht Luigi auf, greift zur Gitarre und stimmt das erste Lied an. Robert macht Elena Zeichen, sie beugt sich zu ihm hinunter, läuft dann hinüber zum Haus und kommt wenige Minuten später mit seiner Mundharmonika zurück. Als er erst zaghaft, doch dann immer kräftiger Luigis Intonation von „Mathilda" begleitet, feuert enthusiastischer Applaus ihn an. Wer nicht textsicher ist, summt mit, klatscht mit oder trommelt den Rhythmus auf dem Tisch - die Stimmung ist gerettet.

Wirklich hungrig ist eigentlich niemand, doch irgendwann finden sich Tobias und Ecki wieder an den Grills ein, feuern die Glut an und beträufeln auf dem einen das Fleisch mit Bier, während sie den in Folie gehüllten Fisch und die bunten Gemüsespieße auf dem anderen vorsichtig drehen und wenden und erst ganz zum Schluss mit Kräuterbutter würzen.

Der Duft hat sogar die Kinder schon angelockt, und Luigi braucht den Gong nur einmal zu schlagen, um alle zusammenzutrommeln. Die Salate vom Mittagsbuffet werden herumgereicht, frisch aufgeschnittenes Brot und Grillsaucen jeder Art machen den Genuss komplett, und als die Sonne den Himmel im Westen färbt, werden Tische und Bänke wieder beiseite gerückt und die Tanzfläche im Zelt freigemacht.

Luigi und Robert lassen es sich nicht nehmen, der versammelten Nachbarschaft noch einmal so richtig einzuheizen, bieten von Rock über Folk bis zu Country und sogar Schlagern alles, was das Herz begehrt, doch irgendwann legen sie die Instrumente zur Seite und überlassen es der Musikanlage, für Stimmung und Animation zum Tanz zu sorgen.

Schnell herrscht wildes Gedränge auf der kleinen Tanzfläche, Dorchen und Bernhard gleiten im Gleichklang und in perfekter Haltung durch die Mitte, Luigi und Clara rocken mit Ina und Andreas um die Wette, und sogar Lasse und Fabio haben sich zu Mia und ihrer Freundin Nina gesellt, schütteln wild die Köpfe im Takt und zappeln mit Armen und Beinen, wofür sie viel Platz beanspruchen.

Dana steht mit ihrem Saftglas in der Hand im Halbdunkel. Sie kann die Augen nicht von Elena lassen, die sich auf der gegenüberliegenden Seite um Robert herum bewegt: Sie hat seinen Rollstuhl so gestellt, dass sie ihn ganz umrunden kann, bewegt sich mit fließenden Bewegungen vor ihm hin und her, beugt und biegt den Körper, so dass ihre Haare ihm übers Gesicht streichen und beginnt, sich im Takt der Musik wiegend, den Rollstuhl um die eigene Achse zu drehen. Roberts Lächeln breitet sich aus, er streckt die Hand aus und hält sich an Elenas Arm fest, während er den Kopf zurückbiegt und ihr von unten ins Gesicht lacht. - Als die Musik verklingt, sind beide außer Atem, und lachend lässt Elena sich auf Roberts Schoß fallen.

Heute gibt es keine Sperrstunde, nicht einmal die Kleinsten werden heut ins Bett geschickt. Leonie ist schon längst im Arm ihres Vaters eingeschlafen, Musik und Stimmengewirr begleiten ihre Träume, und Gino und Luca demonstrieren tapfer, dass sie zu den „Großen" gehören und ihrem großen Bruder in nichts nachstehen wollen - sie toben und spielen bis zum Umfallen.

Vom Zelteingang her beobachtet Dorchen die Tanzenden. Jeder tanzt mit jedem, es gibt niemanden mehr, der sich nicht von Zeit zu Zeit den Schweiß von der Stirn wischt. Nur Elena sieht auch jetzt noch aus wie der junge Morgen, obwohl sie kaum einen Tanz ausgelassen hat, weil alle Männer der Siedlung sich offensichtlich darum reißen, mit ihr tanzen zu dürfen. Alle - außer Bernhard. Nachdem ihr Mann seine Pflichttänze absolviert hat, hat er sich mit einem Bier zurückgezogen, hat seinen Stuhl ins Halbdunkel geschoben und es sich bequem gemacht, doch wann immer Dorchen den Blick zu ihm hinüberwandern lässt, muss sie erkennen, dass er Elena nicht aus den Augen lässt. Völlig selbstvergessen beobachtet er jede ihrer Bewegungen, folgt sein Blick ihrem Tanz hierhin und dahin, wobei sich manchmal ein zaghaftes Lächeln in seinem Gesicht zeigt, während es Sekunden später fast schmerzverzerrt wirkt. - Dorchen spürt, wie sich ihre Nackenpartie verkrampft.

*****

Die Nacht war lang - oder kurz, wie man's nimmt. Trotzdem hält Luigi an seiner Gewohnheit fest, am frühen Morgen joggen zu gehen. Zwar fast eine Stunde später als gewohnt, doch immer noch zu „unchristlicher Zeit", wie Clara es schlaftrunken nannte, als sie sich auf die andere Seite drehte und das Kissen übers Gesicht zog, und so zieht Luigi um 6.30 Uhr die Haustür hinter sich zu, schnürt seine Joggingschuhe und dehnt ausgiebig die Muskeln beider Beine. Als er sich wieder aufrichtet, steht er Elena gegenüber.

„Nimmst du mich mit?", fragt sie, während sie abwechselnd die Knie anzieht, um dann energisch auf der Stelle zu trippeln. „Ich hab dich gesehen, wenn du morgens zum Joggen startest. Ich laufe auch so gern, weißt du, ich brauch das, und ich dachte, wir könnten vielleicht zusammen ...?" Einen winzig kleinen Augenblick ist Luigi versucht, ihr Ansinnen abzuschmettern - die morgendliche Stille beim Laufen gibt ihm Kraft für den Tag - doch dann besinnt er sich, lächelt und sagt: „Klar, wieso nicht?", dreht sich um und setzt sich in Bewegung.

Fast schwerelos trabt Elena neben ihm her, schon nach wenigen Schritten hat sie sich seinem Rhythmus angepasst. Unter der türkisfarbenen Legging zeichnen sich stramme Muskeln ab, das eng anliegende, gelbweiße Trägertop lässt erahnen, dass sich darunter zwei kleine, feste Brüste verbergen. Das lange Haar hat sie auf dem Hinterkopf zu einem Knoten geschlungen, aus dem ein mindestens noch 30 Zentimeter langer Pferdeschwanz quillt. Fröhlich wippt er beim Laufen hin und her, während die Morgensonne das weiße Blond ihrer Haare funkeln lässt. Luigi bemüht sich, nach vorn zu sehen.

Als sie eine knappe Stunde später zurück sind, glänzt auf seiner Haut der Schweiß, während Elena lediglich gerötete Wangen hat und aus noch strahlenderen Augen als gewöhnlich zu ihm aufsieht. Vor Luigis Haustür angekommen, stemmen beide die Hände auf die Oberschenkel, atmen ein paar Mal tief durch und lockern Arme und Beine mit Dehnübungen und kräftigem Ausschütteln. Clara, die gerade Wasser in den Eierkocher füllt, beobachtet vom Küchenfenster aus, wie die beiden lachen, sich mit einer „high five" verabschieden (wobei Luigi den Rücken krümmen und sich zu der kleinen Elena herunterbeugen muss) und sich noch einmal zuwinken, dann fällt die Haustür ins Schloss und ein strahlender Luigi betritt die Küche.

„Oh, du hattest heut Gesellschaft beim Joggen?", fragt Clara, und sie kann nicht verhindern, dass sich ein kleiner, spitzer Unterton in ihre Stimme einschleicht.

„War's nett?" „Ja, war nett", antwortet Luigi unbefangen und immer noch ein wenig atemlos, „auch wenn man sich ja beim Laufen nicht besonders gut unterhalten kann. Aber die Kleine hat natürlich noch viele Fragen, was Robert und Lilo und uns alle und unser Leben hier betrifft, kannst du dir ja vorstellen", und mit einem ziemlich klebrigen Kuss auf ihren Hals nuschelt er seiner Frau ins Ohr: „Ich geh duschen, Süße, dann bin ich wieder frisch wie der junge Morgen ... und zu allen Schandtaten bereit!" Lachend schüttelt Clara ihn ab und schaltet die Kaffeemaschine ein.

*****

Gerade haben Elena und Luigi ihre Türen geschlossen, als Dorchen mit zwei großen Henkelkörben das Zelt auf dem verwaisten Bolzplatz betritt. Während sie die Blicke schweifen lässt, bläst sie die Backen auf und stöhnt. So ein verlassener Festplatz hat doch immer etwas schrecklich Deprimierendes. Sie stellt einen der Körbe auf dem nächstbesten Tisch ab und beginnt, Bestecke und herumflatternde Servietten in den anderen zu sammeln. Glücklicherweise raucht kaum noch jemand in der Siedlung - genau genommen fällt ihr außer Sabrina niemand ein -, so dass es nur einen Aschbecher gibt, der zu leeren ist. Allerdings hat sich in der Ecke hinter der großen Lautsprecherbox jemand übergeben, und Dorchen weicht angeekelt zurück. Meine Güte, wer hat denn nur soviel getrunken, dass er sich übergeben musste? Das war doch wohl nicht einer der Jungs? Doch dann zieht ein Bild vor ihrem geistigen Auge auf und sie meint sich zu erinnern, dass Sabrina sich eigenartig schwankend und mit der obligaten Zigarette wedelnd in diese Ecke zurückzog …

Vom ökologischen Standpunkt her ist Dorchen natürlich gegen die Verwendung von Papptellern, doch während sie jetzt zwei große Müllsäcke füllt und all die angetrockneten Essensreste und verklebten Servietten hineinstopft, ist sie doch dankbar, dass sie nicht mit verschmiertem Geschirr ihre Spülmaschine füllen muss.

Sie hat bereits zwei Müllsäcke mit Pappgeschirr, Servietten und Papiertischtüchern gefüllt, schüttet das gesammelte Plastikbesteck in eine Extratüte und beginnt, die Klappstühle zusammenzustellen, als ein Nachbar nach dem anderen eintrudelt und mit anpackt. Im Nu sind die Biertischgarnituren auf dem Hänger verladen und die Musikanlage abgebaut und zu Luigi in den Keller gebracht. Jetzt müsste es dem Zelt an den Kragen gehen, doch sie zögern - keiner mag den Anfang machen: Wenn das Zelt erstmal abgebaut ist, ist das Straßenfest wirklich vorbei, und das nächste große Erlebnis der Gemeinsamkeit wird eine ganze Weile auf sich warten lassen.

Es sind die Jungs, die ihnen behilflich sind. Heimlich, still und leise haben sie begonnen, die Sicherungen rund ums Zelt zu lösen. Bewaffnet mit riesigen Kuhfüßen haben sie die schweren Heringe aus dem Boden gehebelt und die Seile gelöst. Jetzt zählt Fabio bis drei - und von der Schmalseite her lassen sich fünf Kinder in die Zeltwand fallen. Ihr Plan geht nicht auf: Zwar knickt die eine oder andere Stange ein, zwar beult sich die Wand ein wenig nach innen ein, doch zum Einsturz, wie sie gehofft hatten, bringen sie das Zelt nicht. Stattdessen bricht ein Sturm der Entrüstung über sie herein, und während die Männer sich mühen, Ordnung in das Chaos zu bringen und die einzelnen Zeltbahnen abzunehmen und zusammenzulegen, verdrücken sich die Übeltäter und machen sich über die Reste vom gestrigen Abend her, die Dorchen auf einem der Tische zusammengetragen hat.

AUGUST

Die Amseln haben aufgehört zu singen, auch die zweite Brut ist flügge und ins eigene Leben entlassen. Die Gerste ist längst eingebracht, auf den Rapsfeldern stehen noch kurze, harte Halme in Reih und Glied - sie erinnern an ein überdimensionales Fakirbett.

Fabio und Gino haben sich mit einem Korb bewaffnet und stromern über das Feld. „Nee", sagt Fabio, „der Raps taugt nichts, der ist viel zu hart und zu lang, den kann Bernhard nicht gebrauchen. Wir müssen aufs Gerstenfeld, da gibt's viel bessere Halme."

Einträchtig stapfen die beiden nebeneinander her durch den Knick zum Gerstenfeld hinüber, wo sie sich eifrig nach abgeschnittenen und liegengebliebenen Halmen bücken.

Bernhards neueste Idee ist der Bau von neuen Insektenhotels. Lange hat er sich im Internet schlau gemacht, und so weiß er nun auch, dass es Quatsch ist, ein Insektenhotel mit Tannenzapfen oder gar einem gelochten Backstein auszustatten. Ein in verschiedenen Stärken gelochtes, also gebohrtes Balkenstück von mindestens 6 cm Tiefe gehört da rein, das ist das einzige, was wirklich Sinn macht. Evtl. noch ein Bündel Strohhalme - mehr nicht. Bernhard hat Fabio genau erklärt, worauf es bei einem Insektenhotel ankommt (nämlich vor allem darauf, den Wildbienen einen Unterschlupf zu bieten), und Fabio war sofort Feuer und Flamme. Nachdem er den Holzvorrat seines Vaters vergeblich durchforstet hat auf der Suche nach geeigneten Balken, freut er sich nun, wenigstens für die Bündel aus Halmen sorgen zu können, die Bernhard unter das schräge Dach der Hotels stopfen will.

Die abendliche Sonne hüllt die Gärten in weiches Augustlicht, das mit seiner Sanftheit eigentlich jeden allzu lauten Ton in zartes Säuseln verwandeln müsste. Trotzdem zerschneidet plötzlich ein gellender Schrei die Stille. „Andreas! Schnell - Mäxchen ist verletzt!" Es ist Inas Stimme, die voller Angst und Entsetzen durch die Siedlung hallt.

Wenige Augenblicke später trägt die schluchzende Ina den Katzentransporter zum Auto, das Andreas bereits aus dem Carport gefahren hat, und mit aufheulendem Motor verlässt der Wagen die Siedlung.

Schon am nächsten Morgen wissen alle Bescheid: Mäxchens Schwanz steckte in einer Mausefalle, die ihm die Knochen fast völlig zertrümmert hat. Die Tierärztin hat ein gutes Drittel des Schwanzes amputieren müssen, was ein großes Risiko war, weil der kleine Kater einen angeborenen Herzfehler hat und es nicht sicher war, ob er die Narkose überleben würde. So schwebte er auch heute früh, zwölf Stunden nach der OP, noch in Lebensgefahr, und Ina ist zu nichts zu gebrauchen. Mit verheulten Augen tigert sie durchs Haus, legt das Telefon nicht aus der Hand und wartet verzweifelt auf den erlösenden Anruf der Ärztin.

Am frühen Nachmittag hält sie es nicht mehr aus: Sie ruft selbst in der Praxis an. „Gerade hat er sich zum ersten Mal aufgerichtet, Frau Seibold. Ich glaube, wir haben es geschafft!" Mit einem zitternden Seufzer der Erleichterung und nur schlecht unterdrücktem Schluchzen lauscht Ina dem Bericht der Arzthelferin, die ihr erklärt, dass Mäxchen noch mindestens zwei Infusionen braucht und sicher noch einen, wenn nicht gar zwei Tage unter ärztlicher Aufsicht bleiben müsse. Außerdem wird er mindestens zehn Tage lang einen Kragen tragen müssen, um an der Wunde nicht zu lecken. Mit tränenerstickter Stimme bedankt Ina sich, kündigt an, dass sie sich am Abend noch einmal melden werde und legt gerade das Telefon aus der Hand, als es an der Haustür klingelt.

„Wie geht es deinem Kater?", fragt Elena mit einem erschrockenen Blick in Inas verheultes Gesicht. „Er ist wieder bei Bewusstsein, er wird es schaffen", lacht Ina, wobei ihr allerdings immer noch die Tränen über die Wangen kullern. „Aber komm doch rein, Elena - nett, dass du vorbeischaust", und während sie zur Seite tritt und die Tür weiter öffnet, fährt sie sich hastig mit dem Handrücken über das nasse Gesicht. Ein wenig verlegen lächelnd bittet sie Elena ins Wohnzimmer.

„Komm, nimm Platz. Kann ich dir was anbieten?" „Ich hab dir etwas anzubieten", erwidert Elena verschmitzt und wirft die blonde Mähne über die Schulter zurück. Aus dem Leinenbeutel, den sie bei sich trägt, zieht sie eine kleine Flasche: „Wodka, von meinem Papa selbst gebrannt!", verkündet sie. „Ich dachte, du brauchst heut bestimmt etwas Starkes ..." Und Ina, die Alkohol eigentlich nicht gewöhnt ist, lacht und nickt und läuft in die Küche, um eine Limette aufzuschneiden und eine Flasche Bitterlemon aus dem Kühlschrank zu holen.

„Na, das passt ja wunderbar!", freut sich Elena und füllt die bereitgestellten Gläser. „Fehlen eigentlich nur noch die Eiswürfel ..." „Ach, tut mir leid, die sind noch nicht fertig - ich hatte vergessen, die Schale neu zu befüllen. Geht es auch ohne?" „Auf Katerchens Gesundheit!", ruft Elena, hebt ihr Glas und stößt mit Ina an. Den glockenhellen Klang nehmen sie als Symbol der Hoffnung für Mäxchen.

„Hm, lecker!", schwärmt Elena, während Ina erschrocken die Stirn kraust, sich an den Hals fasst und sagt: „Uihh, der ist aber ganz schön stark, oder?" Elena lacht, doch dann wird sie ernst, stützt die Ellenbogen auf die Knie und dreht ihr Glas gedankenverloren in den Händen. Ein paar Mal sieht sie zu Ina auf, öffnet den Mund, schweigt. Etwas ratlos erwidert Ina den Blick, schließlich fasst sie sich ein Herz und fragt: „Ist etwas, Elena? Bist du gekommen, um mir irgendwas zu sagen?"

Elena senkt den Blick, lässt die Limettenscheibe in ihrem Glas kreisen und schüttelt leicht den Kopf. „Nein ... ja ... doch, ich glaube, ich sollte es dir sagen, denn ich denke, du musst es wissen ..." „Was, um Gottes willen? Was muss ich wissen?" Instinktiv hat auch Ina sich vorgebeugt, hält den Atem an und beginnt schon fast wieder zu weinen. Elena richtet sich auf, stellt ihr Glas ab und legt die Hände im Schoß zusammen.

„Nun, also, ich habe etwas beobachtet. Und ich hätte nie gedacht ... im Traum hätte ich mir nicht vorstellen können, dass das Mädchen zu so etwas fähig wäre, aber ..." „Welches Mädchen? Wozu fähig? Elena, sprichst du von Mäxchen?" Ina presst die Worte heraus, am liebsten würde sie die Antwort aus Elena herausschütteln. „Ja, ich spreche von Mäxchen. Und ich habe beobachtet, wie Mia deinem Kater diese Mausefalle an den Schwanz geklemmt hat. - So, nun ist es raus ..."

„Mia?" Ina ist aufgesprungen, starrt Elena mit weit aufgerissenen Augen und offenem Mund an. „Du meinst, Mia hat meinem Mäxchen die Mausefalle ... Mia hat ihm das angetan? Das hast du gesehen?" Ihre Stimme ist zu einem heiseren Krächzen geworden, ihr umgestoßenes Glas bemerkt sie nicht. Als Elena verzagt nickt, kehrt sie ihr den Rücken zu, ringt die Hände und beißt in ihre verknoteten Finger, um ihr Schluchzen unter Kontrolle zu bringen. Die Gedanken rasen in ihrem Kopf, sie dreht sich mehrfach um sich selbst, geht zur Tür, kehrt um, zerrt ein Taschentuch aus der Tasche und bleibt dann mit hochrotem Kopf und völlig erstarrten Gesichtszügen vor Elena stehen. „Du hast gesehen, wie Mia meinen Kater gequält hat, und bist ihm nicht zu Hilfe gekommen? Du weißt, wer ihm das angetan hat, und rückst erst jetzt mit der Sprache raus? Weißt du überhaupt, was wir gerade durchmachen? Oder gehörst du zu denen, die Tiere als Sache betrachten? ‚Ach, ist ja nur ein Kater, was soll's!' Ja? Ist das deine Einstellung?" Ihre Stimme ist zu einem schrillen Kreischen angeschwollen, ihr Gesicht ist jetzt ganz dicht vor dem Elenas.

Die weicht zurück, steht auf und schiebt sich an Ina vorbei. Sie ist kreideweiß geworden, die blaue Ader an ihrer Schläfe pocht heftig. Mit einer schnellen Bewegung schubst sie Ina aus dem Weg, ist mit wenigen Schritten an der Tür und fährt herum: „Pass auf, was du sagst, Ina Seibold, das rate ich dir. Ich bin gekommen, um dir reinen Wein einzuschenken und dich und deinen Kater vor ähnlichen Übergriffen zu schützen - und das ist der Dank? Dass ich mich hier von dir beschimpfen und beschuldigen lassen muss? Das hab ich nicht nötig, echt nicht!" Und wutschnaubend strebt sie der Eingangstür zu, hält jedoch noch einmal inne und deutet auf die kleine Flasche Wodka, die immer noch auf dem Couchtisch steht: „Das war ein Gastgeschenk, du kannst es behalten, denn Geschenke nimmt man nicht zurück. Du wirst es brauchen, wenn du wieder zur Besinnung gekommen bist, da bin ich mir sicher." Und mit einem Knall fällt die Haustür hinter ihr ins Schloss. Dorchen, die gerade von ihrer Runde mit Buddy zurückkommt, sieht der an ihr vorbeirauschenden Elena verwundert hinterher.

Währenddessen hat Ina zum Telefon gegriffen. Sie muss mit Andreas sprechen, muss sich Luft machen, ihr Entsetzen mit ihm teilen. Doch dann drückt sie die Hände an die Brust, schließt die Augen und beschwört Mäxchens Bild herauf, wie er sich mühsam, mit verbundenem, um mindestens fünf Zentimeter gekürztem Schwanz und einer Kanüle in der Pfote in der Box der Tierärztin aufrichtet. Sie lächelt, leckt sich das Salz der

Tränen von den Lippen und atmet tief durch: Er ist gerettet, er wird es schaffen - das ist das, was jetzt zählt. Dieser Gedanke lässt sie ruhiger werden, die Schultern sinken herab und der Tränenfluss versiegt.

Trotzdem sträuben sich ihr immer noch die Nacken-
haare, wenn sie an Elena und ihre soeben offenbarten
Beobachtungen denkt. Ist es möglich, dass man einer
solchen Grausamkeit tatenlos zusehen kann? Dass man
sich zurückzieht und in Schweigen hüllt, statt stehenden
Fußes einzuschreiten und aufzuklären? Und überhaupt:
Ist Mia wirklich imstande, einem Tier, und erst recht
Mäxchen, etwas derartig Grauenvolles anzutun? Ausgerechnet Mia, die strahlt wie ein Honigkuchenpferd, wenn
sie Mäxchen in Inas und Andreas Abwesenheit versor-
gen und verwöhnen darf; Mia, der Mäxchen laut schnurrend um die Beine streicht und die die einzige außer Ina
ist, die ihn auf den Arm nehmen darf? Nein, Elena muss
sich getäuscht haben, zu so etwas ist Mia nicht fähig.
Andererseits - nur Mia darf Mäxchen auf den Arm nehmen, und nur wenn man ihn auf den Arm nimmt, kann
man ihm eine Mausefalle an den Schwanz klemmen,
oder? Oder nicht?

Ina spürt, wie sich ihr Magen verkrampft und ihr der
Schweiß ausbricht. ‚Ruhe!‘, verordnet sie sich, ‚bleib ruhig, überstürz nichts. So eine Untat muss bestraft werden, klar - aber falsche Beschuldigungen können erst
recht Schaden anrichten …‘

Erst jetzt bemerkt sie, dass ihr Glas immer noch um-
gekippt auf dem Tisch liegt. Der Inhalt hat eine ansehn-
liche Lache gebildet, an ihrem Smartphone vorbei tropft
sie langsam herab aufs Parkett. „Oh, shit", stöhnt sie,
läuft in die Küche und holt Lappen und Tücher, und als
sie alles trocken getupft hat, testet sie die Funktionsfä-
higkeit ihres Smartphones mit einem neuerlichen Anruf
in der Tierarztpraxis. Sie lässt es lange klingeln: Noch ist

Sprechstunde und vermutlich wieder viel los, doch endlich ertönt die atemlose Stimme einer Helferin. „Ah, Frau Seibold! Nein, machen Sie sich keine Sorgen, wir haben alles unter Kontrolle. Sein Blick ist schon wieder fast klar, und vorhin hat er sogar schon versucht zu schnurren, als ich seinen Verband gewechselt habe. Er ist so tapfer, der kleine Kerl. Nein, zu futtern bekommt er noch nicht, aber nachher bringe ich ihm schon mal etwas zu trinken. Ja, bevor wir nach Hause gehen sehen wir nach ihm, ist doch klar. Alles wird gut, Frau Seibold - keine Sorge!"

Ina weiß, dass sie in der Praxis als übervorsichtig und ängstlich bekannt ist, aber in diesem Fall ist ihr das herzlich egal. Jetzt jedenfalls geht es ihr besser, jetzt fühlt sie sich einer Unterredung mit Mia und ihren Eltern gewachsen. Sie schlüpft in ihre Sandalen, nimmt den Schlüssel aus der Schale und macht sich auf den Weg in „den Bunker", wie Andreas und sie den schwarzen Bungalow von Sabrina und Tobias heimlich nennen.

*****

Ohne den Feng-Shui Garten wirklich zur Kenntnis zu nehmen, geht sie mit gesenktem Kopf auf die Haustür zu. Der schwarze Klinker des Hauses strahlt eine unglaubliche Wärme ab, die glänzende Tür aus poliertem Aluminium spiegelt die sinkende Sonne wider. Der Klang des Gongs scheint das Haus von innen heraus aufzublähen, ehe ihm die Luft ausgeht und er ganz langsam wieder verebbt. ‚Hör auf zu spinnen', ermahnt sie sich gerade selbst, als die Tür aufgerissen wird und ein atemloser Lasse vor ihr steht. „Hi, Ina, komm rein", keucht er, dreht sich um und ist schon wieder verschwunden. Ein wenig ratlos steht Ina in der Diele, drückt betont geräuschvoll die Tür hinter sich zu und räuspert sich. Mit einem Geschirrtuch in der Hand und kräftig kauend erscheint Tobias in der Küchentür.

„Ina, na sowas ... Moment, ich bin gleich bei dir", nuschelt er, verschwindet kurz in der Küche und kommt mit feuchten Händen und nicht mehr kauend zu ihr zurück. Mit schräg gelegtem Kopf bleibt er vor ihr stehen, legt ihr beide Hände auf die Schultern und dreht sie zum Licht. „Wie geht es deinem Kater, Ina? Wird er's schaffen?" Ohne auf seine Frage zu antworten, sieht sie ihm offen ins Gesicht. „Deshalb bin ich gekommen, Tobias - ich würde gern mit Mia sprechen."

Er nickt wortlos, ist mit wenigen Schritten an der Tür zu Mias Zimmer und klopft leise an. „Schatz, hast du einen Moment für uns?", fragt er, als sich die Tür einen Spaltbreit öffnet. „Ina ist hier - sie würde gern mit dir sprechen."

Die Tür öffnet sich ganz, und Mia tritt in die Diele. Ina muss einen Schreckenslaut unterdrücken, denn das Mädchen sieht schlimm aus: Quer über die linke Wange zieht sich ein dicker blutiger Streifen von der Schläfe bis in den Mundwinkel hinein, am Kinn bilden zwei nässende Wunden die Zentren einer gewaltigen Schwellung, die linke Hand ist verbunden bis zum Ellenbogen hinauf und an der rechten Hand zählt Ina mindestens drei Pflaster. „Oh Gott, Mia - das tut mir so leid", flüstert Ina, und Mia wirft sich ihr schluchzend in die Arme. „Ich konnte ihn nicht halten", schluchzt sie, „ich konnte ihn einfach nicht halten ...", und sie weint so herzzerreißend, dass Inas dünne Bluse völlig durchnässt an ihren Rippen klebt.

Es dauert lange, bis Mias Tränen versiegen. Irgendwann schiebt Ina sie vorsichtig auf Armeslänge von sich fort, sieht in das verquollene Gesichtchen und hebt sanft Mias Kinn. „Können wir reden, Mia?"

Schniefend und sich mit dem Handrücken die Nase wischend, nickt Mia und schleicht gesenkten Kopfes zurück in ihr Zimmer. Ina wirft einen fragenden Blick über die Schulter zu Tobias, der ihr jedoch aufmunternd zunickt.

Wortlos lässt Mia sich auf das mit einer Patchworkdecke versehene, aber bereits bös zerwühlte Bett fallen, zieht ein Bein unter den Po und wischt sich noch einmal die Nase. „Wie geht es Mäxchen?", fragt sie, und ihre Stimme ist kaum mehr als ein klägliches Krächzen. „Es geht ihm schon recht gut", versichert Ina ihr. „Katzen sind zäh, weißt du, nur hat Mäxchen ja leider diesen angeborenen Herzfehler, deshalb war die Narkose so ein Risiko. Aber er hat die OP gut überstanden, er kann schon wieder schnurren, sagt die Arzthelferin, und wenn alles gut geht, kann ich ihn morgen wieder nach Hause holen …"

Ein zitternder Seufzer ist zu hören, als Mia sich jetzt ein dickes Kissen greift und es fest vor die Brust presst. „Darf ich mitkommen, wenn du ihn abholst?", fragt sie, und ihre Stimme hat einen so drängenden, flehenden Ton, dass Ina spontan nach Mias Hand greift und nickt: „Natürlich! Ich sag dir Bescheid, wenn es soweit ist."

So sitzen sie einen Augenblick und schweigen. Dann atmet Mia tief durch, es ist, als ob ihr allein das Atmen schon schwerfällt und die Luft sich nur mühsam den Weg in ihre Lungen bahnt. „Ich konnte ihn nicht halten", sagt sie wieder, und ihr Blick, der eben noch zum Leben zu erwachen schien, ist nun wieder verschleiert und blind in eine unbestimmte Ferne gerichtet. „Ich hab ihn schreien hören, kreischen … oh Gott, es war so furchtbar. Ich rannte in die Richtung, aus der sein Schreien kam, das war irgendwo bei Robert, bei Roberts Haus, und da kam er auch schon aus der Einfahrt geschossen, drehte sich im Kreis wie verrückt, kreischte und schrie und versuchte, das Ding an seinem Schwanz zu erreichen."

Sie schluckt, schluckt schwer an den Tränen, die sich nicht zurückhalten lassen und umklammert Inas Hand, die sich ihr tröstend entgegenstreckt.

„Ich hatte Angst vor ihm, Ina - ich schäm mich so ..."", ein verzweifeltes Schluchzen schüttelt den zusammengekauerten Körper, und Ina steht auf, setzt sich neben Mia auf das Bett und zieht das Mädchen sanft an sich.

„So hab ich noch nie ein Tier schreien hören", flüstert Mia, hält sich instinktiv die Ohren zu und vergräbt das Gesicht an Inas Schulter. „Aber dann fühlte ich plötzlich so eine Kraft in mir, ich wusste auf einmal ganz genau, was ich tun musste, und ich riss mir die Jacke runter und versuchte, ihn damit einzufangen ...." Die Erinnerung an die Szene lässt sie erstarren, mit gestreckten Armen ballt sie die Fäuste und starrt ins Leere. „Und irgendwann hab ich das auch geschafft, und ich drückte ihn an mich, ganz fest, und klemmte ihn mir unter den Arm, das hab ich in einem Buch gelesen, und dann sah ich auch, was er da am Schwanz hatte, diese Falle, diese Mausefalle, und alles war blutig, und sein Schwanz so ... so .... so zermatscht ..." Ihre Hand fährt an die Kehle, sie würgt und schluckt, und Ina hält die Kleine ganz fest an sich gedrückt und kämpft selbst gegen einen heftigen Brechreiz.

„Und dann hab ich versucht, ihm das Ding abzumachen. Und erst hab ich's nicht geschafft, weil das so fest geklemmt war, und dann hab ich's nochmal versucht und nochmal ... und grade, als ich es endlich abziehen konnte, da hat er sich aufgebäumt, hat gekratzt und gebissen und geschrien, und ich konnte ihn nicht mehr halten, Ina, und dann ist er weg durch die Hecke, und ich konnte ihn nicht mehr sehen, und dann hast du auch schon nach Andreas geschrien, und dann weiß ich nur noch, dass Papa mich ins Auto gepackt und in die Klinik gefahren hat."

Völlig erschöpft schließt Mia die Augen, lehnt sich an Inas Schulter und schläft, von Schluchzern geschüttelt, ein.

Eine ganze Weile später, als es draußen bereits dunkel geworden ist und Inas Arm in Mias Rücken taub und gefühllos, klopft es leise an die Tür. Vorsichtig steckt Tobias den Kopf herein, lächelt beim Anblick der beiden aneinander gedrängten Gestalten auf dem Bett und tritt leise näher. Behutsam löst er Mias Kopf von Inas Schulter, nimmt seine Tochter liebevoll auf den Arm und wartet, dass Ina die Tagesdecke vom Bett nimmt, um die Kleine damit zuzudecken. Zärtlich streicht er ihr die verschwitzten Haare aus der Stirn, beugt sich hinunter und gibt ihr einen Kuss auf die glühende Wange. Dann bedeutet er Ina, ihm zu folgen, wirft noch einen letzten Blick auf das schlafende Kind und schließt leise die Tür.

„Danke!", sagt Tobias und streicht Ina über den Arm. „Das hat sie gebraucht." Wortlos stehen sie sich gegenüber, als Ina beschließt, ihm über den Grund ihres Kommens reinen Wein einzuschenken.

„Weißt du, man hat mir erzählt, es sei Mia gewesen, die meinem Kater die Mausefalle an den Schwanz geklemmt hat", sagt sie, schlingt die Arme um sich und schüttelt den Kopf. In Tobias ungläubiges Gesicht hinein fährt sie fort: „Ja, genauso wie du jetzt habe ich auch ausgesehen - ich konnte es nicht glauben! Aber sie hat behauptet, es beobachtet zu haben, und da habe ich nicht anders gekonnt, ich musste es von Mia selbst hören ..."

Noch ehe Tobias seine Stimme wiedergefunden hat, ertönt von der Treppe her ein schrilles Kreischen. „Was? Du wagst es ...? Wer erzählt solche Lügen über meine Kleine? Wer?" Sich am Geländer festklammernd, stolpert Sabrina die Stufen hinunter. Ihr ohnehin stets üppiges Augen Make-up hat sich gespenstisch ausgebreitet, vom linken unteren Lidrand läuft eine pechschwarze Träne die Wange herab, aus dem rechten Augenwinkel zieht sich eine breite Wischspur bis in den Haaransatz hinein.

Mit wenigen Schritten ist Tobias bei ihr, legt ihr schützend einen Arm um die Schulter und greift nach ihrer Hand. „Sabby, bitte, reg dich nicht auf! Es ist ein Irrtum, nichts als ein Irrtum, und Ina ist nur hergekommen, um ….“ „Nenn mich nicht ‚Sabby‘“, zischt Sabrina, rammt ihm den Ellenbogen in den Magen und schießt die letzten Stufen hinunter auf Ina zu. Leicht schwankend bleibt sie vor ihr stehen, erhebt drohend die Hand und zielt gefährlich nah mit abgespreiztem Zeige- und kleinem Finger auf Inas Augen. „Sag so etwas noch einmal!“, flüstert sie, und ihre Stimme schwingt drohend durch die Diele. „Sag es noch ein einziges Mal … und ich steche dir die Augen aus, hast du verstanden?“

Entsetzt ist Ina einen Schritt zurückgewichen, während Tobias seine Frau ganz sanft von hinten umfasst, ihr leise flüsternd beruhigende Worte ins Ohr raunt und Ina mit dem Kopf Zeichen macht, zu gehen. Als sie, die Tür hinter sich zuziehend, noch einen Blick zurückwirft, sieht sie, wie eine haltlos schluchzende Sabrina an Tobias herabgleitet und sich zu seinen Füßen zusammenrollt.

Erst als sie ihre eigene Haustür aufschließt, wird ihr bewusst, dass keiner von ihnen einen Namen genannt hat.

*****

„Hannah, mein Liebes!

Jedes Mal, wenn ich deinen Namen schreibe, sehe ich dich wieder vor mir, wie du als Achtjährige mit wippendem Pferdeschwanz und vor Empörung geröteten Wangen aus der Schule kamst, die Hände in die Taille stütztest und dich kampflustig vor mir aufbautest. Deine Augen funkelten, als du mich fragtest:

„Wieso, verdammt nochmal, habt ihr mir noch dieses blöde ,h' hinten angehängt? ,Hanna' schreibt sich nur mit einem ,h', nämlich vorne. Nur ich hab noch hinten eins dran, das ist voll peinlich! Du solltest mal hören, wie die aus meiner Klasse das aussprechen! Die fangen an zu röcheln dabei, und dann finden die das voll witzig ... ha ha ha!" Fast hättest du angefangen zu weinen, aber dazu warst du zu stolz. Stattdessen drehtest du dich so abrupt um, dass dein Ranzen meinen Bauch streifte, die Lasche sich in meinem Gürtel verfing und du mich fast zu Boden gerissen hättest.

Wie eigentlich immer, wenn wir zwei uns in der Wolle hatten, landeten wir auch diesmal schließlich lachend und prustend auf dem Fußboden, und ich habe dir erklärt, was ein ,Palindrom' ist, und dass es wohl niemanden in deiner Klasse gäbe, der

89

von sich behaupten könne, sein Name lasse sich vorwärts und rückwärts lesen und klinge trotzdem immer gleich.

Dort auf dem Boden sitzend haben wir sämtliche Namen deiner Klassenkameraden durchprobiert - es klappte mit keinem, außer mit Anna. Und zum Schluss warst du auf das zweite ‚h' in deinem Namen richtig stolz. Du drücktest mir einen dicken Schmatzer auf die Wange, rappeltest dich auf und ließt mich einfach sitzen. Hüpfend und singend drehtest du ein paar Runden ums Haus, und erst, als du zum dritten Mal bei mir vorbeikamst, verstand ich die Worte deines Liedes: „Ich bin Hannah vor- und rückwärts, das will schon was heißen, und wenn ihr mich auch auslacht, dann werd ich drauf hmhmhm ... Ich wusst es doch längst schon, man nennt mich das Paldrom ..." Und das Ganze nach der Melodie „Die Gedanken sind frei", das ihr gerade in der Schule gelernt hattet. - Es dauerte dann noch eine kleine Weile, bis ich dir klar machen konnte, dass es ‚Palindrom' hieß, nicht ‚Paldrom', und du warst ziemlich beleidigt, weil sich nun dein Lied nicht mehr richtig reimte.

Ach, Hannah, mein Mädchen - wie lange ist das jetzt her? Fast zwanzig Jahre. Letzten Montag wärst du 27 Jahre alt geworden ....

Aber ich will den Kopf nicht auch noch hängen lassen. Ich muss ihn oben halten, schon deiner Mutter zuliebe: Die Zeit um eure Geburtstage herum ist für sie besonders schlimm. Deshalb bin ich auch froh, dass sie sich in die Vor- und Nachbereitungen dieses Straßenfestes so hat einspannen lassen. Es ist wichtig, dass sie was zu denken hat, zu planen und zu organisieren. Und wenn dann noch alles zu ihrer Zufriedenheit verläuft und sie von allen Seiten Lob und Anerkennung erntet, dann ist das Balsam für ihre geschundene Seele. -

Aber was erzähle ich dir das alles? Du weißt es doch selbst am besten, stimmt's?

Du fehlst mir.

Dein Paps"

Halbsechs Uhr morgens. Wie jeden Morgen in den vergangenen drei Wochen zwingt Clara sich, sich noch einmal auf die andere Seite zu drehen und nicht aufzustehen, um hinter der Gardine verborgen aus dem Fenster zu spähen.

Das hat sie mehrmals gemacht. Und jedes Mal hat es ihr einen Stich versetzt, wenn sie Luigi mit Elena an seiner Seite aus der Siedlung traben sah. Luigi - groß, schlank, muskulös, die olivbraune Haut straff gespannt über einem Körper, dessen Anblick ihr auch nach zwölf Jahren Ehe noch ein derartig kribbelndes Verlangen verursacht, dass sie sich dem gerade jetzt kaum zu widersetzen vermag. Und daneben Elena: Klein, zart und zierlich, sportlich durchtrainiert und das weißblonde Haar auf dem Oberkopf gebündelt zu einem geradezu kindlich wippenden Pferdeschwanz. Wie sie zu ihm aufblickt! Dieses schüchterne, ja fast scheue Lächeln … und wie er zu ihr hinuntersieht … ganz der Beschützer, groß und stark und vertrauenswürdig. ‚Ich pass auf dich auf', sagt dieser Blick über die Schulter herab, , verlass dich auf mich!' Sie kennt diesen Blick, oh ja - und dieser Blick gehört IHR, dieser Mann gehört IHR, und nicht etwa dieser kleinen … sie zögert, ruft sich selbst zur Raison, schlägt die Decke zurück und steht auf, um aus dem Fenster in die zu dieser frühen Stunde noch herrschende Dämmerung zu blinzeln … weder dieser Mann noch sein Blick gehören dir, du kleine polnische Lösung, verstehst du??? Dieser Mann und sein Blick gehören mir! MIR!!!

*****

Als Ina und Mia mit dem zwar immer noch leidenden, doch als „gerettet" zu betrachtenden Mäxchen zuhause eintreffen, stehen die Nachbarn Spalier: Hinter Andreas, der die Wagentür aufreißt und den Transporter mit dem maunzenden Kater an sich nimmt, stehen Dorchen und Bernhard, Tobias und Sabrina (wieder ganz in Schwarz) mit Lasse und Clara mit Fabio, Gino und Luca. Die Willkommensrufe und Freudenausbrüche verwirren den Kater mehr, als dass sie ihn beglücken, und so entschwindet Andreas denn auch mit dem Transporter nach oben, während Ina alle auf ein Gläschen zum Anstoßen einlädt.

„Der arme Kerl wird noch eine ganze Weile mit ‚Tüte‘ rumlaufen müssen", sagt Andreas, als er zu ihnen ins Wohnzimmer zurückkommt. „Ich hab ihn erstmal im Schlafzimmer untergebracht", beantwortet er Inas stumme Frage. „Da hat er am meisten Platz und kann sich mit dem Ding um den Hals nicht einklemmen."

„Ach, Gott - das arme Tier!" Dorchen schüttelt bekümmert den Kopf. „Wie konnte denn das nur passieren?" Sie sieht fragend in die Runde, erhält jedoch keine Antwort. Ina und Andreas wechseln einen schnellen Blick, Tobias legt Sabrina liebevoll den Arm um die Schulter und Clara fordert ihre Söhne auf, doch nun mal wieder nach draußen zum Spielen zu gehen. „Zum Spielen gehen!" Fabio verzieht verächtlich den Mund. „Sind wir Babys, oder was? Kommt, Kinderchen, gehen wir in die Sandkiste, Kuchen backen …", schnaubt er, rammt Lasse die Schulter in die Seite und schlurft kopfschüttelnd davon. Gino und Luca bemühen sich um eine ähnlich lässige Haltung wie ihr großer Bruder, was den umstehenden Erwachsenen ein befreiendes Lachen entlockt.

Als sich die Tür hinter ihnen geschlossen hat, schenkt Andreas noch einmal nach und setzt sich dann zu seiner Frau aufs Sofa. Ina dreht schweigend ihr Glas in den Händen, dann sieht sie auf und sagt: „Ich möchte etwas klarstellen. Ich möchte euch an dieser Stelle wissen lassen, dass es Mia war, die Mäxchen von dieser widerlichen Mausefalle befreit hat. Das war sehr mutig von ihr, unglaublich mutig. Wir können nur hoffen, dass die Wunden, die Mäxchen ihr in seiner Panik zugefügt hat, gut und rückstandslos verheilen. Wir stehen tief in ihrer Schuld" - sie schickt ein dankbares Lächeln hinüber zu Sabrina und Tobias - „und wenn euch eine andere Version der Geschichte erzählt werden sollte, hört bitte einfach nicht hin."

Dorchen kann mit dieser Andeutung nichts anfangen, doch ehe sie noch dazu kommt nachzufragen, hat Bernhard sie schon an den Schultern genommen und sanft in Richtung Ausgang gedreht, zu dem sich nun alle Besucher hinausbegeben. Erst als sie schon auf der Straße stehen, sieht Sabrina sich suchend um. „Mia?", ruft sie, und Andreas deutet mit dem Daumen die Treppe hinauf nach oben. „Ist bei Mäxchen", grinst er und schließt die Tür.

*****

„Das Licht hat die Farbe des Honigs", flötet Dorchen und serviert Bernhard sein Hefeweizen auf der Terrasse im Strandkorb. „Das ist aber jetzt nicht von dir, oder?" Bernhard ist verwirrt, so poetisch drückt seine Frau sich normalerweise nicht aus. „Nein", lacht sie, „das ist von Isabella Nadolny. Aber ich finde, niemand hat dieses warme, eindringliche Augustlicht jemals so treffend definiert wie sie. Mich jedenfalls verleiten diese Worte immer zum Träumen …"

Ein lächelnder Blick zu seinem Dorchen hinüber zeigt Bernhard, dass sie heute ausgesprochen gut drauf ist:

die Wangen sind gerötet, die Augen glänzen, die Haare hat sie zu einer flotten Fönfrisur gestylt, sogar ein wenig Augen-Make-up hat sie aufgelegt, und ihren Blick könnte man fast ‚herausfordernd' nennen.

„Geht's dir gut, mein Schatz?", fragt er denn auch über seine Zeitung hinweg und sieht ihr aufmerksam zu, wie sie versucht, einen Faden einzufädeln. Erstaunt hebt sie den Kopf, sieht ihn über den Rand ihrer Brille hinweg an und lächelt: „Aber ja, ich kann nicht besser klagen, Schatz. Und wie geht es dir, mein Bernhard?" Auch er versichert ihr, dass er rundherum zufrieden ist, und beide versinken in vertrautem Schweigen.

*****

Am späten Samstagnachmittag räumt Dana die Küche auf - schnell, effektiv und gründlich. Lange hat sie mit sich gerungen, ob sie wirklich einen Kuchen backen soll, hat schließlich ganz hinten im Vorratsschrank noch eine Backmischung Marmorkuchen entdeckt und damit den obligaten Sonntagnachmittagskaffee gerettet. Zwar wird Eckis Mutter die Nase rümpfen über diesen „drögen Kram", aber das ist ihr im Augenblick ziemlich egal. Den ganzen Tag schon ist ihr übel, sie hat einen dicken Pickel auf der Wange und ihre Haare sehen aus wie ein wildgewordener Handfeger - sie kann sich selbst nicht leiden.

Kurz entschlossen schneidet sie zwei dicke Scheiben von dem noch warmen Kuchen ab, drückt Leonie dem verdutzten Ecki in den Arm, greift nach ihrem Hausschlüssel und ruft: „Ich frag Elena, ob sie mir die Haare schneiden kann", und ist auch schon verschwunden.

Hastig und mit der Befürchtung, Ecki oder das Weinen ihrer Tochter könnten sie zurückrufen, eilt sie, den Kuchenteller balancierend, die Straße hinunter, winkt Ina und Andreas zu, die in ihrem Vorgarten endlich die kleine Robinie pflanzen, die sie zum Hochzeitstag geschenkt bekommen haben, und stürmt die drei Stufen zu Roberts Haus hinauf. Im letzten Moment zieht sie den Finger vom Klingelknopf zurück und beschließt, hinten herum zur Terrasse zu gehen. Bei diesem Wetter hält sich schließlich niemand im Haus auf, der über einen Garten verfügt.

Die Gartenpforte quietscht nicht mehr - Elena hat sie geölt. Im Vorbeigehen wirft Dana einen Blick in das blitzblank geputzte Fenster der Essecke, registriert die üppigen Grünpflanzen, den mit Begonien dicht besetzten Blumenkasten auf der Fensterbank und den von jeglichem Unkraut befreiten Weg, der am Haus entlang zur Terrasse führt ... und bleibt wie angewurzelt stehen.

Von Robert sieht sie nur die linke Hälfte. Er hat die Augen geschlossen und die Stirn in tiefe Falten gezogen, Schweißperlen glänzen auf seiner Oberlippe und aus dem halbgeöffneten Mund dringt atemloses, abgehacktes Stöhnen. Der Stumpf seines linken Armes hat sich um Elenas Taille gelegt, Dana kann nicht erkennen, ob er sie an sich ziehen oder wegstoßen will. Elena sitzt rittlings auf ihm, bewegt sich rhythmisch vor und zurück und sieht ihm dabei konzentriert und forschend ins Gesicht. Die nackten Beine hat sie um seinen Rumpf geschlungen, ihre Hände mit den schlanken Fingern haben sich in sein Haar gewühlt, während Roberts Rechte Elenas Brust unter der offensichtlich aufgerissenen Bluse knetet.

Elenas Bewegungen werden schneller, ihr Blick hat etwas Sezierendes. Roberts Stöhnen wird lauter, er schwitzt, beginnt zu röcheln, und im Augenblick seines

Höhepunktes wirft Elena einen Blick über seine Schulter, entdeckt die zur Salzsäule erstarrte Dana und zwinkert ihr verschwörerisch lächelnd zu.

Kurzatmig und mit hochroten Wangen, den Kuchenteller immer noch in der Hand, steht Dana wenige Augenblicke später wieder in ihrer Küche.

SEPTEMBER

„Luigi wird 45? Das kann doch nicht sein!" Ungläubig mustert Dorchen die Karte in ihrer Hand. „Also, wie fünfundvierzig sieht er doch nun wirklich nicht aus, oder was meinst du? Bernhard, ich red mit dir!" Unwillig hebt ihr Mann den Kopf, lässt die Zeitung sinken und sieht sie fragend an. „Wer wird vierzig?" „Fünfundvierzig! Luigi wird fünfundvierzig und lädt uns zu seiner Geburtstagfeier am übernächsten Sonnabend ein." „Er lädt uns ein? Wieso uns? Wie kommen wir zu der Ehre?", fragt Bernhard erstaunt. „Er lädt die ganze Siedlung ein", erklärt Dorchen. „Ist doch nett von ihm, oder?"

Zustimmung murmelnd nimmt Bernhard die Zeitung wieder auf, schiebt die Brille auf der Nase zurecht und versenkt sich in die gerade unterbrochene Lektüre. Währenddessen hat Dorchen bereits ihren Ordner „Deftiges und Raffiniertes" zur Hand genommen und blättert ihn durch auf der Suche nach einem Rezept, mit dem sie die Nachbarschaft überraschen kann.

Zur selben Zeit stattet Elena Dana einen Besuch ab. Mit Leonie auf dem Arm öffnet Dana die Tür, ist jedoch sichtlich erschrocken und versucht, sie sofort wieder zu schließen.

„Warte", bittet Elena hastig. „Lass mich kurz rein, ja? Ich glaube, ich muss dir was erklären." „Was gibt's da zu erklären?", fragt Dana spitz. „Die Situation war doch wohl mehr als eindeutig, und außerdem geht mich das weder etwas an, noch interessiert es mich. Also …" „Ich möchte aber nicht, dass du ein falsches Bild von mir bekommst. Also lass mich kurz mit dir reden, ja?"

Ohne ein weiteres Wort dreht Dana sich um und geht in die Küche. Während Elena die Haustür leise hinter sich schließt und ihre Schuhe auf der dafür vorgesehenen Matte stehen lässt, setzt Dana Leonie in ihren Hochstuhl und gibt ihr einen Zwieback in die Hand. „Aber essen, Mäuschen - nicht nur krümeln, okay?"

„Darf ich?", fragt Elena von der Tür her und deutet auf die Eckbank. „Bitte." Dana kann sich immer noch zu keinem Lächeln durchringen. Doch als Elena Leonie gegenüber Platz genommen und der Kleinen liebevoll die Wange gestreichelt hat, siegt ihre gute Erziehung und sie fragt: „Möchtest du Kaffee oder Cappuccino?" „Oh, Cappuccino wär super, danke. Aber nur, wenn du auch einen trinkst …" Dana hat bereits zwei große Tassen aus dem Schrank genommen und die Kaffeemaschine programmiert, und während die summt und brummt und das Kaffeearoma verströmt, hat Dana sich bereits wieder umgewandt, hat ein Schälchen und ein Glas Baby-Nahrung zurechtgestellt und will gerade die Schublade, der sie den Löffel entnommen hat, wieder schließen, als sie Elena hinter sich spürt. „Wow!" Mit ausgestrecktem Finger deutet Elena auf das Besteck, das sich penibel geordnet und fein säuberlich in Löffelstellung aufgereiht präsentiert - jeweils zwölf Teile eng aneinandergeschmiegt liegen sie in ihren eigens für sie reservierten Fächern da. „Meine Güte, ist bei dir alles so ordentlich? Das sieht ja aus wie in einer Verkaufsausstellung! Und deine Vorräte …", sie deutet auf den Schrank, dem Dana gerade das Gläschen mit der Baby-Nahrung entnommen hat, „… stehen da auch in Reih und Glied …" Und ohne lange zu fackeln hat sie die Schranktür aufgerissen und starrt fasziniert auf Dosen, Gläser, Tüten und Kästen, die, verteilt auf drei Etagen, teilweise nach Größe, teilweise nach Farben, teilweise nach Inhalt oder Form der Verpackung, in jedem Fall aber exakt ausgerichtet und schnurgerade angeordnet sind. „Wie auf dem Exerzierplatz!", staunt sie und sieht zu Dana auf, die den Schrank blitzschnell schließt und mit hochrotem Kopf zischt: „Was fällt dir ein? Das geht dich überhaupt nichts an ...“

Stillschweigend nimmt Elena ihren Platz auf der Eckbank wieder ein, legt die Hände um den Cappuccino-Becher und bläst hinein. Sie lässt Dana nicht aus den Augen, ihrem Blick scheint nichts zu entgehen. „Entschuldige“, sagt sie, und ihr sonst so forscher Ton scheint ihr für den Moment fast abhanden gekommen zu sein. „Bitte entschuldige, Dana. Ich wusste nicht, dass du...“ „Nicht ich - Ecki!“, presst Dana zwischen zusammengebissenen Zähnen hervor, um sich augenblicklich Leonie zuzuwenden, die aus ihrem Zwieback mittlerweile einen glitschigen Matschball geformt hat.

Mit einem Ruck entreißt sie ihn ihrer Tochter und kratzt ihr die Reste so grob von den Händen, dass die Kleine zu jammern beginnt. „Essen, hab ich gesagt, nicht matschen!“, faucht Dana, klaubt hektisch alle Krümel zusammen und reißt ein feuchtes Tuch von der Spüle, um Leonie und ihre Umgebung gründlich zu säubern. „Ecki kommt heute zum Essen“, flüstert sie, „dann darf das hier nicht so schmutzig sein.“ Und bevor sie sich die Blöße gibt, vor ihrer Nachbarin in Tränen auszubrechen, springt sie wieder auf und stellt Leonies Gläschen in die Mikrowelle, um es zu wärmen.

Erschöpft lässt sie sich schließlich auf einen Stuhl sinken, stützt den Kopf in die Hände und zwingt sich zu einem schiefen Lächeln. „Er ist nicht immer so“, sagt sie tonlos. „Er hat immer mal wieder so eine Phase ... aber dann ist auch alles wieder gut, na ja, besser eben, dann versucht er, dagegen anzugehen.“ Unwirsch fährt sie sich über die Augen, richtet sich auf und sagt: „Aber deshalb bist du ja nicht gekommen, oder?“

Elena weiß im Moment gar nicht mehr, weshalb sie eigentlich gekommen ist. „Hat er es schon mal mit einer Therapie versucht?“, fragt sie, doch Dana schüttelt den

Kopf. „Davon will er nichts wissen, das Wort darf man gar nicht aussprechen in seiner Gegenwart ..." Und mit einem panischen Blick auf die Uhr springt sie auf, schiebt ihren Stuhl unter den Tisch und sagt: „Du musst jetzt gehen, Elena - tut mir leid. Ecki ist gleich zuhause, und ich hab noch nicht mal angefangen zu kochen, und Leonie hat noch nicht gegessen und ich muss noch ..." Und während ihr die Röte ins Gesicht schießt, schiebt sie Elena aus der Küche, drückt ihr die Schuhe in die Hand und wirft die Tür hinter ihr ins Schloss.

‚Der Feind in meinem Bett', denkt Elena und schüttelt sich, und während sie sich die Schuhe anzieht, hört sie in der Küche das Kind weinen.

*****

„Moin, Kumpel, wie geht's?" Mit breitem Grinsen steht Tobias in der Tür, tippt anstandshalber an den Schirm seines abgegriffenen Caps, das ihn für jeden sichtbar als St. Pauli-Fan ausweist, und tritt sich brav die Füße ab, bevor er sich zu Robert hinunter beugt und ihm kräftig auf die Schulter klopft.

„Du bist aber noch nicht suizidgefährdet, oder?", fragt Robert und deutet auf Tobias' Cap mit dem Totenkopf darauf. „Mittlerweile gehört ja echt Mut dazu, sich als Pauli-Fan zu outen."

Tobias protestiert lautstark, intoniert sofort mit in die Luft gereckter Faust „Das Herz von Sankt Pauli, das ist meine Heimat ...", während er Roberts Rollstuhl ein paar Mal herum dreht und ihn schließlich vor sich her ins Wohnzimmer schiebt.

Im gleichen Augenblick erscheint Elena mit einem Wäschekorb vorm Bauch in der Terrassentür, strahlt

Tobias an und lässt sich herzlich drücken. Sie stellt den Korb ab, dehnt den Rücken und sagt: „Ich hab Durst. Trinkt ihr auch was?" „Ich nehm ein Wasser", antwortet Tobias, und als Elena wenig später mit zwei Gläsern Wasser und einem Weizenbier erscheint, nimmt Robert das Bier mit einem strahlenden „Danke, Schatz!" entgegen.

Augenzwinkernd prosten die Männer sich zu. ,So gut sah der Bursche schon lange nicht mehr aus', denkt Tobias und nimmt sich vor, Sabrina von Elenas wohltuender Wirkung auf Robert zu erzählen. Obwohl … seit der Sache mit Mäxchen ist es im Hause Wittmer strengstens untersagt, den Namen „dieser Intrigantin" zu erwähnen. Na ja, man wird sehen …

Als Elena sich jetzt zu Robert auf die Lehne seines Rollstuhls setzt und ihm einen Arm um die Schultern legt, um ihm gedankenverloren das Ohr zu kraulen, besinnt Tobias sich darauf, weshalb er gekommen ist. „Ich nehme an, ihr habt auch eine Einladung von Luigi bekommen?", fragt er und leert sein Glas in einem Zug. „Ja, zu seiner Geburtstagsfeier am nächsten Sonnabend, stimmt's?" Elena ist aufgesprungen, stellt ihr Glas ab und beginnt, die Zeitungen auf dem Couchtisch zu durchwühlen. „Wir haben auch eine bekommen, ja - aber wo ist die geblieben? Robert, hast du die etwa weggeworfen? Ich weiß doch genau, dass ich sie …" „… ans Pinbrett gepinnt hab, klar!", fällt Robert ein, zeigt mit dem Daumen über die Schulter und verdreht die Augen. Stöhnend richtet sie sich auf, fährt ihm kurz durch die Haare und hält auch schon die Karte in der Hand. „Genau, Sonnabend, 15. September um 20.00 Uhr. Vorsichtshalber warme Kleidung mitbringen." Nachdenklich blickt sie auf die Karte in ihrer Hand. „Und was schenken wir ihm?", fragt sie.

„Deshalb bin ich gekommen", erklärt Tobias und stellt sein leeres Glas ab. „Wenn alle eingeladen sind und wir alle zusammenlegen, kriegen wir vielleicht einen Betrag zusammen, mit dem man schon was anfangen könnte." „Zum Beispiel?", fragt Robert und hebt eine skeptische Augenbraue. „Hm, ich weiß auch nicht, darüber müssten wir uns noch ein paar warme Gedanken machen. Aber … wie wär's denn zum Beispiel mit zwei Tickets für Torfrock mit anschließender Übernachtung im Hotel … hm, nee, das wird zu teuer. Aber wie wär's denn mit zwei Tickets für die Bagaluten-Wienacht für Luigi und Clara, und wir hüten die Jungs?" „Genial!", strahlt Robert, und als Tobias sich gleich darauf verabschiedet, hoffen alle drei, dass sich auch der Rest der Gäste mit diesem Vorschlag einverstanden erklären wird.

*****

„Hannah, mein Liebes!

Morgen ist die ganze Siedlung zu Luigis 45. Geburtstag eingeladen. Es soll gegrillt werden, ganz bestimmt wird auch Musik gemacht, und obwohl das Wetter sich halten wird, soll man vorsichtshalber warme Kleidung mitbringen, das heißt, die Feier findet draußen statt. Schon wieder eine Feier mit der ganzen Belegschaft ... unnötig zu erwähnen, dass deine Mutter gerade in der Küche zu Hochform aufläuft.

Weißt du, Hannah, seit der Sache mit Mäxchen hat sich in der Siedlung irgendwas verändert. Irgendwas scheint nicht mehr rund zu laufen, es hakt hier und da. Aber vielleicht bilde ich mir das auch nur ein.

Nicht, dass mir das wirklich Sorgen machen würde. Wir beiden Alten hier leben unser Leben ja meist sowieso ganz für uns allein. Wir halten mal ein kleines Pläuschchen, wenn wir mit Buddy jemanden auf der Straße treffen, wir schnacken mit Ina und Andreas oder Tobias und Sabrina über den Zaun hinweg - aber das war's ja meist auch schon. Deine Mutter allerdings ist immer selig, wenn wir eingeladen werden als Zeichen dafür, dass wir „dazugehören". Ich weiß nicht, ob sie auch damals schon so gern die Mutter der Nation ge-spielt hat oder ob sich dieser Charakterzug erst in den letzten Jahren herausgebildet hat. Ich muss dir gestehen, dass mir die Art, wie sie den jungen Leu-ten in der Siedlung hier ihre „Lebenserfahrung" und ihre Hilfe aufdrängt, manchmal fast peinlich ist. Dann versuche ich, mich so unauffällig wie möglich zurückzuziehen, aber meistens gibt es hinterher doch Knatsch im Hause Westermann.

Dabei sollte ich doch froh und glücklich sein, dass sich die grauen Wolken der Depression verzo-gen haben, nicht? Lange genug haben sie uns schließlich den Blick auf die Zukunft verdunkelt - ja, teilweise war eine Zukunft in dem Sinne doch gar nicht mehr vorstellbar. Es war doch alles nur noch grau - ein undurchdringliches Gespinst von Trauer, Verzweiflung, Zorn und Scham ...

Okay, dieses Thema hatten wir schon, das brau-chen wir gerade jetzt nicht schon wieder. Ich muss es mir nur von Zeit zu Zeit wieder vor Augen füh-ren, wenn die „Lebensfreude" deiner Mutter mir Angst macht. Man weiß ja nie, wie lange es dies-mal gut gehen wird.

Nächste Woche fahren wir natürlich wieder zu Harald. Seine Sprachlosigkeit ist ein weiteres Kreuz, das wir versuchen zu tragen. Kannst du dir vorstellen, dass wir auch nach all den Jahren die Hoffnung darauf, mit ihm reden zu können, noch nicht aufgegeben haben?

Ich sehe dich lächeln, Hannah - und das tut gut.

Dein Paps."

Im Garten ist ein großes Zelt aufgebaut, geschmückt mit leuchtend bunten Lampions, Papierschlangen und Luftballons. Vorn rechts steht die Bar: Auf zwei Euro-Paletten ragen zwei blaue Regentonnen auf, darauf ausbalanciert eine ausrangierte Zimmertür. Auf dem Kühlschrank an der Zeltwand eine Batterie Biergläser, links daneben auf einem Teil des Tapeziertisches Wasser und Wein und die dazugehörigen Gläser sowie Cola und Limonade für die, die es süß lieben. Das Buffet lockt die Gäste in die Küche, wo Clara für Dorchens Patée de truite fumée mittendrin und unübersehbar ein Podest aus Alufolie gebaut hat. Alles ist perfekt, nichts fehlt - es kann losgehen.

Die Kinder sind die ersten. Kichernd und tuschelnd werden Lasse und Mia von Fabio, Gino und Luca in Empfang genommen. Nach einer Stippvisite am Buffet, die einige unübersehbare Lücken hinterlässt, verschwinden alle fünf zunächst nach oben, wo sie aus den Fenstern hängend die nach und nach eintrudelnden Gäste kommentieren und mit Erdnussflips bewerfen.

Nachdem sich Dorchen und Bernhard bereits ein Plätzchen in der schummrigen Dämmerung des hinteren Teils des Zeltes gesucht haben, wo sich Ina und Andreas zu ihnen gesellen, begrüßen Clara und Luigi als nächstes Tobias und Sabrina, um dann Dana und Ecki zu helfen, den optimalen Platz für das Babyphone zu finden, denn leider ist es den beiden nicht gelungen, einen zuverlässigen Babysitter zu finden, wobei Dana schweigend über Eckis Kommentare zu den wenigen Bewerbern hinwegging. Schließlich stehen auch Robert und Elena vor der Tür und werden begrüßt mit großem Hallo und den üblichen Sprüchen („na klar, wer den kürzesten Weg hat, kommt immer als letzter …" oder auch "ach, kuck an: Prominenz kommt zuletzt"), und nachdem Luigi allen einen Martini on the Rocks als Begrüßungstrunk

serviert hat, erhebt er sein Glas, lässt es einmal kurz er-
klingen und ruft gut gelaunt: „I declare the bazar open!",
woraufhin der Run aufs Buffet prompt einsetzt.

Die Gastgeber wirbeln herum, bieten Getränke an,
verteilen Servietten und Sitzpolster, erfragen spezielle
Musikwünsche und preisen Spezialitäten vom Buffet an.
Das Stimmengewirr hat ein Stadium erreicht, in dem
man seinen Sitznachbarn fast niederbrüllen muss, um
sich verständlich zu machen, doch das tut der allgemeinen guten Laune keinen Abbruch, denn als jeder sich
schließlich am Buffet bedient und seinen Teller gut gefüllt hat, wird es plötzlich still. „Gefräßige Stille!", tönt es
von oben aus dem Velux-Fenster, und als alle Gesichter
sich ihm grinsend zuwenden, zieht Fabio sich schnell zurück.

„Also das Rezept für diesen Salat musst du mir unbedingt verraten", fordert Elena Clara auf, als sie sich zum
zweiten Mal aus der riesigen Schüssel nimmt. „Sal-
picón?", fragt Clara. „Nichts einfacher als das!", entgegnet sie, wobei sie mit einem Ohr bei den Geräuschen von
oben und mit einem Auge bei den leeren Gläsern ihrer
Gäste ist. „Voraussetzung ist natürlich, dass man Surimi
mag", beginnt sie gerade, als sie Elenas skeptischem
Blick begegnet. „Ich weiß, Surimi steht in dem Ruf, Ab-
fallfleisch von Fischen und Krebsen zu sein, aber das ist
es nicht! Natürlich ist es Formfleisch, angereichert mit
Geschmacksverstärkern, aber es ist sauber verarbeitet,
mager und vielseitig verwendbar. Und ich nehme es für
diesen Salat, bei dem es drauf ankommt, ihn sauer genug abzuschmecken und …"

Ernüchtert hält sie inne, als sie bemerkt, dass Elena
ihr längst nicht mehr zuhört. Ihr starrer Blick verfolgt Andreas und Ina, die sich gerade eng aneinander geschmiegt zu den ersten Klängen heißer Rhythmen auf
der Tanzfläche bewegen. Ein angedeutetes Lächeln

huscht über Elenas Gesicht, dann greift sie nach ihrem Glas, hält es, ohne den Blick von dem tanzenden Paar zu wenden, zum Kühlen an ihre gerötete Wange und murmelt: „Irgendwie toll, wie Ina damit umgeht …"

Clara hebt den Kopf, lässt den Blick zu Ina und Andreas und zurück zu Elena wandern, runzelt die Stirn und fragt halblaut: „Was hast du grad gesagt, Elena? Was findest du toll?"

Fast ein wenig erschrocken wendet Elena sich ihr zu, lächelt ihr frischestes Lächeln und sagt: „Oh, ich hab mit mir selbst gesprochen, tut mir leid …" Doch Clara ist nicht bereit, sich mit einer Andeutung abspeisen zu lassen. Mit ihrem klaren, durchdringenden Blick hält sie Elena zurück.

„Na ja", druckst die schließlich herum, wobei sie mit der Gabel auf ihrem leeren Salatteller herumspielt, „ich denk halt manchmal darüber nach, wie es wohl für Ina ist, damit umzugehen. Ich könnte mir denken, dass sie sich ihre Ehe ein wenig anders vorgestellt hat …"

Genau in diesem Augenblick stürmt Sabrina die Tanzfläche, einen dramatisch gestikulierenden Tobias an der Hand. Schwungvoll wirbelt sie ihn herum, bringt sich und ihn in Positur und starrt über seinen Kopf hinweg ins Leere. Einige der Umstehenden können sich das Grinsen nicht verkneifen beim Anblick dieses ungleichen Paares: Die große, spindeldürre, ewig schwarz gekleidete Sabrina, die wohl noch nie irgendjemand hat lächeln sehen, und der fast einen Kopf kleinere, rundliche Tobias mit dem schütteren Haar, den stets geröteten Wangen und den tief eingegrabenen Lachfältchen um die Augen.

Doch kaum haben die beiden begonnen sich zu bewegen, kaum ist ihnen der Rhythmus in die Beine gefahren und hat von ihnen Besitz ergriffen, herrscht andächtiges Schweigen in der Runde, begleiten bewundernde

Blicke und beifälliges Raunen den Tango Argentino, der ihnen hier geboten wird: Staunend beobachten sie, wie die Körper sich strecken, wie jeder Muskel sich spannt. Wie jeder Schritt den kumpeligen Tobias mit dem Bauchansatz und den Geheimratsecken im rotblonden Haar mehr verwandelt, wie er wächst, sich strafft und aufrichtet, wie er die Energie bündelt und in seine Hände fließen lässt, mit deren Kraft er seine Frau führt und leitet, wie sich der Blick seiner himmelblauen Augen dunkel färbt und sich sein Kopf stolz erhebt. Gleichzeitig scheint Sabrina ihn nicht mehr zu überragen, begegnet ihm auf Augenhöhe, verhakt ihren Blick in seinem, überlässt sich seiner Kraft, ohne die eigene aufzugeben. Was zunächst aussieht wie der Kampf der Geschlechter, geht irgendwann nahtlos über in absolute Ebenbürtigkeit, in ein inniges Miteinander.

Als der letzte Ton verklungen ist, herrscht ein paar Sekunden lang andächtige Stille. Erst, als Tobias sich über die Hand seiner Frau beugt und ihr, während er den Blick nicht von ihr lässt, einen Kuss in die Innenfläche haucht, brandet tosender Applaus auf. - Oben am Dachfenster tauschen Lasse und Mia mit schiefem Grinsen einen vielsagenden Blick, drehen sich achselzuckend um und nehmen ihre Plätze vor dem Fernseher wieder ein. Fabio lässt die Schüssel mit den Chips kreisen.

Unten auf der Tanzfläche ist das Eis endgültig gebrochen.

Luigi zieht Clara hinter sich her, umschlingt sie fest und vergräbt das Gesicht an ihrem Hals; Ecki schwingt Dana herum, fängt sie auf und hält sie aufrecht mit festem Griff; Bernhard und Dorchen wiegen sich in einem Takt, den nur sie allein zu hören scheinen; Ina und Andreas bewegen sich rhythmisch und im Einklang, doch auf Armeslänge getrennt, und Elena schmiegt sich, auf Roberts Schoß sitzend, eng an ihn, während er entrückt lächelnd und mit geschlossenen Augen den Rollstuhl im Takt hin- und herdreht.

Als auch dieser Tanz endet, beginnt das Gedrängel am Buffet erneut. Während Luigi sich hinter die Bar stellt und einen Getränkewunsch nach dem anderen erfüllt, sieht Clara in der Küche nach dem Rechten, entfernt geleerte Platten, ersetzt sie durch gut gefüllte neue, befüllt die Spülmaschine mit Tellern und Gläsern und hilft bei der Auswahl der Köstlichkeiten. „Lass noch Platz für den Nachtisch", ruft sie Tobias hinterher, der sich nach seiner Tango-Performance mit einer gehörigen Portion Patée de truite fumée und Speckkartoffelsalat zu stärken gedenkt. Erst als der größte Ansturm vorbei ist, sieht sie sich suchend nach Elena um. Die sitzt immer noch auf Roberts Schoß, der den Rollstuhl mittlerweile von der Tanzfläche herunter neben die Bar gerollt hat. Mit abwesendem Blick lässt sie ihre Finger durch sein Haar gleiten, legt von Zeit zu Zeit die Wange an seine Stirn und lächelt versonnen vor sich hin. Clara tritt aus der Küche heraus in Elenas Blickfeld, wartet, bis sie ihre Aufmerksamkeit geweckt hat und macht ihr Zeichen, ihr zu folgen. Widerstrebend und mit einem letzten Kuss auf die Stirn rutscht sie von Roberts Schoß herunter, streicht den kurzen Rock glatt und schlendert betont lässig zu Clara hinüber.

„Wir waren vorhin nicht zum Ende gekommen." Clara lehnt sich zu Elena hinüber und raunt ihr ins Ohr. „Du wolltest mir von Ina und Andreas erzählen …" „Wollte ich das?", fragt Elena und geht ein wenig auf Abstand. „Da bin ich mir gar nicht so sicher." Ruckartig fährt Claras Kopf herum. Ihre Augen verengen sich, als sie Elena jetzt streng mustert, und ihre Stimme hat einen schneidenden Unterton: „Ich hasse Andeutungen", sagt sie, „also sei so gut und rede!

Elena verschränkt die Arme vor der Brust, lehnt sich an die Wand und lässt den Blick unbeteiligt ins Dunkel des Zeltes wandern. „Nun tu doch nicht so, als wüsstest du nicht längst Bescheid." Die Spannung zwischen ihnen vibriert, und Clara fordert mit zusammengebissenen Zähnen: „Nun red endlich. Lass dir nicht alles aus der Nase ziehen!"

Abrupt wendet Elena sich ihr zu, lässt die Hände sinken und sagt: „Andreas ist schwul! Und jetzt sag nicht, du hättest das nicht gewusst!"

Clara klappt den Mund auf und zu, wendet sich ab und schnappt nach Luft. „Wie kannst du so etwas ...", stammelt sie, doch Elena fährt ihr eiskalt in die Parade: „Ja, auf eurem tollen Straßenfest, dem ersten überhaupt an dem ich   teilnahm, dachte Andreas wohl, ich wäre gern mal mit ihm hinterm Zelt verschwunden. Wie er darauf kam, weiß ich nicht. Jedenfalls hatte er offensichtlich das Bedürfnis, dem gleich einen Riegel vorzuschieben und hat es mir gesagt."

Im selben Augenblick durchzuckt im Westen der erste Blitz einen blauschwarzen Himmel, der Donner lässt auf sich warten und verhallt grollend in der Ferne.

Claras Blick tastet die Tanzfläche ab. Ina wird gerade von Tobias herumgewirbelt, lachend dreht sie sich aus seinem Arm heraus und kehrt mit grazilen Bewegungen dorthin zurück, Andreas ist nicht zu sehen. Doch noch ehe Clara sich Elena wieder zuwenden kann, springt Sabrina zwischen die Tanzenden, eine halbvolle Wodka-Flasche in der Hand. Sie schwingt herum, kommt ins Trudeln und wird von Tobias aufgefangen. Unwirsch schüttelt sie ihn ab, hebt beide Arme hoch über den Kopf und schreit: „Hört, ihr Leut, und lasst euch sagen, bei uns hat's grade zwölf geschlagen … denn mein Mann treibt es mit unserer Putzfrau - wusstest ihr das?" Böse grinsend dreht sie sich im Kreis, wobei es aussieht, als entscheide die Flasche in ihrer Hand, gegen wen sie sich als nächstes wenden wird. „Oh ja, kuckt doch bloß nicht so ...! Tut doch nicht so, als wüsstet ihr nicht alle längst Bescheid über uns, ihr Heuchler! Glaubt ihr etwa, ich wüsste nicht, wie ihr euch über uns das Maul zerreißt ...?" Mit weit ausholender Geste setzt sie die Flasche erneut an, als oben das Dachfenster mit lautem Knall geschlossen wird. Die ersten Tropfen klatschen auf das Zeltdach.

„Fass mich nich an!", kreischt sie, als Tobias jetzt an ihre Seite eilt, um sie von der Tanzfläche zu ziehen. „Glaubst du, ich weiß das nich? Glaubst du, ich weiß nich, wie du dich mit ihr in unserm Bett wälzt, wenn sie eigentlich euern Dreck wegmachen soll? Diese blöde Schlampe die, wie sie dich anmacht und ..." Geistesgegenwärtig hat Luigi die Musikanlage aufgedreht, so dass niemand mehr auch nur ein Wort versteht, und während Tobias seiner Frau die Wodka-Flasche entwindet und versucht, sie unter beruhigendem Zureden nach Hause zu bringen, haben Clara und Luigi alle Hände voll zu tun, die Stimmung und die Geburtstagfeier zu retten.

Im strömenden Regen lassen gewaltige Donnerschläge die Luft erzittern, und erst, als nach einer gefühlten Ewigkeit das Gewitter abzieht, als die Erde dampft und duftet, tritt einer nach dem anderen unter dem tropfenden Zeltdach hervor, inhaliert tief die frisch gewaschene Luft und blickt hinauf in den Himmel, an dem wütende Wolken vergeblich versuchen, den halben Mond verschwinden zu lassen.

******

„Hannah, mein Liebes!

Deine Mutter hat sich mit ihren Kopfhörern in ihren Sessel zurückgezogen - eigentlich kein gutes Zeichen. Daran, dass sie in regelmäßigen Abständen die Wiederholungstaste des CD-Players drückt, erkenne ich, dass sie Leonhard Cohens ‚Hallelujah' hört, immer und immer wieder, bis zum Abwinken. Du weißt ja, Hannah, was das bedeutet.

Ich glaube, ich habe dir noch nicht von Luigis Geburtstagsfeier erzählt. Wobei ‚Feier' eigentlich der schiere Hohn ist, denn feierlich war an diesem Abend rein gar nichts. ‚Eindrucksvoll' ist wohl der richtige Ausdruck für das, was Sabrina uns geboten hat. Denn der Tango, zu dem sie Tobias auf die Tanzfläche schleifte, war ein echtes Erlebnis. Wie diese Musik, dieser Tanz von zwei Menschen Besitz ergreifen kann, ist immer wieder faszinierend. Deine Mutter und ich haben da ja leider nie mithalten können, was weniger an ihr lag als an mir, aber wenn jemand sich diesem Rhythmus so hingeben kann wie Sabrina und Tobias, dann wird in mir irgendwas lebendig ... das fühlt sich fast an wie Neid, glaubst du das? Sich so bewegen zu können, so eins zu werden mit den Klängen des Bandoneons und so verschmelzen zu können mit dem Partner - das muss ein sensationelles Gefühl sein.

Ja, aber davon mal abgesehen, hatte Sabrina an dem Abend ja noch mehr zu bieten (ich merke gerade, dass ich sarkastisch werde - eigentlich nicht mein Stil). Nachdem Tobias sie nach Hause gebracht hatte, fragten wir uns, wer ihr denn eigentlich den Wodka überlassen hatte, denn wir alle wussten, dass sie seit fast 6 Wochen trocken war und es auch bleiben wollte. Es muss sie eine fast übermenschliche Überwindung gekostet haben, sich zu outen und um unsere Unterstützung speziell bei solchen Gelegenheiten zu bitten, aber - Hut ab! - sie hat es getan. Umso trauriger ist dieser Rückfall jetzt, und als wir uns in der dieser Szene folgenden Stille fragten, wer ihr denn eigentlich den Zugang zum Alkohol ermöglicht bzw. nicht verwehrt hatte, war ich wohl nicht der einzige, dessen Blicke zu Elena wanderten .... Deine Mutter erzählte mir später an diesem Abend, dass sie selbst sogar wohlwollend genickt und Elena ermuntert hatte, als diese ihr ins Ohr flüsterte: „Ich glaube, ich muss mich endlich mit Sabrina versöhnen. Drück mir die Daumen, dass sie mir wohlgesonnen ist, ja?" Und kurz darauf sah man Elena mit zwei Longdrink Gläsern, wie sie sich zu Sabrina durchschlängelte, ihr eines der Gläser in die Hand drückte und mit ihr anstieß. Sabrina zögerte, schien unschlüssig, sah Elena irgendwie fragend an und trank einen Schluck. Die Versöhnung folgte offensichtlich auf dem Fuße, denn beide lachten und stießen immer wieder miteinander an, bis die Gläser leer waren. - Ja, ich habe gesehen, wie Elena erst sich und dann Sabrina einen Schuss Wodka in

ihr Bitter Lemon goss. Warum bin ich nicht einge-
schritten? Warum habe ich sie nicht gewarnt? Ich
wusste doch, was kommen würde .... Ich war zu
träge, zu gleichgültig, zu feige. Ich fühle mich ziemlich elend.

Weißt du, Hannah, mir tun vor allem die Kinder
leid, die das alles vom Dachfenster aus beobachtet haben. Zwar bin ich mir sicher, dass Luigis Jungs so
loyal sind, dass sie fest zu Lasse und Mia halten,
aber für die beiden ist es augenblicklich ganz
schwer, zu einem normalen Umgang mit ihren
Freunden zurückzufinden. Überhaupt scheint die
ganze Familie Wittmer gerade unsichtbar geworden
zu sein.

Es ist merkwürdig, Hannah, mein Liebes: Wenn
so ein Ereignis anstand, so eine ‚festliche‘ Zusam-
menkunft der ganzen Siedlung, sank mein Begeis-
terungspegel ja meist schnell gegen Null. Diese Mas-
senveranstaltungen sind nicht meins, das war
schon immer so, obwohl ich hinterher meist doch froh
war, dabeigewesen zu sein. Aber jetzt, nach dieser
missglückten Geburtstagsfeier, bin selbst ich ein
bisschen ratlos: Das Leben in der Siedlung scheint
zum Erliegen gekommen zu sein.

Zwar hat der Oktober diesen extrem heißen Sommer abrupt beendet - es ist feucht und kalt und teilweise auch stürmisch geworden, also nicht unbedingt dazu angetan, sich auf der Straße aufzuhalten und zu einem Klönschnack zu treffen. Aber so

leer gefegt war unsere Straße hier noch nie, glaube ich. Und wenn ich mit Buddy unterwegs bin, suche ich die Fenster und Türen der Nachbarn vergeblich nach einem Lebenszeichen ab. Selbst Andreas, den ich gestern früh sah, als ich die Mülltonne an die Straße stellte, hastete sofort wieder ins Haus, ohne zu grüßen oder sich auch nur umzudrehen.

Hannah, mein Liebes - dies ist ein ganz profaner Brief geworden, verzeih. Aber wenn deine Mutter Leonhard Cohen hört, weilt sie nicht in dieser Welt, das weißt du ja. Umso größer ist mein Bedürfnis stets, mit dir über alles zu reden.

In Liebe - Paps."

In den folgenden Tagen legt sich eine ungewohnte Stille über die Siedlung. Wie etwas Zähflüssiges, Klebriges schiebt sie sich langsam und unaufhaltsam von der Straße aus zwischen die Häuser, verriegelt Fenster und Türen und erstickt jeden Laut.

Clara und Luigi stehen an der Tür zur Terrasse, lassen die Blicke über das immer noch nicht abgebaute Zelt, den fettigen Grill, die Bar mit den halbgefüllten Flaschen und dem Kübel mit geschmolzenem Eis gleiten und wagen nicht, sich anzusehen.

Schließlich legt Luigi seiner Frau die Hände auf die Schultern, beginnt vorsichtig, ihr den verkrampften Nacken zu massieren und sagt wohl zum hundertsten Mal: „Wir konnten unsere Augen nicht überall haben, Schatz. Jeder wusste doch, wie es um Sabrina steht, jeder hätte auf sie aufpassen können. Und dass Tobias die Verantwortung mal für zehn Minuten abgelegt hat … mein Gott, wer kann es ihm verübeln? Er hat's doch auch so schon nicht leicht mit ihr."

„Ja, aber wir waren die Gastgeber, wir hatten die Verantwortung dafür, dass es allen gut ging, dass niemand zu Schaden kam! Und dann das …" In Erinnerung an Sabrinas Entgleisung, ihren Ausraster und die Anschuldigungen, die sie Tobias entgegenschrie, läuft ihr immer noch eine Gänsehaut über den Rücken. Seufzend lehnt sie sich zurück, reibt den Kopf an Luigis Schulter und flüstert: „Meinst du, jemand hat ihr mit Absicht Alkohol in den Drink gekippt? Aber warum? Und wer? Sie hätte die Gläser doch auch verwechselt haben können …"

Auch darüber hat Luigi nachgedacht, immer und immer wieder. Aber Elenas Lächeln, mit dem sie Sabrina das Glas überreichte, mit dem sie sich hinüberbeugte und Sabrina etwas ins Ohr flüsterte, das auch ihr ein kleines, widerstrebendes Lächeln entlockte - das Bild hat sich ihm eingebrannt, und ob er will oder nicht, er kehrt immer wieder zu der einen Deutung zurück.

„Ich glaube nicht, dass sie die Gläser verwechselt hat", sagt er betrübt, fährt sich über die Augen und schüttelt den Kopf. „Ich glaube, wir wissen beide Bescheid, oder?"

Erschrocken fährt Clara herum, begegnet seinem kummervollen Blick und nickt dann widerstrebend. Eng aneinander geschmiegt bleiben sie stehen und halten sich fest.

******

Ina hat sich, Mäxchen auf dem Schoß, in die Sofa-ecke gedrückt, starrt vor sich hin und krault dem Kater das Fell, ohne wirklich zu merken, was sie tut. Erst als es Mäxchen zuviel wird, er sich maunzend ihrem Griff entwindet und vom Sofa springt, hebt sie den Blick. Auf der Terrasse ist Andreas dabei, die Teakholz-Möbel mit einer Wurzelbürste zu bearbeiten, Öl, Pinsel und Lappen stehen bereit. Obwohl das Gewitter am letzten Wochen-ende endlich Abkühlung brachte, läuft ihm der Schweiß in Strömen übers Gesicht - gnadenlos und unerbittlich scheint er die Bürste ins Holz treiben zu wollen.

Langsam steht Ina auf, gießt Wasser in ihr Glas und öffnet die Terrassentür. „Komm, Schatz, trink erstmal was." Stöhnend richtet er sich auf, wischt mit dem Unter-arm übers Gesicht und greift nach dem Glas, das er in einem Zug leert. „Danke", sagt er und reicht es zurück. „Das hab ich gebraucht." Einen kurzen Augenblick lang sehen sie sich an, dann dreht Ina sich um und geht zu-rück ins Haus, nur um augenblicklich wieder vor ihm zu stehen. „Sag mal, denkst du auch, was ich denke?", fragt sie ihn, und obwohl er weiß, wovon sie spricht, hebt er fragend eine Augenbraue und greift wieder zur Bürste.

„Ich zermartere mir das Hirn!", stöhnt Ina. „Ich kann mir einfach nicht erklären, wie sie an den Alkohol gekommen ist. Wir wussten Bescheid, alle wussten wir Bescheid. Und wir hatten ihr versprochen, wachsam zu sein, wir hatten versprochen, auf sie aufzupassen, gerade bei Gelegenheiten wie dieser. Sie war so stolz auf das, was sie schon erreicht hatte, also wie konnte das passieren, frag ich dich. Ich kann mir nur denken, dass sie ihr Glas irgendwo abgestellt und dann später versehentlich ein anderes erwischt hat ..." „Oder jemand die Gelegenheit nutzte, einen kleinen Schuss Wodka in ihr Glas zu kippen", ergänzt Andreas. Sein Blick ruht auf dem verschrammten Tisch, die Bürste in seiner Hand zittert leicht.

Lange stehen sie da, sprachlos und in Gedanken versunken, bis Ina langsam nickt und zurück ins Haus geht.

******

Vor zwei Tagen hielt Bernhard es nicht mehr aus, er riss seiner Frau die Kopfhörer herunter und schnauzte: „Nun sprich endlich, verdammt nochmal! Spuck's aus, Frau!"

Und Dorchen, die immer stolz darauf war, nie zu weinen, weil sie ja schließlich keine Heulsuse ist, schlug die Hände vors Gesicht und brach in herzzerreißendes Schluchzen aus. „Ich hätte es verhindern können, Bernhard. Wenn ich ein bisschen interessierter, ein bisschen weniger gleichgültig gewesen wäre ... ich hätte es verhindern können ..." Und die Tränen hatten Taschentuch um Taschentuch genässt und schließlich auch noch Bernhards Hemdbrust.

Jetzt sitzen die zwei händchenhaltend auf der Hollywoodschaukel, Buddy zu ihren Füßen. „Ich hab gesehen, wie Elena ihr das Glas brachte", flüstert Dorchen, immer noch von Schluchzern geschüttelt. „Ich auch", sagt Bernhard, doch Dorchen scheint ihn gar nicht zu hören. „Sie hatte mir gesagt, dass sie sich unbedingt mit Sabrina versöhnen wolle, du weißt ja, wegen der Verdächtigungen, die sie damals gegen Mia geäußert hat. Ich sollte ihr die Daumen drücken, dass Sabrina ihre Entschuldigung akzeptiert. Und ich hab sie noch ermutigt, hab sie bestärkt und ihr erklärt, dass Sabrina bestimmt jeden Versuch wert sei, so tapfer wie sie sich inzwischen geoutet hatte und zu ihrer Sucht stand. Und selbst, als Elena sich mit den Gläsern in der Hand zu Sabrina durchschlängelte, hab ich ihr noch Zeichen gemacht" - Dorchen hält den hochgereckten Daumen in die Höhe - „und ihr zugelacht, und dann kamen Ina und Andreas und setzten sich zu mir und ich hab nicht mehr drauf geachtet, was weiter geschah ..." „Aber ich", sagt Bernhard. „Und es sah anfangs wirklich nur nach Versöhnung aus."

„Wie, du hast es auch gesehen?" Dorchen wird plötzlich laut. „Erzähl! Was genau hast du gesehen?" „Genau gesehen hab ich nur, dass die beiden Mädels angestoßen und sich zugelächelt haben, nachdem Elena Sabrina irgendwas ins Ohr gemurmelt hat."

„Aber dann, nach einem kleinen Augenblick, war Sabrinas Glas leer, Elenas nicht. Und Sabrina stand auf und ging schnurstracks zur Bar, während die andere ihr hinterher starrte mit einem Lächeln im Gesicht ... ich weiß nicht, irgendwie war mir das nicht geheuer. Kann alles Einbildung sein, muss nichts zu bedeuten haben, aber seltsam war es auf jeden Fall. Und spätestens da hätte bei mir der Groschen fallen müssen, Dorchen. Spätestens da hätte ich was tun müssen …"

Dorchen umklammert die Hand ihres Mannes, streicht ihm hektisch über die Wange und schüttelt immer wieder den Kopf. „Aber wer konnte das denn ahnen, Bernhard? Wer rechnet denn mit sowas? Und weißt du, wirklich glauben kann ich das nicht, nein, es muss eine andere Erklärung geben, eine harmlose. Bernhard, bitte, sowas passiert doch nicht wirklich, doch nicht bei uns …"

Bernhard legt den Arm um ihre Schulter, drückt sie beruhigend an sich und überlegt verzweifelt, wie er ihre Ängste zerstreuen kann. Es fällt ihm nur leider nichts ein.

******

„Ich wüsste, was ich an Tobis Stelle täte", verkündet Ecki, und das nicht zum ersten Mal. „Ich würde der Schnapsnase den Stuhl vor die Tür setzen, und nicht nur den Stuhl, das steht mal fest! Von so einer darf man sich doch nicht zum Löffel machen lassen, vor versammelter Mannschaft. Ich bitte dich, wo kommen wir denn da hin?"

Dana wagt nicht, ihn anzusehen. Jeder Blick, jede Geste könnte als Aufforderung verstanden werden, seiner Fantasie freien Lauf zu lassen. Sie konzentriert sich ganz darauf, Leonie den Abendbrei einzutrichtern, tupft ihr nach jedem Löffelchen mit dem feuchten Tuch den Mund ab, wischt blitzschnell über das Tischchen des Hochstuhls, lächelt dem Kind aufmunternd zu und hält die wirbelnden Händchen fest, die immer wieder versuchen, den Löffel zu greifen oder die Trinkflasche umzuwerfen.

„Säufer bleibt Säufer", erklärt Ecki, während er die Bestecke in der Schublade ordnet. „Da kann die sich noch so oft hinstellen und verkünden, dass sie trocken ist! Ha, der Erfolg liegt auf der Hand, stimmt's?", und vor Danas innerem Auge ersteht postwendend das Bild der keifenden, tobenden Sabrina, die sich mit Händen und Füßen gegen Tobias' eisernen Griff wehrt und ihm schließlich ihren Anteil am Buffet auf Brust, Arm und Hände kotzt.

„Aber für die Kinder tut's mir leid", fährt Ecki fort, hält einen Augenblick inne und lässt den Blick hinaus in den Garten wandern. „Was soll aus denen bloß werden, wenn sie mit so einer Mutter aufwachsen müssen? Eltern sollen Vorbild sein für ihre Kinder. Eltern stellen Regeln auf und achten auf deren Einhaltung. Eltern stehen für Disziplin und Ordnung, nicht für Chaos und Tohuwabohu! Wie willst du denn ein Vergehen ahnden, wenn du selbst nicht zu deinen Idealen stehst? Nee, nee, nee, ich sag dir, lieber keine Mutter als so eine!"

Und instinktiv zieht Dana den Kopf ein, als er ihr jetzt übers Haar fährt und Leonie aus dem Hochstuhl nimmt, um sie ins Bett zu bringen.

******

Elena hat den Tisch gedeckt, für Robert ein Bier geöffnet und sich selbst einen Tee eingeschenkt. Mit ausgestrecktem Arm hält sie ihm den Brotkorb hin, legt den Kopf schief und lächelt ihn an. „Willst du oder soll ich?", fragt sie, und er zieht eine Scheibe Vollkornbrot heraus, legt sie auf sein Brett und greift nach dem Messer. „Du verhätschelst mich", sagt er augenzwinkernd. „Ein bisschen was kann ich schon noch allein." Und lächelnd sieht sie zu, wie er mit dem Stumpf des amputierten Armes das Brettchen hält, während er mit der gesunden Hand

123

Butter auf das Brot streicht. Als er es dick mit Salami belegt und zum Mund geführt hat, sieht er hinaus in den Garten und lässt den Blick gedankenverloren auf dem Partyzelt ruhen, das immer noch nebenan auf Luigis Rasen steht.

Elena hält die Teetasse mit beiden Händen, nachdenklich mustert sie Robert, dann folgt ihr Blick dem seinen. Leise bläst sie in den aufsteigenden Dampf, nippt kurz und setzt die Tasse wieder ab. „Es tut mir schrecklich leid für sie", sagt sie, greift nun selbst zu einem Brot und beginnt, es zu bestreichen.

„Hm? Wovon sprichst du?", fragt Robert kauend und versucht, mit der Gabel eine Gewürzgurke aus dem Glas zu angeln. „Sabrina", antwortet Elena, „von Sabrina sprech ich natürlich. Gib's doch zu, auch du denkst kaum an was anderes." Und als Robert nur mit einem Achselzucken antwortet, fährt sie fort: „Ich war so sicher, dass sie einer Versöhnung zustimmen würde. Ich meine, diese Geschichte mit Mäxchen damals und dass ich Mias Versuch zu helfen falsch gedeutet habe, kann sie mir schließlich nicht bis an unser Lebensende vorhalten, oder?"

Sie schenkt sich Tee nach, bläst vorsichtig hinein und sieht aus dem Fenster. „Schade, die Party war echt schön bis dahin, nicht? Ich jedenfalls hab mich total wohl gefühlt - du doch auch, oder?" Auf Roberts zustimmendes Brummen hin wendet auch Elena sich ihrem Brot zu. „Na ja, aber sie kann es ja nochmal versuchen, sie ist ja noch jung genug. Und schließlich muss sie auch an ihre Kinder denken. Tobias allerdings tut mir schon ein bisschen leid … Sag mal, meinst du, er hat wirklich ein Verhältnis mit der Putzfrau?"

******

Clara hat die Haare aufgesteckt und mit einem Stirn-
band zurückgebunden, mit kreisenden Bewegungen
verteilt sie die Reinigungsmilch im Gesicht. Als sie sich
mit einem Wattepad über die geschlossenen Augen
fährt, spürt sie Luigi hinter sich, wie er sich fordernd und
verlangend an sie drängt. Sie lehnt sich zurück, überlässt sich seiner Umarmung und lacht leise auf, als er
sie auf den Hals küsst und beginnt, an ihrem Ohrläpp-
chen zu knabbern. Sie öffnet die Augen, grinst über die
schwarzen Schatten, die die verschmierte Mascara in ihrem Gesicht hinterlassen hat und dreht sich blitzschnell
um: Mit den Nägeln aller zehn Finger fährt sie ihm den
Rücken rauf und runter, beißt ihm zärtlich in den Hals
und knurrt wie eine Wildkatze. „Vorsicht!", raunt er dicht
an ihrem Ohr. „Gefährlich ist's, den Leu zu wecken …"
„Oh, ich glaube, zum Wecken komme ich bereits zu
spät", flüstert sie und schmiegt sich glucksend an ihn. Mit
beiden Beinen umschlingt sie ihn, als er sie jetzt aufhebt,
erwidert seinen Kuss, der so viel verspricht, und genießt
bereits seine Lippen auf der Haut, als er die Tür des
Schlafzimmers mit einem leichten Tritt hinter ihnen
schließt.

Als sie eine ganze Weile später, vom Knurren ihrer
Mägen aufgeschreckt, gemeinsam den Kühlschrank in-
spizieren und sich mit einem kurzen Nicken auf Rührei
mit Schnittlauch und gebratenem Brot verständigen, ist
es Clara, die ihren Mann umschlingt und ihm den Kopf
auf den Rücken legt. „Hat Andreas dir eigentlich auch
schon mal Avancen gemacht?", fragt sie, während sie
die Hände unter den Bund seiner Boxershorts gleiten
lässt. Luigi prustet los, nimmt einen Schluck Rotwein und
schüttelt den Kopf. „Du hast Ideen …! Wie kommst du
denn auf sowas?" Er schaltet den Herd aus, rührt noch

einmal in der Pfanne und dreht sich um. Plötzlich ernst geworden, starrt er sie an. „Wie meinst du das überhaupt? Dass Andreas mir ‚Avancen' gemacht haben könnte?"

Auch Claras Lächeln verblasst, sie nippt an ihrem Wein, sieht Luigi fest in die Augen und sagt: „Andreas ist schwul. Wusstest du das nicht?"

Es dauert einen Moment, bis Luigi reagiert. Er versucht ein Lachen, runzelt die Stirn und tritt einen Schritt zurück. „Wer verbreitet solche Lügen?" Das Rührei in der Pfanne ist vergessen, Clara spürt die Kälte der Fliesen unter ihren nackten Füßen. Sie zuckt die Schultern, wendet sich ab und schiebt sich auf einen der Barhocker am Küchentresen. „Ich glaube nicht, dass das Lügen sind", sagt sie und fühlt sich dabei, als müsse sie sich rechtfertigen. „Er selbst hat es Elena gesagt, gleich bei ihrem ersten Zusammentreffen beim Straßenfest. Offensichtlich bildete er sich ein, dass sie ihn anbaggern wollte." Sie greift nach ihrem Weinglas, nimmt einen Schluck und streicht sich das Haar aus dem Gesicht. Erst als auch Luigi nach seinem Glas greift und ihr gegenüber Platz nimmt, entspannt sie sich wieder.

„Sagt Elena - oder wer?" „Ja, auf der Party, als Sabrina Tobias gerade auf die Tanzfläche schleppte, hat sie's mir erzählt." „Und du glaubst das?" „Wieso nicht? Wieso sollte sie lügen?"

Einen Augenblick lang hängen beide ihren Gedanken nach, dann nimmt Luigi den Faden wieder auf. „Was, wenn es genau andersherum war? Wenn Elena ihn wirklich hat anbaggern wollen und Andreas sie glashart hat abblitzen lassen? Wenn Elena dieses Gerücht aus Rache streut, weil sie nicht bei ihm landen konnte? Ich meine, kuck dir Ina und Andreas doch an - die sind doch glücklich miteinander, oder? Hätte nicht einem von uns irgendwann schon mal was auffallen müssen?"

Nachdenklich nippt Clara an ihrem Wein, Luigi holt die Flasche und schenkt ihnen beiden nach. Nachdem sie ihr Glas eine ganze Weile in den Händen gedreht hat, setzt sie es ab und fragt: „Aber wenn man sich das mal vergegenwärtigt: Gehen die beiden nicht irgendwie total getrennte Wege? Ina ist doch fast jeden Abend zu einem anderen Kurs unterwegs - Yoga, Aquarellmalerei, schamanisches Reisen, Qi Gong -, und Andreas hat seinen Schachclub, Fechten und Judo ... da bleibt nicht viel gemeinsame Zeit, oder? Und merkst du was? Andreas verbringt seine Freizeit fast ausschließlich mit Männern. Mit Männern, mit denen er engen Körperkontakt hat!" „Klar, so wie beim Schach zum Beispiel", fällt Luigi ihr ins Wort, doch so abweisend, wie er es gern hätte, klingt es nicht.

„Und wieso meint ihr, dass Andreas schwul ist, wo doch Inas Kurse wohl auch ausschließlich von Frauen besucht werden? Wieso kommt ihr nicht auf die Idee, dass sie lesbisch sein könnte?" „Ganz einfach: Weil Ina noch keiner von uns irgendwelche Avancen gemacht hat", entgegnet Clara und leert ihr Glas in einem Zug.

Luigis Lächeln soll sarkastisch sein, doch zu ihrem Erstaunen erkennt Clara darin bereits erste Zweifel. „Aber wieso soll er sich ausgerechnet Elena anvertrauen, die er doch zu dem Zeitpunkt noch überhaupt nicht kannte? Wenn, dann würde er doch wohl am ehesten zu Tobias gehen, schließlich sind die beiden befreundet." Es folgt eine nachdenkliche Pause, plötzlich presst Clara die flachen Hände auf den Tresen. „Und was, wenn Tobias gar kein Verhältnis mit der Putzfrau hat, wie Sabrina behauptet, sondern mit Andreas?"

Mit offenem Mund starrt Luigi seine Frau an. „Spinnst du jetzt komplett? Bist du völlig übergeschnappt? Komm bloß nicht auf die Idee, dieses Hirngespinst öffentlich werden zu lassen, Clara, das rat ich dir! Du könntest sonst ganz schnell eine Verleumdungsklage am Hals haben … und das zu Recht!"

Auf Rührei hat keiner von ihnen mehr Appetit.

OKTOBER

Dana hat Leonie in den neuen Schneeanzug ge-
steckt, die Temperaturen sind in den letzten Tagen er-
heblich gefallen. Trotz des lautstarken Protestes hat sie
ihr die Schalmütze aufgesetzt und Handschuhe angezogen. „Okay, du darfst schieben", sagt sie und senkt den
Griff der Sportkarre soweit ab, dass die Kleine dran
kommt. Das Gebrüll verstummt, und die beiden mar-
schieren los - das heißt, eigentlich sind sie zu dritt, denn
in der Karre sitzt hoch aufgerichtet Timbo, Leonies roter
„Ölifant".

Als sie an dem schwarz glänzenden Haus der Wittmers vorbeikommen, bemüht Dana sich, den Blick stur
nach vorn zu richten, doch aus dem Augenwinkel nimmt
sie wahr, dass Lasse sein Fahrrad offenbar mitten in den
Feng-Shui-Garten geschmissen und es dort hat liegen
lassen: Ein Teil der dunkelbraunen Kiesel liegt weit ver-
streut auf dem cremefarbenen Weg. „Oh oh", murmelt
Dana erschrocken, denn soviel lebendige Unordnung
hat man in Sabrinas Vorgarten noch nie gesehen. Doch
seit ihrem Auftritt bei Luigi neulich hat man auch Sabrina
und Tobias nicht mehr gesehen, und selbst die Kinder
scheinen nur noch heimlich hin und her zu huschen.

Sie haben die Siedlung noch nicht ganz hinter sich
gelassen, als Leonie beginnt, ihren Timbo in der Karre
mit Sand, Steinen und Stöcken zu malträtieren. „Hey,
was machst du?" Dana nimmt ihrer Tochter den Stein
aus der Hand und packt sie unsanft bei den Schultern.
„Timbo nä!", kräht Leonie und versucht, den Elefanten
aus der Karre zu zerren. „Meiner Karre, meiner Karre!",
schreit sie und stampft trotzig mit den Füßen. Wortlos
klemmt Dana sich ihre Tochter unter den Arm, schüttelt
mit der anderen Hand Stofftier, Steine, Sand und Stöcke

aus der Karre und beginnt, alles neu zu ordnen, als sie plötzlich innehält: Eine Hand vor den Mund gepresst steht sie vornübergebeugt da, lässt das Kind langsam zu Boden gleiten und krümmt sich zusammen wie ein Flitzbogen. Schweiß perlt auf ihrer Oberlippe, saurer Speichel sammelt sich im Mund. Sie stöhnt auf und würgt, als sie plötzlich spürt, wie sie gestützt wird und sich ihr eine kühle Hand auf die Stirn legt. „Hier, Ingwer, langsam lutschen", sagt Elena, schiebt ihr ein Bonbon in den Mund und nimmt die jammernde Leonie auf den Arm. „Äh! Ähh!", fordert die Kleine, streckt den Arm verlangend aus und hat den Mund bereits zu einem kläglichen Jammern verzogen. Lächelnd zaubert Elena ein Gummibärchen aus der Tasche.

„Danke!" Noch kann Dana nur flüstern, aber die Übelkeit flaut schon ab. „Ich hab doch schon von weitem gesehen, dass es dir nicht gut geht", erklärt Elena leise und setzt Leonie in die inzwischen wieder eingerichtete Karre. „Ist es so schlimm?" Dana nickt und gibt vor, ihren Weg fortsetzen zu wollen, doch plötzlich springen ihr die Tränen aus den Augen. „Ich will es nicht, Elena, ich will es nicht!", schluchzt sie, wendet sich ab und durchwühlt ihre Jackentaschen auf der Suche nach einem Taschentuch. Wortlos reicht Elena ihr eine Packung, und als Dana sich gefasst hat, legt sie ihr die Hand auf den Arm: „Komm auf dem Rückweg bei mir vorbei. Ich schreib dir eine Adresse auf."

Die Sportkarre mit ihrer Tochter darin scheint unendlich schwer zu sein, nur mit Mühe gelingt es ihr, sie überhaupt in Gang zu setzen, doch als sie die Straßenecke erreicht hat, führt der Weg zur Au leicht bergab, jetzt rollt die Karre fast von allein. Dana richtet sich auf, schenkt Leonie ein kleines Lächeln und beginnt, leise vor sich hin zu murmeln: „Aldebaran .... Sansibar .... Duschanbe ....

Tegucigalpa .... Cassiopeia .... Araucaria .... Popocatepetl ...." Sie setzt die Schritte im Takt der Silben, wiegt
sich im Gehen leise vor und zurück, beginnt von vorn,
und wie immer, wenn sie Zuflucht nimmt zu der Magie
dieser Klänge, diesem Gesang all der Namen und Silben, die sie zusammengetragen und im Gedächtnis ge-
speichert hat, spürt sie ihre heilende Wirkung, spürt, wie
sich Ruhe und Entspannung ausbreiten in ihr und sie
Mut schöpfen lassen für den Tag.

„Elena gibt mir eine Adresse", flüstert sie Leonie zu.
„Und dann wird alles gut ..."

******

Obwohl Dahlien und Rosen noch in voller Blüte ste-
hen und das Laub der Traubenkirsche gerade erst be-
ginnt, sich zu verfärben, verbringt Dorchen Stunde um
Stunde im Garten, erntet, jätet, sammelt Saat, nimmt
Stecklinge und hantiert emsig mit Schaufel, Spaten,
Harke und Hacke.

Bernhard hat sich entschlossen, neue Nistkästen für
den Gartenrotschwanz und den Turmfalken zu bauen,
der seit dem Sommer immer mal wieder über das Ge-
lände streicht, doch wirklich Freude bereitet ihm die Arbeit nicht: Die Jungs fehlen ihm, die so oft „bei Bernhard
in die Lehre" gingen. Seit Luigis Geburtstagsfeier hat
man Lasse und Mia nicht mehr gesehen, folglich halten
sich auch Fabio und seine Brüder nur noch auf dem eigenen Grundstück auf, trainieren im Fechtclub oder auf
dem Skaterplatz am anderen Ende des Dorfes. Die Siedlung schweigt.

Gerade richtet Dorchen sich stöhnend auf, drückt
beide Hände ins Kreuz und den Kopf in den Nacken.

Langsam wendet sie sich zu Bernhard um, der ihr von der Terrasse her mit einem hoch erhobenen Glas Wasser signalisiert, dass er jetzt mal Pause macht. Aus dem Augenwinkel sieht sie Ina, die sich, geduckt hinter ihrer Hecke, vollkommen auf das Unkraut in ihren Beeten zu konzentrieren scheint.

Abrupt bleibt Dorchen stehen, stemmt die erdverkrusteten Hände in die Seiten und sagt halblaut über den Zaun hinweg: „Ina, meinst du nicht, dass es nun langsam genug ist? Sollte nicht irgendwer den Anfang machen?"

Ina richtet sich auf, und obwohl sie Dorchen um Haupteslänge überragt, sieht sie plötzlich so klein und jung und verletzlich aus, dass Dorchen versucht ist, sie in den Arm zu nehmen.

„Ja", flüstert Ina, „es ist genug, schon lange. Aber was sollen wir tun?" Dorchen tritt dicht an den Zaun, streicht Ina sanft über den Arm und hält dann das Gesicht mit geschlossenen Augen einen langen Moment in die Sonne. „Irgendjemand muss ihnen aus dieser Situation heraushelfen, allein schaffen sie das nicht. Wir können nicht zulassen, dass sie alle vier vor die Hunde gehen ..."

Als Ina nicht antwortet, wendet sie sich wieder ihren Beeten zu, beginnt, Dahlien, Zinnien, Cosmea, Malven und Löwenmäulchen zu schneiden, legt sich den dicken Strauß in den Arm und sagt: „Und den bringe ich jetzt Sabrina. Kommst du mit?"

******

Mehrmals müssen sie klingeln, bevor die Tür geöffnet wird. Vor ihnen steht, blass und mit Ringen unter den Augen, Mia. „Ja?", fragt sie, und ihre Stimme klingt rau und fremd. „Hallo, Mia!" Ina ruft es fast, so sehr freut sie sich, das Kind zu sehen. „Wie geht es dir, Mia? Wir vermissen dich ..." Das Mädchen senkt den Kopf, tritt jedoch einen Schritt zurück, um die beiden hereinzulassen. Mit einer Handbewegung weist sie ihnen den Weg ins Wohnzimmer.

Auf einem Hocker vor der breiten Fensterfront sitzt Tobias, Kopfhörer auf den Ohren, ein Salatbesteck in den Händen. Mit geschlossenen Augen, den Oberkörper rhythmisch vor- und zurückwiegend, bearbeitet er ein imaginäres Schlagzeug, klopft mit dem Fuß den Takt und versetzt der Sofalehne von Zeit zu Zeit einen kräftigen Schlag.

Mit einem schiefen Grinsen deutet Mia auf das Sofa, dreht sich um und verlässt den Raum. Im selben Augenblick hebt Tobias den Blick, erkennt die sich in der Scheibe spiegelnden Gestalten und reißt sich die Kopfhörer von den Ohren. „Besuch?" Ein wenig entgeistert steht er auf, reicht den beiden Frauen verlegen die Hand und fordert sie auf, doch bitte Platz zu nehmen. Nachdem er sie mit je einem Glas Wasser versorgt hat, lässt er sich ihnen gegenüber in den Sessel fallen und fragt: „Was führt euch zu uns?" „Ihr", antwortet Dorchen. „Ihr führt uns zu euch. Und diese Blumen hier, die auch. Die möchten nämlich zu Sabrina."

Fast erschrocken richtet Tobias sich auf, sieht sich rasch um und raunt dann: „Das ist kein guter Zeitpunkt, Dorchen, sei nicht böse, ja. Sabrina fühlt sich nicht gut, sie ist im Moment irgendwie nicht in der Stimmung für Besuch, und ich weiß nicht ..." „Aber ich weiß", unterbricht Dorchen ihn energisch und steht auf. „Je länger sie sich verkriecht, desto schlechter geht es ihr. Und das gilt auch für dich und die Kinder. Passiert ist passiert, daran lässt sich nun nichts mehr ändern, aber lernen könnt ihr daraus - und wir auch. Also sag ihr bitte, dass wir da sind, dass wir zu ihr möchten und uns nicht abwimmeln lassen. Und wenn sie nicht runterkommt, kommen wir rauf, klar?"

Tobias wirft Ina einen erschrockenen Blick zu, findet jedoch keine Unterstützung. Dann breitet sich ein Grinsen über sein sorgenvolles Gesicht. Betont langsam steht er auf, streckt den Rücken und zieht das Hemd glatt. Mit einer leichten Drehung verneigt er sich vor Dorchen: „Ihr Wunsch ist mir Befehl, Madame! Ich wünsche viel Erfolg!"

Und während er mit festem Schritt die Treppe nach oben erklimmt, kann Ina sich ein Lachen nicht verkneifen: „Dorchen, ich staune! Du kannst ja richtig energisch sein!" Und mit hochgerecktem Daumen zollt sie ihr ehrliche Anerkennung.

Es dauert ein paar endlose Minuten, bis Tobias mit hängenden Schultern wieder vor ihnen steht. „Tut mir leid, ihr Zwei, tut mir echt leid, aber da ist nichts zu machen. Wenn ihr euch vorstellt - falls ihr das überhaupt könnt! - dass sie seitdem nicht mal mehr rauchen mag, habt ihr eine ungefähre Ahnung, wie es ihr geht … und was wir hier gerade alle durchmachen. Ich kann euch also nur raten: Nehmt die Beine in die Hand und lauft!"

„Genau das hab ich vor!", entgegnet Dorchen, schnappt sich den Blumenstrauß und marschiert die Treppe hinauf, gefolgt von einer nicht ganz so resoluten Ina.

******

Ohne anzuklopfen stürmt Dorchen in Sabrinas Zimmer. Im ersten Augenblick ist allerdings selbst sie verwirrt und meint, sich in der Tür geirrt zu haben, denn die Frau, die dort auf dem Bett kauert und sich die Decke bis

134

an die Nase reißt, scheint eine Fremde zu sein: Die rot geränderten, völlig ungeschminkten Augen weit aufgerissen, starrt sie ihre Besucherinnen fassungslos an. Auf die sonst in diesem Moment fälligen Tiraden, Beschimpfungen und Flüche warten sie vergebens: Die Sabrina von heute ist sprachlos, geradezu verängstigt zieht sie sich noch ein Stückchen mehr in sich zurück.

Dorchen tritt ans Bett, streicht Sabrina über die blasse Wange und drückt ihr den Strauß an die Brust. „Für dich!", sagt sie. „Frisch und mit viel Liebe gepflückt!" Ein spontanes, verächtliches Schnauben erinnert kurz an die alte Sabrina, dann senkt sich ein trauriges Gesicht auf die Blumen nieder. „Ich hol mal eine Vase", sagt Ina einen Tick zu laut, öffnet die Tür und prallt fast mit Mia zusammen. „Hier, für die Blumen", sagt die Kleine und streckt ihr einen mit Wasser gefüllten Zinkeimer entgegen. „Na, das war ja wohl Gedankenübertragung! Danke, Mia", freut Ina sich und streicht Mia spontan über die Wange, und als das Mädchen die Treppe hinunterläuft, scheint ihr Schritt ein ganz kleines bisschen weniger schleppend zu sein.

Während der Zeit ist Dorchen aufgestanden, hat das Fenster geöffnet und Sabrina die über der Stuhllehne hängende Strickjacke zugeworfen. „Komm, Sabrina, sei nett und setz dich ein bisschen zu uns an den Tisch, ja? Bei dir auf der Bettkante zu hocken mag ja ganz gemütlich sein, ist aber für meine alten Knochen nicht wirklich gesund." Sie muss diese Bitte noch zweimal wiederholen, bis Sabrina ihr schließlich quälend langsam nachkommt. Ina hat Dorchens Blumen in dem kleinen Kübel geordnet, zupft hier und da nochmal eine Blüte hervor und steckt die eine oder andere um, und als Sabrina doch endlich am Tisch unter dem Dachfenster Platz nimmt, hält sie ihr das Arrangement unter die Nase und sagt: „Hier, schnupper mal, ist das nicht köstlich?" Und als die Staubfäden des Johanniskrauts sie an der Nase kitzeln und ihr kleine Flecken ins Gesicht tupfen, muss selbst Sabrina beinahe lächeln.

Nun sitzen sie also da, alle drei an dem kleinen Bistrotisch vereint. Nachdem Dorchen das Fenster wieder geschlossen hat, legt sie die Unterarme auf den Tisch, die Hände in der Mitte. mit den Handflächen nach oben. Ina folgt ihrem Beispiel, legt ihre Recht in Dorchens Linke und sieht Sabrina auffordernd an. Als die sich nicht rührt, nicht einmal den Blick hebt, greifen Ina und Dorchen gleichzeitig zu, halten Sabrinas Hände fest und legen sie in die Mitte des Tisches. Schweigend warten sie, dass Sabrina sie ansehen soll.

„Was wollt ihr von mir?" Man hört ihrer Stimme an, dass sie lange nicht gebraucht wurde - sie knarzt. Am Pulsieren ihrer Halsschlagader ist zu erkennen, wie angespannt sie ist, die Körperhaltung signalisiert Misstrauen und Abwehr.

Leise streicht Dorchens Daumen über die Innenfläche von Sabrinas Hand. Aus eigener Erfahrung weiß sie, dass diese Berührung besänftigend und beruhigend wirkt, und sie denkt nicht daran, sich abwimmeln und nach Hause schicken zu lassen. „Was wir wollen? Wir wollen nichts weiter als dir sagen, dass wir zu dir halten und dich bei deinem Neuanfang unterstützen, wenn du das möchtest. Wir haben dich sehr gern, Sabrina, und wir sind froh, dass du zu uns gehörst."

Ruckartig zieht Sabrina ihre Hände zurück, verkrampft sie im Schoß und schießt wütende Blicke um sich. „Ach, hör doch auf! Dieses Gesülze glaubst du doch selber nicht! Meint ihr, ihr könnt hier herkommen, bringt ein bisschen Gemüse mit, macht ein bisschen Eideidei … und alles ist wieder gut? Nein, nichts ist wieder gut! Alles ist kaputt … alles …!" Und mit einem wilden

Aufschluchzen wirft sie sich quer über den Tisch und schreit all ihre Qual heraus.

Ina und Dorchen wechseln eine schnellen Blick, dann steht Ina leise auf, holt ein Handtuch und trocknet die Pfützen, die die umgestürzten Wassergläser hinterlassen haben, während Dorchens Hand warm und weich auf Sabrinas Schulter ruht, nur der Daumen streicht sanft über das Shirt.

Der Himmel über dem Dachfenster beginnt bereits, sich zu verdunkeln, als Sabrinas Schluchzen endlich verebbt. Der Berg der nassen Taschentücher ist von Minute zu Minute gewachsen, jetzt traut Ina sich, ihn vom Tisch in den Papierkorb zu wischen. Schniefend, verschwitzt und rotgesichtig richtet Sabrina sich auf, blinzelt aus verquollenen Augen und seufzt abgrundtief.

„Wenn ich doch jedenfalls wüsste, wie das passiert ist", flüstert sie. "Ich war doch so stolz auf mich. Sechseinhalb Woche ohne … das hab ich noch nie geschafft. Und dann das! Ich weiß noch, dass Elena zu mir kam, sie hat sich entschuldigt wegen der Sache mit Mia damals. Ja, sie hat mir die ganze Situation nochmal geschildert, wie sie Mäxchen hat schreien hören, wie sie dann rausstürzte und Mia mit dem Kater auf dem Schoß sah, dem sie grade die Mausefalle an den Schwanz klemmte … dachte sie jedenfalls! Dass es genau andersherum war, dass Mia den armen Max von dem Ding befreien wollte, hat sie erst viel später erfahren, und da war das Zerwürfnis zwischen uns schon komplett."

Sie greift nach einem neuen Taschentuch, trinkt einen Schluck aus dem frisch gefüllten Wasserglas und putzt sich die Nase. „Ich weiß, wie ihr alle über mich denkt. Ja, doch, regt euch nicht auf. Ich weiß, dass ihr mich für arrogant, karrieresüchtig und gefühlskalt haltet. ‚Die schwarze Sabrina', die ihre Familie drangsaliert und ihre Kinder statt mit Liebe mit Geld überhäuft - ha, ich hab hart gearbeitet an diesem Image, das könnt ihr mir glauben. Wisst ihr, was ich war, bevor ich Tobi kennenlernte? Eine Fußmatte war ich, ein Fußabtreter. Für meine Mutter, meine Brüder, meine Chefs ... für alle eben. Aber dann, irgendwann, hab ich mich erhoben wie Phoenix aus der Asche! Tobi hat mir geholfen, ohne ihn hätte ich das nie geschafft. Und nach außen hin hat das ja auch wunderbar geklappt, hat ja standgehalten und gewirkt, oder nicht? Habt ihr mich nicht alle für die erfolgreiche, abgebrühte ITlerin gehalten, die das Geld nur so scheffelt und über dem beruflichen Erfolg die Familie vergisst? In meinem Beruf bin ich die Beste, das stimmt, da kann mir keiner das Wasser reichen. Aber wie es da drinnen aussieht ..." Mit zitternden Lippen hält sie inne, lässt den Blick aus dem Fenster in den Himmel wandern und versucht verzweifelt, das wieder aufkommende Schluchzen zu unterdrücken.

„Als Elena und ich dann anstießen auf ‚Frieden und Freundschaft' ... das fühlte sich so gut an. Plötzlich war alles wieder gut, vergeben und vergessen, ich fühlte mich so leicht und beschwingt wie ..." Abrupt hält sie inne, beißt die Kiefer so fest zusammen, dass die Muskulatur weiß hervortritt. Für einen langen Moment schließt sie die Augen. Als sie sie wieder öffnet, ist ihr Blick kalt und dunkel. „Ich fühlte mich so leicht und beschwingt wie nach dem ersten Drink. Aber ich trank doch nur Bitter Lemon? - Wisst ihr, wie das ist, wenn man sich die Kante gibt, wenn man sich so richtig sinnlos besäuft? Habt ihr das schon mal gemacht? Nein? Anfangs fühlst du dich klasse, wie gesagt: Alles ist leicht und total easy und du bist fest überzeugt, dass du alles im Griff hast. Der Alkohol kann dir nichts anhaben, weil du ja jederzeit aufhören kannst. Na gut, dieses eine Glas noch, aber dann ... Und irgendwann, wenn du ausgeschlafen hast, kuckst du dich um und wunderst dich, wie du da hinge-kommen bist. Wieso hängst du im Stuhl vor deinem Schreibtisch? Oder in der Schmutzwäsche im Wäsche-keller? Oder, noch schlimmer, im Bett deiner Tochter? Und du weißt nichts mehr: Nicht, wie du dorthin gekom-men bist, nicht wer dir womöglich geholfen hat, nichts von dem, was du geredet oder getan hast … nichts, ab-solut nichts! Du weißt nicht mal, wieviel Stunden dir ver-loren gegangen sind, geschweige denn, wie es dazu kommen konnte."

Schweißperlen stehen auf ihrer Stirn, sie fährt sich mit dem Unterarm darüber und wischt sie fort. Fröstelnd wickelt sie sich in die Strickjacke, zieht die Füße auf den Stuhl und die Nase hoch. Nach einem zittrigen Atemzug fährt sie fort: „Und genauso muss es an dem Abend ge-wesen sein, genauso. Ich weiß nichts mehr. Ich weiß nicht, wie es dazu kam, ich weiß nicht, was ich gesagt oder getan habe … ich weiß nichts mehr, bis ich irgend-wann am Mittag des nächsten Tages aufwachte, in mei-nem eigenen Bett, immer noch im selben Kleid, schwit-zend und stinkend und so elend wie nie zuvor …"

Im Zimmer ist es jetzt fast ganz dunkel. Leise steht Ina auf, holt zwei Kerzen von der Kommode und zündet sie an. Dorchen greift wieder nach Sabrinas Hand, hält sie warm in der ihren und streicht mit dem Daumen dar-über hin.

„Wann hat das alles angefangen?", fragt Ina, leise, als wolle sie niemanden wecken. „Wann hast du angefan-gen zu trinken?" Langsam hebt Sabrina den Blick, ihre Augen unter den verquollenen Lidern sind müde und ver-weint. „Mit zwölf", sagt sie. „Erst nur ein bisschen, nur hier ein Schlückchen, da ein Schlückchen; aber dann je-desmal ein bisschen mehr. Und war plötzlich alles zu spät, dann half es irgendwann auch nicht mehr, dass sie meinen Vater endlich kassierten … Das war eine elende

Zeit damals, einfach nur elend ..." Sie atmet tief durch und schüttelt sich. „Egal, vorbei ist vorbei. Schluss, fertig, aus."

Hochaufgerichtet verharrt Dorchen auf ihrem Stuhl, sie zieht ihre Hände zurück und verknotet sie in ihrem Schoß. Ina rutscht mit hochroten Wangen auf ihrem Stuhl hin und her und sucht Dorchens Blick vergeblich. Schließich streicht sie sich die Haare aus dem Gesicht, legt die Hände flach auf den Tisch und sagt, um einen aufmunternden Ton bemüht: „Tja, ihr Lieben, ich denke, Sabrina ist erschöpft, du brauchst jetzt sicher wieder deine Ruhe, stimmt's, Sabrina? Komm, Dorchen, wir haben die Ärmste lange genug wach gehalten, lass uns nach Hause gehen."

„Nein, bitte bleibt!" Atemlos stößt Sabrina die Worte hervor, so flehend, dass alle beide erschrocken aufsehen. „Bitte", sagt Sabrina mit zitternder Stimme. „Lasst mich jetzt nicht allein, das könnte ich nicht ertragen. Soll ich uns einen Tee kochen? Möchtet ihr etwas essen? Ich geh schnell und hol etwas, aber bitte bleibt, lasst mich jetzt nicht allein!" Über den Tisch hinweg greift Dorchen nach Sabrinas Hand, lächelt ihr tröstend zu und sagt: „Alles gut, Mädchen, alles gut - wir bleiben noch ein bisschen bei dir. Aber ein Tee wäre jetzt wirklich nicht schlecht." Und bevor Sabrina sich erheben kann, ist Ina schon aufgesprungen und an der Tür. „Ich werde Tobias bitten, ob er mir schnell hilft, okay?" Und damit ist sie auch schon verschwunden.

******

Als Ina mit dem Tee-Tablett zurückkehrt, findet sie Dorchen hinter Sabrinas Stuhl stehend, vertieft in eine ausgiebige Massage ihrer verspannten Schultern. Mit geschlossenen Augen und zum ersten Mal wieder einigermaßen gelösten Gesichtszügen genießt Sabrina die Behandlung sichtlich.

Ina hat die Tassen verteilt und den Tee eingeschenkt. Auch eine Schüssel mit Knabberkram hat sie mitgebracht, doch danach scheint im Moment noch keiner von ihnen der Sinn zu stehen.

„Geh ich recht in der Annahme, dass du für heute erstmal genug von dir preisgegeben hast?", fragt Dorchen, und über ihre Teetasse hinweg nickt Sabrina dankbar und sehr entschieden. „Gut." Und obwohl sie sich auf ihrem Stuhl gerade zu voller Größe aufgerichtet hat, sieht Dorchen plötzlich ganz alt und klein aus. Sie holt einmal tief Atem, blickt von einer zu anderen und sagt dann tapfer: „Da du uns dein Vertrauen heute geschenkt hast, Sabrina, fühle ich mich verpflichtet - nein, das ist Quatsch - möchte ich mich revanchieren und auch für euch den Vorhang meines Lebens ein wenig lüften …" Sie muss selbst lachen über diese poetische Redewendung, wird aber schnell wieder ernst. „Ich darf doch sicher sein, dass alles, was wir uns hier und heute anvertrauen, unter uns bleibt?" Eindringlich forscht ihr Blick in den Gesichtern der anderen beiden, und erst, als beide glaubhaft versichern, dass man ihnen vertrauen kann, räuspert sich Dorchen, nimmt einen Schluck Tee und beginnt:

„Nun, inzwischen weiß ja sicher die ganze Siedlung, dass Bernhard und ich jeden Mittwoch zu Harald fahren. Irgendwann, als Clara ihre Neugier nicht mehr bezähmen konnte und für mein Gefühl allzu sehr in mich drang, habe ich ihr erzählt, dass unser Sohn vor mehr als zwölf Jahren gestorben ist und wir regelmäßig einmal in der Woche sein Grab besuchen. Clara hätte nur allzu gern mehr erfahren, war aber dann taktvoll genug, sich mit diesem ‚Geständnis' zufriedenzugeben.

Und dieses ‚Geständnis' ist eine Lüge, jedenfalls zum Teil - zu einem entscheidenden Teil. Ja, wir fahren einmal in der Woche zum Friedhof. Und ja, wir pflegen dort das Grab unseres Kindes. Aber es ist Hannahs Grab, das wir besuchen, nicht Haralds."

Sie greift nach ihrer Teetasse, setzt sie jedoch gleich wieder ab. Als sie aufsieht, begegnet sie den fragenden Blicken ihrer Zuhörerinnen und fährt mit gesenktem Blick fort:

„Harald war knapp eineinhalb Jahr alt als Hannah geboren wurde, was für mich als Mutter anfangs natürlich ziemlich anstrengend war, für die Kinder aber ein großes Glück. Von Anfang an verstanden sich die beiden so gut, dass man sie für Zwillinge hätte halten können. Wo die eine war, war der andere nicht weit, teilweise kommunizierten sie wortlos, nur mit Blicken oder Gesten. Hannah vergötterte ihren großen Bruder genauso wie er seine kleine Schwester, und wehe einer von beiden bekam Ärger mit Bernhard oder mir! Ihr hättet sie sehen sollen, wie sie sich nebeneinander aufbauten, die Hände in die Hüften gestützt, mit blitzenden Augen und aufgeblasenen Backen! In solchen Momenten war es schwer, ernst und konsequent zu bleiben, meist klappte das nicht."

In Erinnerung an solche Szenen hat sich ein wehmütiges Lächeln auf Dorchens Gesicht geschlichen.

„Ja, wie gesagt, die beiden waren ein Herz und eine Seele. Harald war der Beschützer seiner kleinen Schwester, und Hannah folgte, wenn's drauf ankam, lieber seinem Rat als unserem: Harald wusste, was gut für sie war.

Und so blieb es. Als Harald in die Schule kam, litt Hannah Höllenqualen. Sie konnte nicht verstehen, dass ihr Bruder irgendwohin ging ohne sie. Morgens hängte sie sich an ihn, riss ihm den Ranzen vom Rücken und schrie sich die Seele aus dem Leib, und er verließ das Haus jeden Morgen zu spät, oft selbst auch weinend, immer aber total gestresst. Sein erstes Schuljahr war schwer für ihn, und schließlich hieß es: Klassenziel nicht erreicht.

Hannah jubelte, denn das bedeutete, dass ihr großer Bruder nun noch einmal eingeschult wurde, und zwar mit ihr zusammen. Im Gegensatz zu den beiden waren Bernhard und ich nicht besonders glücklich über diese Wendung, aber von nun an lief alles gut: Die beiden zogen freudestrahlend ab, gingen Hand in Hand zur Schule und kamen Hand in Hand zurück. Haralds schulische Leistungen überschlugen sich von nun an geradezu, und mit seiner Unterstützung fiel auch Hannah bald durch außergewöhnliche Leistungen auf."

Sabrina hockt wieder mit angezogenen Beinen auf ihrem Stuhl und reckt den Kopf, wie um keines von Dorchens Worten zu verpassen. Ina schenkt Dorchen erneut Tee ein, was die mit einem dankbaren Lächeln quittiert. „Ich bin soviel Reden nicht gewohnt", sagt sie. „Ich hab doch tatsächlich schon einen trockenen Mund." „Keine Sorge, es ist noch genug da", versichert Ina, und Sabrina rutscht hin und her und sagt: „Also, erzähl weiter."

„Ja, also die Grundschulzeit der beiden verlief reibungslos. Bereits im zweiten Schuljahr kontrollierten sie sich gegenseitig, so dass Hausaufgaben oder auch das Üben für irgendwelche Klassenarbeiten völlig stressfrei verliefen. Hin und wieder wurden uns Bemerkungen von Lehrern oder Nachbarn hinterbracht, die die Eintracht zwischen unseren beiden seltsam oder gar übertrieben fanden, aber unser Familienleben war so harmonisch, dass wir das schlicht und einfach als Ausdruck des Neides abtaten.

Natürlich wechselten nach der vierten Klasse auch alle beide gemeinsam aufs Gymnasium und protestierten lautstark und anhaltend, als vonseiten der Lehrer empfohlen wurde, sie in getrennten Klassen unterzubringen. Das ging gar nicht! Sie setzten ihren Willen also durch, und Ruhe und Frieden kehrten zurück.

Irgendwann jedoch spürte auch ich, dass die Bindung zwischen den beiden eine neue Form, wie soll ich sagen, eine neue Dynamik anzunehmen schien. Ich sprach Bernhard drauf an, doch da ich dieses Gefühl an nichts Konkretem festmachen konnte, erklärte er mich mehr oder weniger für verrückt und schlug mir vor, doch lieber die Tatsache, dass die zwei auch die Pubertät noch ohne jedes Problem zu überstehen schienen, dankbar zu genießen. ‚Wahrscheinlich hat er Recht', dachte ich und beschloss, mich an der Einigkeit zwischen unseren Kindern weiterhin zu freuen.“

Mit beiden Händen fährt Dorchen sich übers Gesicht, schließt kurz die Augen und fährt dann fort.

„Das funktionierte auch eine Weile, doch irgendwann musste ich mir eingestehen, dass etwas an mir nagte. Dass Harald seine kleine Schwester mal in den Arm nahm und drückte, dass sie ihm mal voller Begeisterung einen herzhaften Kuss auf die Wange gab - klar, das waren Gesten geschwisterlicher Liebe, die uns freuten und manchmal sogar rührten. Doch nun beobachtete ich immer öfter, dass die Küsse, die sie austauschten, nicht mehr auf der Wange, sondern auf dem Mund landeten. Wenn sie vom Bus nach Hause kamen, gingen sie eng umschlungen und ließen sich erst los, wenn sie in unsere Straße einbogen. Wenn sie sich gemeinsam über ein Buch beugten, beobachtete ich, dass Haralds Hand sanft den Po seiner Schwester massierte, und wenn sie wollte, dass er ihr etwas erklärte oder sie z.B. Vokabeln abfragte, setzte sie sich nicht mehr neben ihn, sondern auf seinen Schoß. Die Blicke, die sie tauschten, hatten etwas Verschwörerisches bekommen, etwas, das uns als Eltern ausschloss."

Dorchens Stimme hat ihre Festigkeit verloren, für einen kurzen Augenblick presst sie die Hand gegen den Mund und unterdrückt einen aufsteigenden Schluchzer. Dann richtet sie sich wieder auf, legt die Arme auf den Tisch und beginnt, die Teetasse zwischen den Händen zu drehen.

„Irgendwann fingen sie an, sich einzuschließen. Angeblich wollten sie ungestört Musik hören und nicht von ihrer Mutter genervt werden, und ich bemühte mich, an diese Version zu glauben. Doch auch diese Selbsttäuschung hielt meinen ständig wachsenden Ängsten nicht lange stand, und eines schrecklichen Tages war es soweit: Unter Aufbietung aller Kräfte trat Bernhard die Tür auf …" - Dorchen schluckt schwer, und mit einem erstickten Laut schlägt Ina die Hand vor den Mund - „… und da sahen wir sie. Beide nackt und eng umschlungen, sahen sie uns ohne jedes Schamgefühl entgegen."

Sie schweigt, schweigt lange, und auch Ina und Sabrina fühlen sich zu keiner Regung imstande. Mit geschlossenen Augen nimmt Dorchen schließlich ihren Bericht wieder auf, wobei sie die Teetasse in ihren zittrigen Händen gegen ein Taschentuch tauscht.

„Die Gefühle, die in dem Augenblick auf uns einstürmten, kann ich nicht in Worte fassen. Wir stürzten in einen Abgrund, dessen Grund wir, wie ich manchmal denke, immer noch nicht erreicht haben.

Natürlich war keiner von uns mehr imstande, unser bisheriges Leben fortzuführen, das war unmöglich. Die Kinder - ja, sie waren noch Kinder mit ihren gerade mal fünfzehn und sechzehn Jahren - blieben der Schule zunächst fern, bis wir eine Möglichkeit gefunden hätten, mit der Situation irgendwie umzugehen. Bernhard und ich zermarterten uns die Hirne, diskutierten nächtelang, heulten uns in den Schlaf oder schlichen durchs Haus wie die Indianer auf dem Kriegspfad - wir ließen die Kinder nicht mehr aus den Augen.

Nach zehn Tagen etwa hatten wir eine Entscheidung getroffen: Harald würde die Schule auf einem Internat beenden, Hannah würde bei uns bleiben und in ihre alte Klasse zurückkehren. Punkt, fertig, aus. - Dachten wir.

Am nächsten Tag waren beide verschwunden. Sie hatten ihre Sachen gepackt und waren auf und davon. Was wir nicht wussten, war, dass Harald heimlich Autofahren gelernt hatte, und so war es eben ein Leichtes für sie, sich nachts davonzuschleichen und mit Bernhards Wagen das Weite zu suchen. - Nur leider kamen sie nicht weit.

In einem Waldstück ganz in der Nähe unseres Wohnorts brach eine Rotte Wildschweine aus dem Unterholz. Harald in seiner Unerfahrenheit hatte wohl versucht, auszuweichen statt zu bremsen, das konnte die Polizei anhand der vorhandenen Spuren rekonstruieren. Doch eines der Wildschweine war mit dem Wagen so heftig kollidiert, dass es ihn von der Fahrbahn abbrachte - er prallte praktisch ungebremst gegen einen Baum. Ich habe es immer als zynisch empfunden, dass es eine Buche war, die Hannahs Leben beendete. Buchen waren Hannahs Lieblingsbäume."

„Seit diesem Tag spricht Harald nicht mehr. Er lebt in einer psychiatrischen Einrichtung, wo er, so gut es geht, d.h. so gut er es zulässt, betreut wird. Wir wissen sehr wohl, dass er uns nicht sehen möchte, doch wir fahren trotzdem jeden Mittwoch zu ihm. Jeden Mittwoch, seit mehr als zwölf Jahren, fahren wir erst zum Friedhof und dann zu Harald."

Mit tränennassem Gesicht und bleischweren Gliedern steht Ina auf, geht langsam um den Tisch herum und kniet vor Dorchen nieder. „Es tut mir so leid“, flüstert sie, „es tut mir so unendlich leid.“ Und über den Tisch hinweg greift Sabrina nach Dorchens Hand, führt sie ganz zaghaft an den Mund und haucht einen Kuss hinein.

******

Obwohl es morgens um 6.30 Uhr noch dunkel ist, treffen sich Luigi und Elena pünktlich wie immer zum Joggen. Heute wehen schon weiße Atemwolken vor ihnen her, als sie gerade erst langsam antraben. Die Luft ist so kalt, dass sie bereits an der ersten Ecke zu schnaufen beginnen, und schnell kommen sie überein, dass heute die kurze Runde reichen muss.

Wortlos laufen sie nebeneinander her. Von Zeit zu Zeit wagt Elena einen Blick zu Luigi hinüber, doch da er sich mehr auf seine Smartwatch am Handgelenk zu konzentrieren scheint als auf sie, schweigt sie. Erst als sie am See fast auf einer überfrorenen Pfütze ausrutscht und sich haltsuchend an seinen Arm klammert, bleibt er stehen und sieht sie an. Sein Gesicht ist gerötet, die Bartstoppeln heben sich schwarz, doch mit Raureif überzogen, ab, und sein Atem geht schnell. „Was hast du vor, Elena?“, fragt er, und durch seine unerwartete Direktheit fühlt sie sich fast ein wenig überrumpelt. „Bilde ich es mir ein, oder versprichst du dir mehr von mir, als nur Begleitung beim Joggen?“

Auf der Stelle trippelnd fischt sie aus der Gesäßtasche ein Papiertuch hervor, putzt sich gründlich die Nase und sieht schließlich zu ihm auf. In ihren Augen ist nichts zu lesen als blankes Erstaunen. „Luigi, du hast doch nicht etwa gedacht, dass ich …“ Eine steile Falte bildet sich zwischen den Augenbrauen, und die Geste, mit der sie ihm jetzt über die Wange streicht, hat etwas Mitleidiges. „Nicht wirklich, oder?", fragt sie, lässt ihn stehen und läuft weiter.

Erst als es vom See weg den Hügel hinauf geht, holt er sie ein. „Was soll dann all die Anmache, Elena?", fragt er, und seiner Stimme ist der Zorn anzuhören. „Was für eine Anmache? Bist du verrückt? Ich hab es nicht nötig, irgendwen ‚anzumachen', ich bin mit Robert zusammen und wir sind glücklich. Was willst du eigentlich von mir?"

Wieder wendet sie sich ab, läuft vor ihm her und bestimmt das Tempo. Irgendwie fühlt er sich gerade wie ein dummer Junge, doch irgendwie auch nicht. Ihr Schritt, ihr Tempo, ihre ganze Körperhaltung haben etwas Provozierendes - oder bildet er sich das nur ein?

Eine ganze Weile laufen sie wieder schweigend nebeneinander her. Erst als sie in das kleine Waldstück einbiegen, hinter dem die Siedlung liegt, bleibt Elena stehen. „Okay", sagt sie, stützt die Hände auf die Knie und wartet, bis sich ihr Atem beruhigt hat. „Ich geb's zu: Wenn Robert nicht wäre, würde ich wahrscheinlich alles daransetzen, dich rumzukriegen. Ich mag Clara, ich mag deine Jungs - aber dich mag ich noch mehr. Da es aber Robert ist, der mich braucht (und der mich bezahlt), kann ich das auseinanderhalten. Mach dir also keine Sorgen, es ist alles im grünen Bereich."

Und als sie zu ihm aufsieht, in sein offenes Gesicht, in dem sie liest wie in einem Buch, zieht sie seinen Kopf zu sich herunter, lässt ihre Lippen über seine Wangen gleiten, über die Nase, die Stirn, die Ohren, sucht seinen Mund und küsst ihn. Küsst ihn lange, leidenschaftlich, fordernd … und erst, als er nach ihr greift, sie schwer atmend an sich zieht und mehr will, alles will, als er bereit ist, alles zu riskieren, stößt sie ihn von sich und lächelt: „Siehst du, ich könnte es. Aber ich will es nicht." Und damit dreht sie sich um und läuft ihm davon.

******

Sie sind mit Elenas Wagen gefahren, Dana hat immer noch keinen Führerschein. Und während sie mit klopfendem Herzen und schweißnassen Händen in der Praxis sitzt, bummelt Elena mit Leonie durch die Geschäfte. Auftragsgemäß hat sie ein geblümtes Sweatshirt in Danas Größe gekauft - sie muss ja etwas vorzuzeigen haben, wenn sie nach Hause kommt.

Sie ist schon zurück, bevor Ecki eintrifft, so dass sie noch den Auflauf, den sie in weiser Voraussicht vorbereitet hat, in den Ofen schieben kann. Leonie ist durch den ungewohnten Rhythmus nörgelig und übermüdet, sie schlägt nach dem Löffel und blubbert mit dem Brei, so dass Dana alle Mühe hat, ihren Essplatz sauber zu halten. „Na komm, du kleines Ungeheuer!" Mit diesen Worten zieht Ecki seine Tochter aus dem Hochstuhl, grinst Dana an und sagt: „Ich glaube, hier ist jemand bettreif!"

Als er wieder herunterkommt, hat Dana den Tisch gedeckt und eine Flasche Bier für ihren Mann geöffnet. Zwar hat sie absolut keinen Appetit, doch die Form muss gewahrt bleiben, das heißt sie muss sich eben zum Essen zwingen.

„Hattet ihr einen schönen Nachmittag?", fragt Ecki, als er sich am Tisch niederlässt. „Mit Elena bummeln zu gehen, hat dir bestimmt gut getan, oder?" Ja, Dana erzählt, wo sie überall gewesen sind, welche Geschäfte sie durchstöbert haben und wo sie für Leonie eine Brezel gekauft haben. „Na, dann ist es ja auch kein Wunder, dass sie ihren Abendbrei verweigert", meint Ecki und spricht dem Auflauf gehörig zu. „Und ihr zwei, wart ihr erfolgreich?" „Nicht wirklich", antwortet Dana und deutet auf den über der Stuhllehne hängenden Pulli. „Das ist die ganze Ausbeute!" „Was? Dieses schräge Dings willst du anziehen? Das ist nicht dein Ernst, Dana, oder?" „So schlimm find ich es eigentlich nicht", entgegnet sie, steht mit zusammengebissenen Zähnen auf und greift nach dem Sweatshirt, um es sich probeweise anzuhalten. „Bisschen zu groß, oder? Trägt man das jetzt so?", fragt Ecki und streckt die Hand danach aus. Dana reicht es ihm, kehrt zu ihrem Stuhl zurück und lässt sich langsam und vorsichtig nieder. „Wie teuer war denn der Lappen? Gib doch mal den Kassenzettel", fordert Ecki, und wieder muss sie aufstehen, geht hinaus auf den Flur und kommt mit ihrer Handtasche zurück.

„Na ja, für € 19,90 kann man wohl auch nicht mehr verlangen." Kopfschüttelnd händigt er seiner Frau das Shirt wieder aus, greift hinter sich in die Küchenschublade und zieht das Haushaltsbuch heraus. Nachdem er die Summe in der entsprechenden Spalte eingetragen und das Buch zurückgelegt hat, sieht er seine Frau herausfordernd an. „Na, Schatz, was meinst du? Das Kind schläft, die Küche ist sauber .. da könnten wir zwei es uns doch oben mal wieder schön machen, nicht?"

Einen kurzen Augenblick lang erstarrt sie, dann lächelt sie ihn entschuldigend an und sagt: „Hm, Ecki, weißt du, das ist heut grad nicht so gut … Ich hab meine Tage, und zwar ziemlich heftig …" „Umso besser!", strahlt Ecki und reibt sich die Hände. „Dann kann ja nichts passieren!" Und lachend kommt er auf sie zu, wirft sich die Widerstrebende über die Schulter und steigt die Treppe hinauf.

„Aldebaran …. Sansibar …. Duschanbe …. Tegucigalpa …. Cassiopeia …. Araucaria …. Popocatepetl …" Dana konzentriert sich auf all die schönen Lautmalereien, und als es ganz schlimm wird, ordnet sie ihnen noch die entsprechenden Farben zu. „Aldebaran ist weiß mit einem erdfarbenen Hauch in der Mitte; Sansibar ist auch weiß, mit einem gelben Tupfer; Duschanbe ist dunkelgrün und weiß und schokobraun; Tegucigalpa ..." Und irgendwann ist es vorbei und sie rollt sich auf die Seite und schläft sofort ein.

******

Gerade hat Clara die Küchenabfälle in die braune Tonne entleert, als sie Elena nach Hause kommen sieht. Mit gesenktem Kopf, einen Stein vor sich her kickend, schlendert sie in Gedanken versunken nach Haus.

„Moin, Elena! Wie geht's?", ruft sie ihr zu, und im selben Augenblick weiß sie, was ihr so seltsam vorkommt: Elena „schlendern" zu sehen, ist wirklich etwas ganz Außergewöhnliches. Normalerweise ist diese kleine, schlanke Frau unterwegs wie ein Wiesel - schnell und flink und wendig.

„Meine Güte, Clara, hast du mich erschreckt!" Elena bleibt stehen wie angewurzelt und presst eine Hand auf die Brust. „Ja, danke, uns geht's gut." Und irgendwo im Hinterkopf muss Clara sich eingestehen, dass dieses „uns" immer noch neu und fremd klingt.

„Warst du bei Dorchen und Bernhard?", fragt sie. „Wie geht's den beiden?" Elena schüttelt den Kopf, tritt näher an Clara heran und sagt mit gedämpfter Stimme: „Nein, ich wollte zu Ina. Sie hatte mich um ein polnisches Kochbuch gebeten, das wollte ich ihr bringen. Aber dann ..." Sie bricht ab, wendet sich zurück und schüttelt den Kopf.

„Was dann?", hakt Clara nach, schon wieder leicht gereizt, weil sie Elenas Masche, sich in Andeutungen zu ergehen, nicht ausstehen kann. „Dann stand da bei den beiden das Küchenfenster offen, und dann hab ich was gehört, was ich vielleicht besser nicht gehört hätte."

Clara atmet tief durch, zählt bis zehn und fragt dann ganz vorsichtig: „Und was war das?"

Auch Elena atmet jetzt tief durch, sieht Clara verschwörerisch an und deutet mit dem an die Lippen gelegten Zeigefinger an, dass sie gerade dabei ist, ihr ein Geheimnis anzuvertrauen.

„Ich möchte keine Gerüchte in die Welt setzen, da sei Gott vor." Tatsächlich bekreuzigt sie sich. „Aber als ich vor der Haustür der Seibolds stehe und gerade klingeln will, weil ich ja, wie gesagt, Ina das Kochbuch bringen will, um das sie mich gebeten hat, sehe ich, dass das Küchenfenster weit offen steht. Ich rieche gebratenen Fisch, sehr appetitlich, und während ich noch stehe und schnuppere, höre ich Inas Stimme: ‚Nein, Andi, ich halte das nicht mehr aus. Das muss ein Ende haben - ich werde es beenden.' - Wörtlich, Clara. Und es klang nicht, als würde sie es sich noch einmal überlegen."

Wie vom Donner gerührt steht auch Clara nun da, den Küchenkomposteimer an den Bauch gepresst. „Und du meinst, das bedeutet …" „Ja, fällt dir etwas anderes dazu ein?" „Meine Güte, das ist schlimm. Das ist tragisch, E-lena. Ach herrje, das tut mir so leid … für alle beide." „Ja, mir auch. Aber noch ist ja gar nichts spruchreif, nicht wahr …" Und grußlos wenden sich beide ihren Häusern zu.

******

Irgendwann kann Ina es nicht mehr für sich behalten, schmiegt sich in Andreas' Arm und nimmt ihm das Versprechen, nein: Den Schwur! ab, das alles für sich zu behalten. „Na hör mal, mit wem sollte ich denn wohl darüber sprechen?", protestiert er, ist sich aber im Nachhinein klar darüber, dass Dorchens Geschichte im

Grunde die ganze Siedlung interessieren würde, deshalb aber umso mehr unter Verschluss gehalten werden muss.

„Aber das ist es nicht allein", hatte Ina gesagt. Sie hatte sich ein Glas Wein eingeschenkt, einen großen Schluck getrunken und ihrem Mann dann endlich von ihrem Chef erzählt.

„Er lässt keine Gelegenheit aus, sich mir zu nähern", beginnt sie. „Egal, ob ich an meinem Platz sitze und schreibe oder am Kopierer stehe und den Papierstau beseitige - er kommt ganz zufällig vorbei, legt mir die Hand auf die Schulter, streicht mir ganz unabsichtlich über den Po oder beugt sich so tief über mich, dass er mir in den Ausschnitt kucken kann. Er ist einfach widerlich, Andi, und er stinkt. Er stinkt nach Schweiß und Zwiebel, und er hat kurze dicke Finger."

Innerlich schüttelt sie sich bei der Erinnerung daran, wie er sie neulich in der kleinen Teeküche grinsend ans Waschbecken drängte, weil er doch ‚bitteschön unbedingt ein Glas Wasser' brauchte.

„Ich weiß, eine Stellung als Sekretärin der Geschäftsleitung sollte man nicht so einfach aufs Spiel setzen, das ist mir klar. Etwas Adäquates zu so fantastischen Bedingungen wiederzufinden, wird kaum möglich sein. Aber nein, Andi, ich halte das nicht mehr aus. Es muss ein Ende haben - ich werde es beenden!"

„Ist gut, Schatz, alles gut", beruhigt er sie und nimmt sie fest in den Arm. „Das hast du nicht nötig, Liebes, wirklich nicht. Lass dieses Schwein mal ruhig allein zurechtkommen, der wird ganz schnell merken, was er an dir hatte. Und bis dahin - nimmst du deinen Resturlaub oder meldest dich krank. Dahin gehst du jedenfalls nicht mehr zurück."

******

Elena ist unterwegs zur Reha-Klinik. Zwar hat sie nicht wirklich Sehnsucht nach ihrer Tante und der Geschichte ihrer Hüft-OP, die sie bereits am Telefon mehrfach im Detail genossen hat, doch auf das Drängen und Klagen ihrer Mutter, die sich von ihrer Schwester bedrängt und genötigt fühlt, noch viel weniger.

„Ich fahr dann mal", hat sie zu Robert gesagt, dessen schiefes Grinsen sie auch nicht wirklich versöhnte. „Wenn ich bis heute Nachmittag nicht wieder zurück bin, solltest du vielleicht mal den Notarzt alarmieren und ihn in die Psychiatrie schicken, um nach mir zu suchen." Sie hatte sich zu ihm hinabgebeugt, ihn hingebungsvoll geküsst und ihm das Versprechen abgenommen, dass er nicht weglaufen, sondern auf sie warten würde.

Inzwischen hat sie ihre Pflicht erfüllt, hat die Tante besucht und ihr ihre Bewunderung darüber, wie gut sie schon wieder laufen könne, zum Ausdruck gebracht, hat ihr eine große Tüte original polnische „Wawel Milchkaramellen" überreicht und sich dann, als bei Tantchen die nächste Anwendung auf dem Programm steht, schnell aus dem Staub gemacht.

Als sie aus dem Haus tritt, zieht sie ihr Handy aus der Tasche und beginnt, Robert eine WhatsApp zu schreiben, als sie Dorchen und Bernhard das Gebäude auf der anderen Straßenseite verlassen sieht. Automatisch schießt sie ein Foto von den beiden und hebt bereits die Hand, um sie auf sich aufmerksam zu machen, als sie sieht, wie Dorchen sich die Augen wischt und anschließend die Nase putzt. Liebevoll legt Bernhard ihr den Arm um die Schulter, zieht sie kurz an sich und spricht ihr offensichtlich Mut zu, denn Dorchen nickt und lächelt ihm zu. Gleich darauf biegen sie um die Ecke und sind verschwunden.

Erst jetzt erkennt Elena, welches Haus die beiden gerade verlassen haben: „Viktor-Frankl-Haus/Wohngruppen 1-4". Viktor-Frankl-Haus? Elena stutzt. Gehört hat sie den Namen natürlich schon, und irgendwo im Hinterkopf meint sie, eine Verbindung zu psychischen Erkrankungen zu erkennen, doch sicher ist sie nicht. Schnell googelt sie den Namen und erfährt, dass es sich bei Viktor Frankl um einen Neurologen und Psychiater handelt, nach dem viele psychiatrische und neurologische Einrichtungen benannt sind.

Ein großes Fragezeichen ersteht vor Elenas innerem Auge. Welche Verbindung haben Dorchen und Bernhard zu einer solchen Einrichtung? Und wieso muss Dorchen nach einem Besuch in diesem Haus weinen? Als ihr Handy sich mit einer Nachricht von Robert meldet, blinkt auf dem Display kurz das Datum des heutigen Tages auf, und plötzlich scheint alles klar zu sein: Heute ist Mittwoch! Dorchen und Bernhard haben Harald besucht, und zwar nicht etwa auf dem Friedhof, wie sie alle gern glauben machen wollen, sondern in einer psychiatrischen Anstalt!

Mit schnellen Schritten überquert Elena die Straße. An der Eingangstür des Hauses gibt es nur einen einzigen Klingelknopf, kein Namensschild verrät, ob und wer hier wohnt. Entschlossen drückt Elena die Klingel und wirft sich, als der Summer ertönt, mit ihrem ganzen Gewicht gegen die schwere Tür, die sich mit einem schmatzenden Geräusch öffnet. Im Halbdunkel eines gefliesten Vorflures findet sie sich vor einem Glaskasten wieder, in dem eine massige Gestalt vor einem Mikrofon hockt. Erst an der Stimme erkennt Elena, dass es sich bei der Gestalt um eine Frau handeln muss, und nach ihrem Begehren befragt, antwortet sie forsch: „Hallo! Ich möchte gern zu Harald Westermann." „Haben Sie einen Termin?" „Nein, tut mir leid. Ich bin auf der Durchreise und dachte, ich statte meinem Cousin einen kurzen Besuch ab ..." Die Frau hinter dem Glas wirft einen Blick auf den Monitor zu ihrer Linken, scrollt mit der Maus ein wenig hoch und runter und schüttelt dann den Kopf: „Tut mir leid, aber Harald Westermann hatte heute bereits Besuch, und laut Patientenakte soll er nicht mehr als 2 Besuche wöchentlich bekommen. - Sie hätten sich anmelden sollen." „Aber ich bin doch nur heute auf der Durchreise hier", jammert Elena. „Ich muss doch morgen schon in Kopenhagen sein." „Tja", die Frau hinter dem Glas zuckt die Schultern, dreht den Verschluss ihrer Thermoskanne auf und schenkt sich einen Tee ein. Mit hängenden Schultern verlässt Elena diese heiligen Hallen, nur um sich draußen in den gewohnten Wirbelwind zurückzuverwandeln. „Robert, du glaubst ja nicht, was ich gerade rausgefunden hab. Nein, erzähl ich dir, wenn ich zurück bin. Du wirst dich wundern, sag ich dir ...", und kichernd beendet sie das Gespräch, läuft eilig hinüber zu ihrem Wagen und freut sich jetzt schon auf Roberts fassungsloses Gesicht.

November

Der Winter kommt früh in diesem Jahr. Wenn Luigi frühmorgens zu seinem Lauf startet (seit einiger Zeit wieder ohne Begleitung), zwingt er sich, durch die Nase zu atmen, weil die eisige Luft seine Lungen sonst mit Nadeln zu stechen scheint. Elena sagt, es sei ihr morgens inzwischen zu kalt, sie hat ihr Laufpensum auf die milderen Mittagsstunden verlegt.

Seit einigen Tagen herrscht bereits Frost, der morgendliche Nebel hängt, zu glitzernden Kristallen gefroren, in den Bäumen, die letzten Blätter sind knisternd zur Erde geschwebt und die Eisschicht auf dem kleinen See am Waldrand wird täglich ein bisschen dicker.

Jetzt, in der Mittagssonne, schlendert Dorchen hinter Buddy her am See entlang, hält kurz inne und genießt die Sonnenstrahlen im Gesicht, als Buddys japsendes, fiepsendes Jagdgesang sie aufschreckt. „Buddy, nein!", schreit sie automatisch, sucht den Waldrand mit den Blicken ab und ruft erneut: „Buddy, hier! Her zu mir, du dummer Hund ...", doch das Fiepsen und Japsen entfernt sich weiter, und plötzlich sieht sie ihn: Rutschend und schlingernd steuert er auf dem Eis des Sees die Entenkolonie an, die sich in der noch offenen Mitte versammelt hat.

„Nein!" Dorchen beginnt zu rennen, wild gestikulierend ruft sie ihren Hund, steigert die Lautstärke, bis der Hustenreiz sie verstummen lässt und schlittert schließlich hinaus aufs Eis, immer noch und immer wieder seinen Namen rufend.

Zielstrebig steuert Buddy auf die Seemitte zu, doch Dorchen erkennt, dass das inzwischen nicht mehr freiwillig geschieht: Er kann gar nicht mehr bremsen. Alle

Viere steif durchgedrückt, versucht er, auf dem spiegel-glatten Eis Halt zu finden, schlittert schlingernd und kur-vend hin und her und hält weiter Kurs auf die Enten zu. In dem Augenblick, in dem Dorchen ihre Stimme wieder-findet und ein verzweifeltes „Buddyyyy!" über den See schreit, kracht das Eis - und der Hund verschwindet.

Als habe sie es gelernt, als habe sie nie etwas ande-res getan, lässt Dorchen sich auf Hände und Knie nieder, legt sich flach auf den Bauch und robbt, so schnell sie kann, auf das Loch im Eis zu. Buddy taucht auf, ver-sucht, mit den wild rudernden Vorderpfoten am Eisrand Halt zu finden, quiekt auf, wirft ihr einen panischen Blick zu und verschwindet wieder. Mit letzter Kraft stößt Dor-chen sich ab, rutscht auf das Eisloch zu, streckt die Hand aus … und sieht ihren Hund unter dem Eis verschwin-den. Mit einem verzweifelten Aufschrei stößt sie sich noch einmal ab, rudert mit den Armen und sucht mit den Augen das Eis ab. Da sieht sie ihn, er lebt noch, stram-pelt panisch mit allen Vieren und stößt mit dem Köpfchen immer wieder von unten gegen das Eis. Sie muss zu ihm, sie kann ihn retten, sie muss … doch da kracht das Eis unter ihr, strampelnd versinkt auch sie, taucht wieder auf, spuckt Wasser, schnappt nach Luft, geht wieder un-ter, sieht Buddy, der durch den entstandenen Sog unter dem Eis an ihr vorbeigezogen wird, greift zu … und er-wischt ihn am Schwanz, hält ihn fest und reißt ihn her-aus, während sie selbst sich ein letztes Mal aufbäumt in dem Versuch, festen Boden unter die Füße zu bekom-men. Die Kälte lähmt sie, lässt alles in ihr gefrieren, pa-ralysiert Körper und Geist und nimmt ihr den Atem.

Da plötzlich spürt sie, wie sie am Kragen gepackt wird. „Gib mir den Hund, Dorchen", sagt eine energische Stimme dicht an ihrem Ohr. „Ich hab dich, Dorchen, halt dich an mir fest!" Die Worte dringen nicht wirklich zu ihr durch, und selbst wenn sie wollte, ihre Hände gehorchen ihr nicht mehr. Willenlos und schwer wie ein Mehlsack lässt sie sich von Elena ans Ufer ziehen, bleibt liegen, wo sie sie ablegt und murmelt: „Buddy ... wo ist Buddy ...?"

Wie durch dichten Nebel hindurch hört sie Elenas Stimme, die in ihr Handy zu schreien scheint: „... ja, zum Waldsee, schnell! Bring Decken mit, viele! Und sag Bernhard, er soll ein Bad einlassen ... ja, auch für den Hund Er lebt noch. Macht schnell, beeilt euch!"

Eine halbe Ewigkeit später, als sie, immer noch betäubt und nicht ganz bei sich, mit Buddy auf der Brust in der gut gefüllten, dampfenden Badewanne liegt, hebt sie den Blick, sieht Bernhard in die Augen und sagt: „Ich glaube, sterben ist gar nicht so schlimm ..."

******

In den nächsten Tagen klingelt immer wieder das Telefon, die Nachbarschaft muss den Schock auch erst verarbeiten und sich von Zeit zu Zeit vergewissern, dass sowohl Dorchen als auch Buddy dieses Unglück einigermaßen unbeschadet überstanden haben. Beide wurden gründlich untersucht, beide wurden mit heißer Milch mit Honig wiederbelebt, und als sie wieder fit genug war, konnte Dorchen Bernhard auch Anweisungen bezüglich der homöopathischen Therapie für sich und Buddy erteilen.

Dann allerdings gilt ihre größte Sorge Elena, die bei ihrer Rettung schließlich auch bis zum Bauch im eiskalten Wasser gestanden und bis zu ihrem Abtransport bei ihr ausgeharrt hat. „Du musst den größten Blumenstrauß kaufen, den sie im Geschäft zusammenstellen können, Bernhard. Und Sekt, guten Sekt. Und Pralinen - eine

richtig große Schachtel. Und ... ach, lass dir doch auch mal was einfallen, Bernhard, mir schwirrt der Kopf ..."
Und immer noch erschöpft von all der Aufregung und Anstrengung, fällt sie wieder in den Schlaf.

Elena hat das Abenteuer glücklicherweise recht gut überstanden. Nicht zu Unrecht lässt sie sich gern als Lebensretterin feiern, und gern erzählt sie auch immer wieder, wie es dazu kam:

„Also, ich geh ja jetzt immer in der Mittagszeit joggen - deshalb hör ich auch grad mal wieder die ‚Mittagsstunde', hihi -, und die Runde um den See war schon immer meine Lieblingsrunde. Jetzt, wo die Vögel nicht mehr singen und ich ihnen nicht mehr lauschen muss, setze ich die Kopfhörer auf und höre unterwegs mein Hörbuch - die Zeit vergeht dann wie im Flug und ich merke gar nicht, ob ich außer Atem bin oder nicht.

Und weil ich augenblicklich gerade so total fasziniert bin von diesem Hörbuch, war es wirklich ein Wunder, dass ich überhaupt etwas wahrgenommen hab. Ich weiß auch nicht, ob ich wirklich etwas gehört hab oder ob es nur so eine Ahnung war, eine Vision ... jedenfalls fing ich plötzlich an zu rennen und sah gerade noch, wie Dorchen ins Eis einbrach, wieder hoch schoss, sich aber gleich wieder nach vorn ins Wasser beugte, dann wieder auftauchte und schrie und schrie und schrie.

Es war einfach ein Reflex, dass ich mir die Kopfhörer aus den Ohren riss und das Handy fallen ließ, dann war ich auch schon auf dem Eis, ließ mich schließlich auf alle Viere nieder und robbte zu Dorchen an das Eisloch heran. Erst als ich bei ihr war, sah ich, dass sie den Hund am Schwanz gepackt hielt und versuchte, ihn aufs Eis zu ziehen. Ich brüllte sie an, sie solle ihn loslassen, aber sie hörte mich gar nicht, sie schrie einfach immer nur weiter.

Wie ich es dann letztendlich geschafft habe, alle beide an Land zu ziehen, weiß ich ehrlich gesagt nicht mehr. Ich dachte nur immer ‚Telefon! Du musst telefonieren, schnell!' Und Gott sei Dank ging ja auch Luigi sofort ran. Trotzdem, es kam mir vor wie eine halbe Ewigkeit, bis ich seinen Wagen endlich hörte und wir Dorchen einpacken konnten …Na ja, Ende gut, alles gut", fügt sie hinzu und lächelt zu all dem Lob und der Bewunderung, die auf sie niederregnen.

Und als Bernhard vor ihrer Tür steht, beladen mit einem Blumenstrauß, über den er kaum hinwegsehen kann, und einem Präsentkorb voller Köstlichkeiten, nimmt sie alles strahlend und mit herzlichem Dank entgegen, nicht ohne ihm mehrfach zu versichern, dass das, was sie getan hat, doch selbstverständlich war, dass ganz bestimmt jeder so gehandelt hätte, und viele liebe Grüße an Dorchen und gute, gute Besserung für alle beide.

Bei dem Gedanken daran, dass er um ein Haar auch noch seine Frau und den Hund verloren hätte und dann ganz allein auf der Welt gewesen wäre, fühlt Bernhard einen Stich in der Brust. Ganz langsam geht er nach Haus, setzt sich in seinen Sessel und wartet, dass der Schmerz nachlässt.

„Hannah, mein Liebes!

November - von jeher ein gefürchteter Monat. Jedenfalls ich habe ihn immer gefürchtet, sein Name ist für mich ein Synonym für alles Graue, alles Nebulöse, Gedämpfte, Erstickende. Dabei bedeutet er ursprünglich ja nichts weiter als der „Neunte", weil es im römischen Kalender der neunte Monat war. Aber schon zu Zeiten Karls des Großen nannte man ihn den „Windmond" oder auch den „Nebelung". Und nun haben sich also meine Vorbehalte gegen diesen finsteren Monat mal wieder bestätigt.

Noch immer bekomme ich Herzrasen, wenn ich an diesen schrecklichen Tag denke. Der Gedanke, dass deine Mutter ohne zu zögern ihr Leben aufs Spiel setzte bei dem Versuch, den Hund zu retten, lässt mich jedesmal wieder erschauern. Die Szenen, die sich da vor meinem inneren Auge abspielen, verfolgen mich bis in die Träume, doch am schlimmsten ist das Bewusstsein, dass sie allein war, dass ich nicht bei ihr war und ihr nicht zur Seite stand.

Weißt du, Hannah, mein Liebes, wenn man so lange verheiratet ist wie deine Mutter und ich, sollte man doch eigentlich meinen, dass die Verbindung zwischen uns so fest und innig ist, dass man die Signale, die der andere aussendet, auch über weite Entfernung hinweg spürt, nicht? Dass man eine Antenne hat für das Wohl und Wehe des anderen, eine Art zwischenmenschliches Warnsystem. Aber nichts da, Hannah - ich habe nichts gespürt, absolut gar nichts. Oder deine Mutter hat nichts gesendet? Luigis Anruf, bei dem er nur brüllte „Dorchen ist im Eis. Lass ein heißes Bad ein" hat mich zunächst einfach nur erstarren lassen. Kannst du dir das vorstellen? Ich alter Tropf stehe da mit dem Telefon in der Hand, fange an zu schwitzen und zu zittern und muss mich schließlich am Geländer die Treppe hinaufziehen, weil mir die Beine den Dienst versagen. Die Wanne war noch nicht mal ganz voll, als Luigi mit Dorchen - und dem Hund! - auf dem Arm ins Haus und die Treppe nach oben ins Bad stolperte. Er hat sie einfach mitsamt der Kleidung in die Wanne gelegt. Und den Hund gleich mit.

Wenn ich deine Mutter heute ansehe, muss ich mich zurückhalten, um sie nicht jedes Mal an mich zu ziehen und ganz fest zu drücken. Aber natürlich tu ich das nicht, es wäre ihr unangenehm. Sie ist immer noch sehr still, sehr in sich gekehrt, schmal und blass. Und den Hund lässt sie nicht aus den Augen.

An diesem Mittwoch waren wir nicht bei deinem Bruder, Hannah. Ich habe angerufen und ihm ausrichten lassen, dass eure Mutter krank ist, wir aber hoffen, ihn nächste Woche wieder besuchen zu können, aber ich glaube nicht wirklich, dass ihm das irgendetwas bedeutet.

Du hast es gut, Hannah, mein Liebes - mit dir spricht er jedenfalls.

Alles Liebe -

Dein Paps"

Am Mittwochmorgen steht Elena am Küchenfenster und beobachtet die Straße. Erst als sie ganz sicher ist, dass Dorchen und Bernhard heute nicht zu Harald fahren, schnappt sie sich das Buch, das hübsch verpackt zurechtliegt, drückt Robert einen Kuss auf die Wange und verspricht, sich nicht allzu lange aufzuhalten. „Soll ich die beiden von dir grüßen?", fragt sie im Hinausgehen, und Robert reckt den Daumen hoch.

Als sie bei Seibolds vorbeigeht, hebt sie instinktiv den Blick und sucht forschend alle Fenster ab. Doch natürlich sind alle geschlossen, Ina und Andreas sind berufstätig und logischerweise nicht zuhause.

Es dauert lange, bis Bernhard auf ihr Klingeln hin öffnet. „Elena, wie nett! Komm doch herein", fordert er sie auf, doch sie hat das Gefühl, dass sie nicht wirklich willkommen ist. Egal. Im Flur zieht sie sich die Schuhe aus und sieht Bernhard fragend an. „Dorchen ist im Wohnzimmer", sagt er, „ich hab ihr gerade einen Tee gebracht. Möchtest du auch einen?" „Gern", lächelt Elena, späht um die Ecke und ruft: „Darf ich reinkommen, Dorchen?" „Ja, natürlich, komm rein Elena!"

Dorchen setzt sich auf, angelt nach ihren Schuhe und streckt Elena die Hand entgegen. „Das ist aber lieb, dass du vorbeikommst", strahlt sie. „Eigentlich hatte ich zu dir kommen wollen, aber mein überbesorgter Mann hat mich ans Sofa gefesselt." Sie wirft Bernhard ein schnelles Lächeln zu, dann fordert sie Elena auf, doch Platz zu nehmen.

„Ich dachte mir, dass du noch ein wenig ruhebedürftig bist." Forschend sieht sie Dorchen an und reicht ihr das mitgebrachte Buch, dann erschrickt sie und blickt sich suchend um. „Wo ist der Hund? Hat er es etwa nicht ..." Sie verstummt, vor lauter Angst, etwas Falsches zu sagen, doch Dorchen beruhigt sie schnell, indem sie auf das Körbchen an der Heizung deutet. „Unser Buddy ist auch noch ein wenig ruhebedürftig", sagt sie, und das liebevolle Lächeln lässt ihr blasses Gesicht leuchten. „Aber er hat unser Abenteuer genauso gut verkraftet wie ich. Unkraut vergeht eben nicht, das war schon immer so. Aber wenn du nicht gewesen wärst, Elena ..." Sie schließt die Augen und schüttelt den Kopf. „Ich mag gar nicht dran denken." Sie holt tief Luft, sieht Elena an und greift nach ihrer Hand. „Wir stehen tief in deiner Schuld, Mädchen ... ganz tief! Nein nein nein, du hast zwei Leben gerettet, was wahr ist muss wahr bleiben. So mutig und so kräftig - wer hätte das gedacht!" Und dankbar tätschelt sie die Hand, die sie immer noch festhält.

„Und was für ein Glück, dass Luigi zuhause war, nicht wahr? Ich kann mich ja nicht mehr so genau erinnern, aber ich glaube, er war ganz schnell da und hat kräftig zugepackt, oder?" Elena lacht: „Na ja, mir kam es vor wie eine halbe Ewigkeit, bis ich seinen Wagen endlich hörte, aber kräftig zugepackt hat er, das ist wahr", und immer noch lachend zieht sie den Ärmel ihres Pullovers hoch und präsentiert ein paar leuchtend lila Flecken. „Da siehst du's: Hier der Daumen und da drei Finger. Schöner als jedes Tattoo!" „Oh weh." Dorchen schlägt erschrocken die Hand vor den Mund. „So fest hat er zugepackt ... aber ganz bestimmt wollte er dir nicht wehtun, er ist doch so ein Lieber!"

Elena wendet den Blick ab, greift nach ihrem Teebecher und hält ihn in beiden Händen. Auch Dorchen trinkt einen Schluck, sieht ihren Besuch dabei aber forschend an. „Er ist doch ein Lieber, oder, Elena?", hakt sie jetzt nach, stellt den Becher zurück und faltet die Hände im Schoß.

„Doch, doch", bestätigt die, sieht Dorchen aber immer noch nicht an. Schweigen ist manchmal die bessere Motivation, jemanden zum Reden zu bringen, das weiß Dorchen aus Erfahrung, und so wartet sie geduldig ab, bis

Elena sich aufrichtet, ein wenig scheu lächelt und dann ergänzt: „Na ja … manchmal vielleicht ein wenig zu lieb. Jedenfalls war ich gezwungen, ihn in die Schranken zu verweisen, wie man so schön sagt." „Oh …", die Enttäuschung ist Dorchen anzusehen, und leise, wie zu sich selbst, sagt sie: „Das hätte ich nicht von ihm gedacht."

******

Beladen mit einem dicken Bündel Tannenzweigen tritt Clara aus der Garage. Sie legt die Zweige ab, zieht eine Gartenschere aus der Tasche ihrer alten Jacke und macht sich daran, die Rosen im Vorgarten zu beschneiden.

„Schneidest du deine Rosen jetzt schon?" Elena steht am Zaun, bläst sich in die kalten Hände und sieht Clara fragend an. „Wieso jetzt schon?", fragt die und tritt ebenfalls an den Zaun. „Eigentlich bin ich schon zu spät dran, wir hatten ja schon Frost, und wenn der in die Schnittstellen geht, ist das gar nicht gut für meine Rosen." „Deshalb mach ich es wie meine Oma: ich schneid sie nur einmal, und zwar Ende März. Erstens sparst du dir die Arbeit des zweimaligen Schneidens, und zweitens kann der Frost den Rosen nichts anhaben." „Hm, und das funktioniert?" „Klar, versuch's doch einfach mal", lacht Elena und trampelt ein bisschen auf der Stelle. „Und was mach ich dann mit meinen Tannenzweigen?", fragt Clara und lässt die Schere sinken. „Steckst sie in die Vase und schmückst sie hübsch. Bald ist der erste Advent, dann passt das doch."

Clara ist dankbar für diesen Tipp, denn wirklich Lust auf Gartenarbeit hatte sie bei diesen Temperaturen sowieso nicht. „Dann musst du mir aber ein paar Zweige abnehmen", bittet sie, „so viele kann ich drinnen nicht unterbringen." Und während sie das Bündel schwesterlich teilen, fragt Clara: „Hast du das Bad im Eissee gut verkraftet? Keine Erfrierungen, keine Blasenentzündung, nichts dergleichen?" Elena schüttelt den Kopf. „Nein, ich hab eine starke Konstitution. Mir geht's gut, was man von Dorchen wohl nicht behaupten kann." „Wieso? Was fehlt ihr? Ich hab sie lange nicht gesehen, aber ich dachte ..." „Na ja, körperlich geht es ihr wohl wieder gut", antwortet Elena. „Aber sonst ..."

Clara ist sofort wieder in Alarmstimmung: Elena und ihre Andeutungen. „Weißt du was? Wir trinken jetzt einen Cappuccino und klönen erstmal ausgiebig, was meinst du?" Und dann sitzen sie am Kamin, jede mit einem dampfenden Becher in der Hand und blicken versonnen in die Flammen. Schließlich fordert Clara sie auf: „Also, Elena, schieß los. Was weißt du?" „Hm, wirklich wissen tu ich gar nichts", gibt Elena zu, „ich mach mir halt nur so meine Gedanken ..." „Elena!" Claras Stimme ist eine einzige Drohung. „Spann mich nicht wieder auf die Folter!"

„Also gut", stimmt Elena zu, nippt an ihrem Cappuccino und sieht Clara an. „Aber bezichtige mich später nicht, Gerüchte in die Welt gesetzt zu haben ..." Clara verkneift sich eine bissige Bemerkung, trinkt ebenfalls einen Schluck Cappuccino und fordert Elena mit einer Handbewegung auf, endlich loszulegen.

„Vor ungefähr drei Wochen musste ich meine Tante in der Ostseeklinik besuchen. Sie hatte eine neue Hüfte bekommen und langweilte sich zwischen den Anwendungen furchtbar. Dabei hätte sie viel mehr machen können, um den Tag rumzukriegen: Fahrradfahren, schwimmen, spazierengehen - hätte sie alles gedurft. Aber getreu dem Motto „no sports" reichte es ihr, zum Rauchen auf die Raucherterrasse zu gehen und am Telefon nach Besuch zu verlangen."

Clara seufzt vielsagend, lehnt sich zurück und zieht demonstrativ die Füße auf den Sessel. „Okay okay", entschuldigt sich Elena, „das interessiert dich vielleicht nicht so sehr. Jedenfalls habe ich sie besucht, und als ich die Klinik wieder verlasse, sehe ich Dorchen und Bernhard, wie sie auf der anderen Straßenseite aus einem Haus kommen. Ich wollte natürlich rufen und hab gewinkt wie verrückt, aber dann sah ich, dass Dorchen sich die Augen wischte und Bernhard sie tröstend in den Arm nahm. - Warte mal, ich hab ein Foto gemacht! Ich wollte nämlich gerade Robert anrufen und hatte das Handy in der Hand, da hab ich ganz automatisch drauf gedrückt …"

Sie zieht ihr Smartphone aus der Gesäßtasche ihrer Jeans, blättert kurz darin herum und reicht es dann zu Clara hinüber. „Siehst du? Sieht sie nicht wirklich total traurig aus? Wie sie sich so an Bernhard anlehnt und sich das Tuch auf die Augen drückt … Sie weint doch, oder?" Nachdem sie das Foto vergrößert und eingehend studiert hat, muss Clara Elenas Verdacht bestätigen. „Ja, sie weint - eindeutig! Aber wieso?"

„Das hab ich mich natürlich auch gefragt. Und als die beiden um die Ecke rum auf dem Parkplatz verschwunden waren, bin ich rüber zu dem Haus gegangen, aus dem die beiden herausgekommen waren. ‚Viktor-Frankl-Haus' steht da dran. Den Namen hatte ich schon gehört, konnte ihn aber irgendwie nicht einordnen. Also hab ich's schnell gegoogelt und festgestellt, dass Viktor Frankl ein Psychiater und Psychotherapeut war!" Clara nickt wissend. „Österreicher. Begründer der Logotherapie. Hat diverse Bücher geschrieben, ist aber schon lange tot." Elena wirft ihr einen finsteren Blick zu, fährt dann fort:

„Ja, und wie ich da vor dem Haus stehe, sehe ich auch noch ein kleines Schild unter dem Namen: Wohngruppen 1-4. Wohngruppen? Darunter konnte ich mir auch nicht wirklich viel vorstellen, doch dann fiel es mir plötzlich ein: Heute war Mittwoch!" In der nun folgenden Pause wartet sie gespannt auf Claras Reaktion.

„Ja, und? Was hat der Mittwoch damit zu tun?" „Überleg doch mal", Elena ist plötzlich aufgeregt. „Jeden Mittwoch, egal bei welchem Wetter oder sonstigen Gegebenheiten, fahren Dorchen und Bernhard zu ... Harald! Genau! Zwar haben sie uns weisgemacht, dass sie Harald auf dem Friedhof besuchen, aber das stimmt nicht!" Wieder testet sie die Wirkung ihrer Worte mit einer Pause. Doch Clara sagt nichts, starrt Elena nur an.

„Als mir das klar wurde, hab ich mir blitzschnell etwas überlegt. In dieses Viktor-Frankl-Haus kann man nicht einfach so reinspazieren, so ‚guten Tag, hier bin ich'. Da musst du brav klingeln, und wenn du die schwere Tür aufgedrückt hast, stehst du vor einem Glaskasten, in dem ein Cerberus dich nach deinem Begehr befragt ..." Und mit einer detaillierten Schilderung der „Empfangsdame" spannt sie Claras Geduld erneut auf die Folter.

„Ich nehm also all meinen Mut zusammen und frag einfach nach Harald Westermann. Kannst du dir das vorstellen? Ich hatte keine Ahnung, ob es den Jungen wirklich gibt, geschweige denn dort in dem Haus gibt, aber ich hatte genau ins Schwarze getroffen: Der Cerberus fragte, ob ich einen Termin hätte."

Sie lehnt sich in ihrem Sessel zurück, starrt einen Moment in die Flammen und ist in der Erinnerung an diesen entscheidenden Augenblick versunken. „Clara, sie sagte nicht etwa ‚einen Bewohner mit diesem Namen gibt es hier nicht' oder etwas Ähnliches. Mit der Frage, ob ich einen Termin habe, bestätigte sie mir ja praktisch, dass ich ins Schwarze getroffen hatte und Harald nicht auf dem Friedhof liegt, sondern dort im Viktor-Frankl-Haus lebt. - Weißt du, was das bedeutet?"

Fassungslos schüttelt Clara den Kopf. „Und du hast ihn tatsächlich gesehen? Du hast mit Harald gesprochen?" „Nein, leider nicht. Der Cerberus hat in seinen Computer geschaut, hat den Kopf geschüttelt und gesagt, der Herr Westermann habe heute bereits Besuch gehabt - klar, seine Eltern! -, und laut Patientenakte solle er nicht mehr als zweimal wöchentlich Besuch bekommen. PATIENTENAKTE, Clara, verstehst du?"

Lange sitzen sie schweigend da, hängen ihren Gedanken nach und starren in die Flammen. Dann hebt Clara den Kopf: „Was hat Dorchen uns erzählt, wann ist Harald gestorben?" „Vor zwölf Jahren, meine ich", antwortet Elena. „Dann fahren die beiden also jeden Mittwoch den Gott werden lässt nicht zum Friedhof, sondern zu einer … in eine Anstalt, eine psychiatrische Anstalt?" „Hmm, sieht so aus." Wieder verfallen sie in Schweigen, das nur vom Knistern der Scheite im Kamin unterbrochen wird.

„Was für eine Geschichte steckt wohl dahinter?", fragt sich Clara. „Es muss etwas Schreckliches sein, wenn sie es derartig konsequent verheimlichen und uns sogar das Märchen von seinem Tod auftischen." „Das hab ich mir auch überlegt", stimmt Elena zu. „Und als ich Dorchen dann da aus dem See zog … also, als ich darüber nachdachte und die Bilder nochmal Revue passieren ließ, da kam mir der Gedanke, dass das vielleicht gar kein Unfall war, sondern …"

Clara fährt herum. „Du meinst, sie wollte sich …" Keine von beiden bringt es fertig, diesen Verdacht wirklich in Worte zu fassen, doch fast wie mit Händen greifbar steht er im Raum.

„Mein Gott, und wir haben nichts gewusst. Wir hätten ihr doch helfen können, wir hätten sie doch nicht allein gelassen", stöhnt Clara auf, doch Elena legt ihr besänftigend die Hand auf den Arm und versucht, sie zu beruhigen: „Ich bitte dich, wie hätten wir das denn auch nur ahnen sollen, Clara. Und helfen kannst du nur jemandem, der sich helfen lassen will, und das ist bei Dorchen und Bernhard ganz offensichtlich nicht der Fall. Das Einzige, was wir tun können, ist, Dorchen im Auge zu behalten und dafür zu sorgen, dass so etwas nicht noch einmal passiert. Das wird schwierig, aber vielleicht, wenn alle mitmachen, wenn wir alle einweihen ... Sie werden uns doch bestimmt alle helfen?"

******

Grinsend hat Tobias sich bereit erklärt, für Lasse im Keller ein „Studio" einzurichten. Zu seinem elften Geburtstag hat er endlich ein richtiges Schlagzeug bekommen, eins, für dass er sich nicht zu schämen braucht, und seitdem - also seit ziemlich genau sechs Wochen - verbringt er jede freie Minute an seinem Instrument.

Nachdem Sabrina dazu übergegangen war, ihren Beruf überwiegend im Home-Office auszuüben, hatte sich das Familienleben zunächst ein wenig ungemütlich gestaltet. Tobias hatte sich verpflichtet gefühlt, den Frühstückstisch ganz formvollendet zu decken und den Kindern nicht nur ihr Müsli in die Schüsseln zu kippen und die Milch dazuzustellen; die Kinder verließen plötzlich gekämmt und vollständig angezogen das Haus, und die Putzfrau fühlte sich genötigt, ihre Musik über Kopfhörer zu hören, statt die Anlage im Wohnzimmer voll aufzudrehen.

Inzwischen sind jedoch auch diese Neuerungen zur Routine geworden, und wenn sie die Kinder verabschiedet hat (wobei sie sich plötzlich wieder ihrer mütterlichen

Gefühle bewusst wird), zieht sie sich zurück in ihr Office und überlässt Tobias das Feld.

Natürlich hat Tobias in Lasses Studio nicht einfach losgelegt. Gemeinsam mit seinem Sohn hat er das Internet rauf und runter durchforscht auf der Suche nach der besten Schalldämmung. Tagelang haben sie das Für und Wider von Schaumstofflagen, Pyramiden- oder Akustikschaumstoff, Schallabsorbern aus PET-Vlies, Reflexionsfiltern oder wer-weiß-was sonst noch gegeneinander abgewogen, und nun ist Tobias dabei, das Untergerüst für die Wanddämmung zu installieren. Sehr zu seinem Verdruss stellt er fest, dass seine 8er Dübel nicht reichen werden.

Grummelnd spuckt er die zwischen den Zähnen gehaltenen Schrauben aus, lässt den Akkuschrauber fallen und zieht die Jeans hoch. Ein Blick auf die Uhr bestätigt ihm, dass Andreas gerade nach Hause gekommen sein müsste, und wie so oft in einer solchen Situation vertraut er darauf, dass der ihm aus der Patsche helfen wird.

Auf dem Weg zu den Seibolds wirft er einen Blick in Dorchens Vorgarten und wundert sich: Zum ersten Mal in all den Jahren, die sie nun schon Nachbarn sind, hat Dorchen ihre Rosenstämmchen nicht winterfest verpackt. Keine Vlies umhüllten, mit roten Bändern versehenen Kugeln entlocken ihm das übliche Lächeln; vom Wind zerrupft und mit braun verfärbten Blättern stehen sie da, irgendwie fremd und traurig. Insgeheim zuckt Tobias die Schultern, steckt die Hände in die Taschen und geht weiter zu Andreas.

Natürlich geht so eine Dübel-Ausleihe nicht stante pede vonstatten. Natürlich muss Tobias erstmal berichten, wofür er die Dübel braucht, wie weit er schon ist und wie er sich die Vollendung denkt. Und natürlich muss er sich für diese Schilderung kurz setzen und jedenfalls noch schnell ein Bier trinken, bevor er dann eineinhalb

Stunden später, aber immerhin mit einem Paket passender Dübel in der Hand, wieder nach Hause geht.

An ihrem Küchenfenster steht Clara, späht hinaus in die Dämmerung und runzelt die Stirn, als sie Tobias entdeckt, der sich lachend und winkend von Andreas verabschiedet, um dann schnellen Schrittes in sein eigenes Haus zurückzukehren. ‚Hm', denkt Clara mit einem Blick auf die Uhr, ‚und heute ist Montag und Ina beim Yoga ...'

******

Obwohl sie das Erlebnis am Waldsee inzwischen natürlich längst verwunden hat, hat Elena das Joggen vorerst aufgegeben. Stattdessen schließt sie sich immer öfter Dana an, wenn die mit Leonie in der Karre zu ihrem mittäglichen Spaziergang aufbricht. „Das ist toll!", freut sich Dana. „Wenn Leonie unsere Stimmen hört, beruhigt sie das total und dann besteht vielleicht die Chance, dass sie tatsächlich mal einen Mittagsschlaf macht. Zur Zeit ist sie nämlich ziemlich anstrengend ..."

Kurz hatte Elena überlegt, zu diesen Gelegenheiten auch Robert in seinem Rollstuhl mitzunehmen, doch mit einem Blick in Danas blasses Gesicht mit den niedergeschlagenen Augen hat sie diese Idee schnell wieder verworfen. „Och nö", hat sie gesagt und Dana dabei verschwörerisch in die Seite geknufft, „wir bleiben lieber unter uns Mädels, nicht? Männer würden doch nur stören ...", was Dana erleichtert bestätigte.

Und so sind die drei also wieder unterwegs. Leonies Daumen ist bereits nach wenigen hundert Metern aus dem leicht geöffneten Mund gerutscht und der Kopf ein wenig zur Seite gekippt, und auch als Dana den Fußsack so weit wie möglich hochzieht und die kalten Händchen ihrer Tochter vorsichtig hineinsteckt, wacht die Kleine nicht auf. Dankbar strahlt Dana Elena an. „Ist sie nicht süß ... wenn sie schläft?"

Danas Besuch in der „Engelmacher-Praxis", wie sie sie bei sich nennt, liegt nun schon fast sieben Wochen zurück, und dieses Geheimnis und das Schweigen darüber hat die beiden Frauen auf ganz eigene Art miteinander vertraut gemacht. Wenn Dana sich anfangs noch hin und wieder mit zusammengepressten Lippen die Hand auf den Bauch drückte, wenn sie sich sehr langsam und vorsichtig auf der Kante der Bank niederließ, legte Elena ihr manchmal die Hand auf den Arm und flüsterte ihr zu: „Ich weiß ... ich weiß ... Aber es geht vorüber."

Und es ging vorüber, und nun kann sie wieder frei atmen und den Blick nach vorn richten. Selbst Ecki ist diese Wandlung nicht entgangen, das spürt sie: Manchmal sieht er sie so forschend von der Seite an, und wenn sie seinem Blick standhält oder ihn sogar frei und offen erwidert, kann sie das Fragezeichen auf seiner Stirn geradezu sehen.

Die Freundschaft zu Elena tut ihr gut. Zwar sind sie beide fast gleichaltrig, doch Dana kommt es vor, als sei Elena um vieles erfahrener und weltgewandter als sie selbst. Einmal hat sie sich hinreißen lassen, ihre Gefühle in Worte zu fassen: „Wenn ich mit dir zusammen bin, hab ich plötzlich gar keine Angst mehr. Es fühlt sich an, als seist du meine große Schwester." Elena hatte ihr lächelnd über den Arm gestrichen, dann aber doch besorgt gefragt: „Und wovor hast du Angst, wenn wir nicht zusammen sind?" Doch da hatte Clara sich rasch über Leonies Karre gebeugt, die Decke hoch gezogen und dem Kind einen Keks gereicht.

Heute ist es Elena, deren ungewohntes Schweigen Dana auffällt. „Hast du Kummer, Elena?" Besorgt sieht sie der Freundin ins Gesicht, wird jedoch umgehend mit einem lächelnden Kopfschütteln beruhigt. „Nein, nein - kein Kummer! Ich muss nur die ganze Zeit über etwas nachdenken und weiß nicht, wie ich damit umgehen soll." Einen Augenblick lang schweigt Dana und ringt mich sich, ob sie nachfassen oder respektvoll schweigen soll, als Elena auch schon fortfährt: „Wenn man etwas entdeckt, was jemand anders geheim halten will, ist das immer eine schwierige Situation. Wenn man aber den Verdacht hat, dass dieser jemand unter diesem Geheimnis so sehr leidet, dass er sich etwas antun will ..." Sie bricht ab, stopft die Hände in die Jackentaschen und zieht die Schultern hoch.

„Meine Güte, das hört sich aber gar nicht gut an!" Dana ist ehrlich erschrocken. „Meinst du denn, man könnte diesem Jemand helfen?" Traurig sieht Elena Dana an. „Man kann doch nur jemandem helfen, der sich auch helfen lassen will, oder?" Und dann erzählt sie Dana, wie sie Dorchen und Bernhard vor dem Viktor-Frankl-Haus entdeckte, wie Bernhard seine weinende Frau stützen musste, wie sie, Elena, herausfand, dass Harald nicht etwa gestorben, sondern in einer psychiatrischen Anstalt untergebracht ist, und dass sie den Verdacht hat, dass Dorchens „Unfall" am Waldsee gar kein Unfall war, sondern ....

Entsetzt schlägt Dana die Hand vor den Mund. „Nein!" Zu mehr ist sie nicht fähig, und leise, fast zischend beschwört Elena sie, das alles für sich zu behalten. „Wenn das in der Siedlung rumgeht, Dana ... nicht auszudenken! Bitte, versprich mir: Kein Wort zu niemandem, okay? Ich hab das nur dir und nur unter dem Siegel der Verschwiegenheit erzählt, weil wir ja schließlich Freundinnen sind, und schließlich ist es auch nur ein Verdacht, wenn vielleicht ja auch ein begründeter ..." Und Dana, tief berührt von Elenas Vertrauen, schwört hoch und heilig, zu schweigen und sich nichts anmerken zu lassen, obwohl, wie ihnen beiden jetzt im Laufe ihres Spaziergangs immer deutlicher bewusst wird, man Dorchen seitdem kaum noch zu Gesicht bekommen hat. „Man könnte denken, sie verkriecht sich, oder?" Und als sie vor Roberts Haus stehen und im Begriff sind, sich zu trennen, greift Dana nach Elenas Hand und flüstert beschwörend: „Aber wir lassen uns etwas einfallen, Elena, ja? Wir lassen Dorchen doch nicht im Stich?"

Dezember

„Schon der 2. Advent!" Kopfschüttelnd tippt Bernhard auf den Kalender. „Wo ist nur die Zeit geblieben? Ich hab das Gefühl, ich hinke jedes Jahr mehr hinterher ..." „Da geht es dir ja wie mir", stimmt Dorchen zu und stellt sich neben ihn. „Wir werden alt, Bernhard, wir werden eben einfach alt ..." „Wir sind alt, mein Schatz", antwortet er und drückt ihr einen Kuss auf die weiche Wange. „Es fühlt sich zwar meistens nicht so an, aber ich glaube, es stimmt."

Als das Telefon klingelt, runzelt Dorchen die Stirn. „Was wollen die Leute eigentlich in letzter Zeit alle von uns?", fragt sie, geht in den Flur und hebt ab. „ Westermann? Ach, hallo Clara, wie lieb von dir ... ja, danke, uns geht's gut. Und bei euch? Alles in Ordnung? Wie? Adventskaffee? Oh ... Moment, ich schau eben in den Kalender." Sie hält das Mikrofon zu, sieht Bernhard verdattert an und raunt: „Clara lädt uns für Sonntag zum Adventskaffee ein ... Was soll ich sagen?" Mit beiden Händen wehrt Bernhard ab, er wirkt geradezu geschockt. „Oh, Clara? Ja, also das ist furchtbar lieb von euch, wir wissen das wirklich zu schätzen, glaub mir. Aber weißt du, sonntagsnachmittags gibt's auf NDR-Kultur immer so wunderschöne Konzerte, darauf freuen wir uns schon die ganze Woche. - Bitte nimm's mir nicht übel, Clara, aber gerade das Konzert am kommenden Sonntag würden wir so ungern versäumen ... Nein? Ach, da bin ich froh! Vielen Dank, Clara, bitte, seid nicht böse, ja?" Und mit hochrotem Kopf drückt sie das Gespräch weg.

„Puh, das war knapp!", sagt sie, schenkt sich ein Glas Wasser ein und geht zu Buddy ins Wohnzimmer. Bernhard setzt sich neben sie, legt die Hände auf die Oberschenkel und starrt aus dem Fenster. „Seit wann ...", beginnt er gerade, als es an der Tür klingelt. Seit seinem Bad im Eissee scheint Buddy nicht mehr gut zu hören, jedenfalls kommentiert er das Klingeln nicht mehr wie früher.

Schwerfällig erhebt Bernhard sich und schlurft zur Tür. „Ach, Dana", hört sie ihn sagen, und dann Danas helle Stimme, die wie immer viel zu schnell spricht und Bernhard damit überfordert. Dorchen tritt hinter ihn und winkt Dana unter seinem Arm hindurch zu.

„Dorchen, hallo, wie geht es dir, ist alles okay bei dir?", flötet Dana, bemüht, ihre Stimme noch heller und noch lieblicher klingen zu lassen. „Danke, uns geht's gut", sagt Dorchen nun schon zum zweiten Mal innerhalb einer halben Stunde. „Magst du nicht reinkommen, Dana?" „Nein, vielen Dank, ich hab eigentlich gar keine Zeit, Leonie kann jeden Moment aufwachen, und dann .... Aber weißt du, ich hab schon fürs Wochenende gebacken, wenn Eckis Mutter wieder kommt, aber irgendwie konnte ich mich nicht entscheiden, was ich machen wollte, und da hab ich eben alles gebacken, und das ist jetzt viel zu viel geworden, und da dachte ich, vielleicht mögt ihr ja ...?"

Sie drückt Bernhard einen Teller in die Hand, auf dem sich Mohnkuchen, Bienenstich und Kekse aller Art türmen, winkt Dorchen kurz zu und ist auch schon wieder verschwunden.

„Seltsam", wundert sich Dorchen. „Irgendwie seltsam. Hier ist doch etwas im Schwange?" „Aber lecker!" Bernhard leckt sich die Finger und greift bereits zum zweiten Stück, als Dorchen ihm den Teller mit dem Hinweis auf die Uhrzeit aus der Hand nimmt. „Willst du dir etwa den Appetit auf deine heißgeliebten Rouladen verderben?"

Und als sie am Waschbecken steht, um sich die klebrigen Hände zu waschen, sieht sie Elena, die auf dem

Weg zu Dana stehengeblieben ist, zu ihr herüberspäht und ihr jetzt lächelnd zuwinkt. Dann reckt sie den Daumen in die Höhe, nickt ihr vielsagend zu und geht weiter. - Dorchen versteht die Welt nicht mehr.

******

„Warum nehmt ihr denn nicht einfach den guten Noppenschaumstoff?" Mit in die Hüften gestemmten Händen steht Andreas in Lasses „Studio" und sieht Tobias fragend an. „Den gibt's doch in großen Bahnen, das schafft jedenfalls was weg!" „Ja, klar", entgegnet Tobias und macht mit Daumen und Zeigefinger die Geste des Geldzählens. „Das schafft ordentlich was weg, das kannst du wohl sagen." „Na, hör mal! Das trifft doch keinen Armen", grinst Andreas, schnappt sich die Bohrmaschine und bohrt die von Lasse angezeichneten Löcher. Lasse versenkt den entsprechenden Dübel, Andreas bohrt das nächste Loch, Lasse versenkt den Dübel ... und so weiter und so fort. Währenddessen ist Tobias dabei, die Styroporplatten zu sortieren und zwischen die Lattung einzupassen, auf die dann anschließend die schwarzen, gerippten Akustikschaumplatten geklebt werden sollen. „Ich werd das Gefühl nicht los, dass ihr euch hier die doppelte Arbeit macht", vermutet Andreas. „Und viel billiger als nur Noppenschaumstoff kann das auch nicht sein."

Lasse wirft seinem Vater einen genervten Blick zu, der versucht, den Kleber von den Händen in die Hose zu wischen und zuckt die Schultern. „Kann schon sein", antwortet er, gut gelaunt wie immer. „Aber nu isses, wie's is, und so isses juut, oder, Lasse-Kind, wat sachst du?" Lasse grinst, streckt Andreas kurz die Zunge raus und versenkt den letzten Dübel in dem dafür vorgesehenen Loch.

Vom Treppenabsatz herunter ruft Mia jetzt: „Pizza ist fertig! Hände waschen und Schuhe ausziehen!" Vater und Sohn sehen sich an und grinsen: „Kommt ganz nach der Mutter", stellt Tobias fest, klopft Andreas auf die Schulter und schiebt ihn vor sich her. „Na, denn mal los."

Als Andreas eineinhalb Stunden und zwei Bier später das Haus verlässt, begegnet er Ecki, der gerade mit Leonie in der Karre nach Hause kommt. „Hey, was machst denn du da?", ruft er ihm zu. Und Andreas, der plötzlich einen heftigen Druck auf der Blase verspürt, antwortet: „Ach, nix Besonderes. Hab Tobias nur eben eine helfende Hand gereicht ...", schwingt die langen Beine über den Zaun und stürmt ins Haus.

******

„Doch, ich möchte einen richtig schönen, großen Weihnachtsbaum. Vom Boden bis zur Decke. Bitte, Robert, bitte, bitte , bitte!" Elena ist vor Robert auf die Knie gegangen und ringt theatralisch die Hände. „Bei uns zuhause ist das Sitte, Weihnachten ohne geschmückten Baum ist kein Weihnachten, und ich verspreche dir, er wird wunderschön!" Natürlich ist Robert diesem inniglichen Flehen längst erlegen, leistet aber noch hinhaltenden Widerstand, um dann anschließend Elenas euphorische Dankbarkeit mit allen Sinnen und langanhaltend genießen zu können.

„Du fragst aber nicht Luigi, ob er dir hilft!", fordert Robert, immer noch etwas atemlos, aber schon wieder sehr entschieden. „Ich ruf den Gärtner an. Du suchst den

Baum aus, und er soll ihn liefern und aufstellen, okay?" Damit ist Elena einverstanden.

„Ha, wie gut, dass ich mir von meiner Mutter den Baumschmuck schon hab schicken lassen", frohlockt sie und lacht Robert triumphierend an. „Du glaubst ja nicht, wie kostbar unser alter polnischer Schmuck ist!" Und schon ist sie die Treppe hoch in ihr Zimmer gestürmt, wo Robert sie räumen und stöhnen hört, bis sie dann, beladen mit Kartons und Taschen, langsam und vorsichtig wieder herunter kommt.

In der nächsten Stunde öffnet sie einen Karton nach dem anderen, entfernt sorgsam Seidenpapier und Schutzhüllen, fällt von einem Entzücken ins andere und breitet ihre Schätze auf dem Teppich zu Roberts Füßen aus.

„Sieh mal, dieser Weihnachtsmann hier. Das ist der älteste überhaupt, der ist mehr als hundert Jahre alt. Original polnische Handarbeit, mundgeblasen und von Hand bemalt. Sowas ist heute unbezahlbar. Und diese Kugeln hier - siehst du, das sind die klassischen in Rot und Grün. Die Muster sind alte, überlieferte Dekors. Früher hatte jede Familie ihre eigenen, handgefertigt in kleinen Manufakturen. Heute werden sie natürlich zum großen Teil auch in Fabriken hergestellt, aber schön sind sie alle, nicht? Kuck doch mal diese Sterne hier! Ich liebe sie - gläserne, bereifte Sterne! Einfach schön, oder?"

In ihrer Begeisterung bemerkt Elena nicht, dass Robert mit einem Lächeln im Gesicht eingeschlafen ist - bis er, von seinem eigenen Schnarchen geweckt, hochschreckt und entschuldigend die Hand hebt.

*****

Dorchen und Bernhard haben die Siedlung kaum verlassen, als Clara und Elena auch schon die Köpfe zusammenstecken. Elena hat das Handy am Ohr und flüstert Dana zu: „Ja, sie sind tatsächlich wieder gefahren, pünktlich wie immer. Wie? Nein, sieht nicht so aus. Das wäre ja auch ziemlich früh, Weihnachten ist ja schließlich erst in drei Tagen. Okay, bis später."

„Dana meint, sie holen jetzt Harald vielleicht über Weihnachten nach Hause?" „Das kann ich mir nicht vorstellen", sagt Clara. „Das haben sie doch noch nie getan, oder? Na ja, andererseits haben wir ja auch nie drauf geachtet und …" „… und man weiß ja auch gar nicht, in was für einem Zustand der Junge ist. Vielleicht ist er sogar gefährlich? Dorchen und Bernhard sind ja nicht mehr die Jüngsten, es kann doch durchaus sein, dass er schon als Idiot auf die Welt gekommen ist? Oder er ist schizophren? Schizophrene können auch gefährlich werden, weißt du. Oder vielleicht ist er kriminell? Oder ein Vampir?" „Elena, hör auf! Du spinnst doch total!" Gegen ihren Willen muss Clara lachen.

„Besonders glücklich sah Dorchen eben jedenfalls wirklich nicht aus, finde ich." Elena sieht immer noch in die Richtung, in der der Wagen verschwunden ist. „Ich glaube, es fällt ihr schwer, den Jungen zu besuchen." „Das kannst du doch gar nicht wissen", protestiert Clara. „Schließlich ist es ihr Sohn, und er ist krank und sie hat ihn schon vierzehn Tage nicht gesehen. Und ich könnte mir vorstellen, dass ihr Erlebnis am Waldsee ihre Sehnsucht nach dem einzigen Kind noch ordentlich beflügelt hat." „Oh, da spricht Clara, die weise Frau", hänselt Elena sie, weil ihr Claras plötzliche Empathie für Dorchen verdächtig erscheint.

„Ach, spinn doch nicht. Aber Luigi meint auch, wir sollten uns da nicht in irgendwas reinsteigern, von dem wir gar nicht wissen, was Sache ist, und ..." "Du hast es Luigi erzählt?", braust Elena auf. „Wie kommst du dazu? Ich hab dir das alles unter dem Siegel der Verschwiegenheit erzählt, und du hast nichts Eiligeres zu tun, als es in der ganzen Siedlung herumzutratschen?"

Fassungslos starrt Clara sie an. „Was hast du grad gesagt? Ich hab mich doch wohl verhört, oder? Hast du grad wirklich gesagt, ich hätte dein ‚Geheimnis' - wenn es denn eines war! - ‚in der Gegend herumgetratscht'? Bist du völlig bescheuert? Wenn ich etwas mit meinem Mann bespreche, im Vertrauen wohlgemerkt, kann man ja wohl nicht davon sprechen, dass ich etwas in der Gegend herumtratsche! Und ‚tratschen' tu ich schon mal gar nicht, kapiert?!"

Sie ist kurz davor, Elena eine Ohrfeige zu verpassen, kann sich aber gerade noch bremsen. Stattdessen wendet sie sich abrupt ab, stopft die Hände in die Taschen ihrer dicken Jacke und verschwindet im Haus. Krachend fällt die Tür ins Schloss.

******

„Was hältst du davon, wenn wir Dorchen und Bernhard am Weihnachtsmorgen zu einem kleinen Umtrunk einladen würden?" Ina steht am Küchentresen und blättert in ihrem alten Schulkochheft. „Ich hab hier grad ein Rezept für einen leckeren Rotweinpunsch gefunden - ohne Rotwein", sagt sie und lächelt Andreas an. „Rotweinpunsch ohne Rotwein? Hmm, hört sich ja vielversprechend an." Andreas ist skeptisch, überlegt dann kurz und sagt: „Aber wenn wir sowieso keinen Alkohol ausschenken, könnten wir doch auch Tobias und Sabrina und die Kinder dazu bitten, oder was meinst

du?" „Gute Idee!, Das machen wir", strahlt Ina, geht zum
Telefon und lädt die Nachbarn ein.

******

Hingerissen lauscht Robert Elenas Gesang. Während
sie den Baum schmückt, immer wieder zurücktritt, um ihr
Werk zu begutachten, dann wieder auf die kleine Leiter
klettert, um auch in der oberen Region noch dies und das
zu richten, singt sie die von der CD gespielten Lieder mit,
dreht sich singend Robert auf den Schoß, springt wieder
auf und greift sich das nächste Schmuckstück, um die
passende Stelle dafür zu suchen.

Robert ist glücklich. Weihnachten, ein Weihnachtsbaum, Weihnachtsmusik und Weihnachtsgesang, und
auch, wenn er die Worte nicht versteht, so empfindet er
ihren sanft verwaschenen Klang doch fast wie ein Strei-
cheln seiner Seele, den Gesang der Frau, die er liebt,
die ihn liebt, die ihn glücklich macht. Noch vor einem
Jahr hätte er sich dieses Glück nicht zu erhoffen gewagt,
jetzt kann er sich ein Leben ohne Elena nicht mehr vorstellen. Als sie sich das nächste Mal wirbelnd auf seinen
Schoß verirrt, umschlingt er sie mit dem gesunden Arm,
drückt sein Gesicht in ihr Haar und einen Kuss in ihren
Nacken und murmelt: „Ich liebe dich."

******

Seit Tagen schon vibrieren bei Clara und Luigi die
Fensterscheiben, wenn Luigi in die Tasten haut und die
Familie dazu singt. „Tu Scendi Dalle Stelle" (du steigst

herab vom Himmelszelt) - gesungen laut und leise, rauf und runter, schnell und langsam … so lang, bis auch die Nachbarschaft meint, endlich mitsingen zu müssen. Luigi strahlt, die Jungs in ihrer Vorfreude aufs Fest nerven, Clara am Herd wischt sich den Schweiß von der Stirn und ruft: „So langsam könntet ihr wieder zurück auf euern Stern! Ich könnte mal wieder etwas Ruhe vertragen …" Doch ihre Bitte verhallt ungehört, geht unter in vielstimmigem Gesang, und resigniert schlägt sie die Küchentür zu.

Ein Blick aus dem Fenster lässt sie für einen kurzen Moment innehalten: Da begegnen sich Ecki mit Leonie in der Karre und Andreas direkt vor Tobias Haustür. Andreas scheint das Haus gerade verlassen zu haben, Ecki sagt oder fragt etwas, doch Andreas hat es eilig, scheint nicht antworten zu wollen. Mit einem Satz ist er über den Zaun und lässt Ecki stehen, der ihm achselzuckend nachsieht. - Merkwürdig. Merkwürdig.

******

Als Ecki nach Hause kommt, scheint er verstimmt zu sein. Er setzt Leonie in ihren Hochstuhl, drückt ihr eine Banane in die Hand und verschanzt sich hinter seiner Computer-Zeitschrift.

„Ist alles in Ordnung, Ecki?", fragt Dana vorsichtig, während sie Leonie den Bananenmatsch aus den Haaren klaubt. „Du siehst müde aus …" „Alles okay", antwortet er mürrisch, doch dann lässt er die Zeitschrift sinken, starrt einen Moment vor sich hin und sagt dann: „Hab grad Andreas getroffen, wie er aus Tobis Haus trat. Hatte es so eilig, dass er nicht mal mit mir sprechen konnte. Hatte Tobi nur mal eben ‚eine helfende Hand gereicht'.

Keine Ahnung, was das bedeuten soll." Er nimmt die Zeitschrift wieder auf, knallt sie jedoch einen kurzen Augenblick später wieder auf den Tisch und steht auf. Den Ausdruck in seinem Gesicht mit dem schief gezogenen Mund kennt Dana nur allzu gut, schnell nimmt sie Leonie aus dem Stühlchen und lässt sie auf dem Boden krabbeln.

„Elena sagt … also Clara sagt, dass Elena sagt …" „Na was denn nun? Komm, reiß dich zusammen", braust Ecki auf. „Wer sagt denn nun was? Kannst du dich vielleicht auch mal konzentrieren?" „Ja. Nein, es ist aber wirklich so. Clara sagt, dass Elena sagt, dass Andreas schwul ist und Tobi und er ein Paar sind." So, nun ist es raus. Und sie hat ihre Ruhe.

Ecki steht da wie vom Donner gerührt. Eine ganze Weile sagt er gar nichts. Dann plötzlich schlägt er sich mit beiden Händen auf die fleischigen Schenkel, wirft den Kopf in den Nacken und lacht, wie Dana ihn seit Jahren nicht hat lachen sehen. Er lacht, bis ihm die Luft wegbleibt, die Tränen laufen ihm über die Wangen, der Bauch schaukelt über dem tief sitzenden Hosenbund und er lacht und lacht und lacht.

„Hach, ist das cool!", brüllt Ecki. „Ist das nicht zu und zu schön? Also dafür hat der gute Andi dem lieben Tobi eine helfende Hand geliehen … ich schrei mich tot! Ich lach mich weg …" Und er lacht noch, als Dana die völlig verstörte Leonie nach oben bringt. „Aldebaran …. Sansibar … Duschanbe … Tegucigalpa …"

******

187

Weihnachten.

Stille hat sich über die Welt gesenkt. In den Fenstern spiegelt sich das Licht der Straßenlaternen, in den Häusern schimmert und glitzert es. Verlockende Düfte nach Tannengrün steigen auf, vermischen sich mit Kuchen- und Kerzenduft. Hier und da erklingt Musik, in der Ferne bellt ein Hund.

Frieden.

Alles kommt zur Ruhe. Die Gedanken, die Stimmen und die Hände - alles ruht. Nur die Augen sind wach. Und die Ohren, die auf Laute und Schwingungen lauschen. Und die Herzen, die auf Zeichen warten, sie erhoffen und ersehnen. Und die Bilder, die hoffnungsvollen und die verstörenden - sie alle ruhen nicht.

31. Dezember

„Hannah, mein Liebes!

Ein letzter Brief in diesem Jahr. Manchmal bin ich mir nicht sicher, ob die Zeit mich jedes Jahr ein Stückchen weiter von dir entfernt oder mich dir entsprechend näher bringt. Die einen sagen so, die anderen sagen anders. Ich möchte gern glauben, dass wir uns eines Tages wiedersehen ...

Frau Scharnweber vom VF-Haus hat uns Fotos von der Weihnachtsfeier geschickt: Auf einem sieht es fast aus, als wenn dein Bruder lacht! Jedenfalls hat er an der dortigen Weihnachtsfeier freiwillig teilgenommen und unser Geschenk (einen Laptop) sogar angenommen und ausgepackt: Ich schließe daraus, dass er es gebrauchen kann. - Ich weiß nie, ob es „der Laptop" heißt oder „das Laptop", aber das ist mir letztendlich auch egal - ich brauche keinen von beiden.

Nachdem deine Mutter und der Hund sich von dem schrecklichen Erlebnis am Waldsee erholt haben, geht hier bei uns alles seinen geregelten Gang. Am Weihnachtsmorgen waren wir, zusammen mit Tobias, Sabrina und den Kindern, bei Ina und Andreas zu einem kleinen Imbiss eingeladen. Das war sehr nett. Du weißt ja, dass mir die kleine Gesellschaft besser gefällt als die große, und Ina hatte es uns wirklich ausnehmend gemütlich gemacht: Es gab frisch gebackene Lebkuchen und Vanillekipferl (weißt du noch, wie wir drei sie als Überraschung für eure Mutter gebacken haben und wie wir uns die Zungen dran verbrannt haben, weil wir nicht warten konnten?), kleine Baguette-Scheiben mit Lachs oder Käse, einen leckeren Kinderpunsch aus Fliederbeersaft (natürlich ohne Alkohol) oder auch Tee, Kaffee und Wasser. Das Ganze fand in ihrem Wohnzimmer mit dem wunderhübsch im skandinavischen Stil, also mit Strohsternen und roten Schleifchen und irgendwas aus Span und Holz geschmückten Weihnachtsbaum statt, und deine Mutter und ich haben es als Wohltat empfunden, dass die beiden Gastgeber zwar etwas angeboten, aber nicht so maßlos übertrieben haben.

Übrigens sah Sabrina ganz anders aus als gewohnt - anders, aber sehr hübsch: Ihre Haare sind nicht mehr so pechrabenschwarz, sondern eher kastanienbraun, würde ich sagen. Und gewachsen sind sie auch. Und sie trug ein buntes Oberteil (stell dir vor: Sabrina und bunt!!!) zu einer schwarzen Hose, und sie und Tobias gingen sehr nett miteinander um. Auch die Kinder machten einen fröhlichen, wenn auch ziemlich aufgeregten Eindruck: Sie waren wohl schrecklich gespannt, welche ihrer Wünsche am Abend in Erfüllung gehen würden.

Und als wir uns trennten - so gegen 12.30 Uhr - nahmen wir uns alle gegenseitig in den Arm, auch die Kinder, und das fühlte sich wirklich gut an. Und so kam es, dass deine Mutter und ich einen sehr harmonischen Einstieg in diesen für uns immer so schwierigen Tag hatten. Selbst, als sie sich am Spätnachmittag ans Klavier setzte und in ihrer sanften Art ein Weihnachtslied nach dem anderen spielte, musste keiner von uns weinen. Im Gegenteil: wir lächelten uns an und summten mit.

In Liebe -

Dein Paps"

Januar

Die Überbleibsel der Silvesternacht sind längst beseitigt, Mäxchen und Buddy haben das stundenlange Geknalle wieder einmal schadlos überstanden, und als nach den Weihnachtsferien die Schule wieder beginnt, hält der Alltag auch bei den jungen Familien wieder Einzug.

Trotzdem ist irgendetwas anders geworden. Oft hält Clara beim Spülen inne, steht mit der Spülbürste in der Hand am Waschbecken und beobachtet die Straße. Und oft genug sieht sie bei solchen Gelegenheiten Elena, die eiligen Schrittes die Straße hinauf zu Dana geht oder umgekehrt auch wie Dana, Leonie auf der Hüfte, den Hügel herunter zu Roberts Haus hastet, wo Elena sie schon an der weit geöffneten Haustür erwartet.

Andererseits verkehren ganz offensichtlich Seibolds, Westermanns und Wittmers neuerdings ganz intensiv miteinander, denn nicht nur Andreas klingelt oft bei Tobias, sondern auch Ina und Sabrina besuchen Dorchen und Bernhard, entweder unabhängig voneinander oder gemeinsam, während Bernhard auch gemessenen Schrittes hinüber zu Tobias und Sabrina oder zu Ina und Andreas geht. Dorchen allerdings ist so gut wie nie zu sehen, außer wenn sie eine kurze Runde mit dem Hund dreht. - Clara kaut nachdenklich an ihrer Unterlippe. Irgendetwas nagt an ihr. Sie fühlt sich ausgegrenzt.

Als sie am Abend, gemütlich in Luigis Arm gekuschelt, in die knisternden Flammen des Kaminfeuers blickt, hat sie plötzlich eine zündende Idee. „Tesoro, wie fändest du es, wenn wir Ende des Monats ein Bike-Brennen veranstalten würden?" „Was sollen wir veranstalten?", fragt Luigi verständnislos, denn das Wort hat er noch nie gehört. „Ein Bike-Brennen", lacht Clara und zieht ihr Handy aus der Tasche. „Warte, ich zeig's dir!" Sie googelt kurzerhand, nickt befriedigt und hält Luigi das Ergebnis vor die Nase:

„Bike-Brennen ist in Nordfriesland ein traditionelles Volksfest mit Feuerbrauch, das am 21. Februar gefeiert wird, dem Vorabend des Festtags Petri Stuhlfeier in Antiochien, kurz Petritag. Es ersetzt hier teilweise das sonst weit verbreitete Osterfeuer."

„Aber wir sind hier doch nicht in Nordfriesland", gibt Luigi zu bedenken, was Clara geflissentlich überhört.

„Bis zum 21. Februar dauert es noch lang, zu lang. Wir könnten es vorziehen auf den 28. Januar, meinen Geburtstag. Das ist ein Freitag, würde sich also für so ein kleines Event anbieten. Und das Feuer könnten wir auf dem Bolzplatz machen, wir könnten unseren großen Gasgrill rüberschaffen und Würstchen grillen, und wir könnten Kinderpunsch und Früchtetee und Kakao und alles Mögliche Nicht-Alkoholische anbieten … ach ja, dazu hätt ich mal wieder so richtig Lust, du nicht auch?"

„Kein Bier? Keinen Rachenputzer? Och Mönsch", Luigi bemüht sich, echt norddeutsch zu klingen, „dascha blöd." Clara boxt ihn in die Seite, kuschelt sich erneut an ihn und ist im Geiste bereits dabei, eine Einkaufsliste zu schreiben.

„Du musst alle einladen", bestimmt sie. „Wieso ich? Das machst du doch sonst immer?", wundert sich Luigi und mustert sie von der Seite. „Ja, schon, aber irgendwie hab ich das Gefühl, dass wir mehr Zusagen bekommen, wenn du diesmal die Einladungen aussprichst", behauptet Clara und geht schnell zum nächsten Punkt über „Und du bist auch für den Grill und das Gas zuständig. Ich sorge für alle leiblichen Genüsse. - Was meinst du, brauchen wir Musik?" „Musik ist immer gut!" Das ist Luigis Metier, Clara hat es ganz bewusst angesprochen. „Und Lampions brauchen wir, viele! Das machen die

Jungs!" Sie zwinkern sich vielsagend zu. „Aber woher bekommen wir das ganze Holz?", fragt Clara plötzlich, erschrocken darüber, dass sie das Wichtigste vergessen haben. „Ich glaube, das könnte Ecki uns besorgen", meint Luigi. „Der sitzt doch an der Quelle, da in seiner Unteren Landschaftsschutzbehörde. Ich red mal mit ihm, aber es sind ja noch mehr als drei Wochen bis dahin."

******

Doch schon am nächsten Tag macht Luigi sich auf den Weg, klingelt an jeder Tür und unterbreitet seinen Nachbarn Claras Idee vom Bike-Brennen.

„Bike-Brennen?", fragt Robert, der auf Krücken an die Tür gehumpelt ist und nun haltsuchend nach dem Rahmen greift. „Hier? In unseren Breiten? Na ja, warum nicht? Ist doch eigentlich eine gute Idee." Er macht eine einladende Geste, das heißt er beschreibt einen Halbkreis mit der Krücke, kommt dabei leicht ins Schwanken und grinst Luigi an: „Na los, Herr Nachbar, keine Scheu! Meine Frau ist nicht da, wir haben sturmfreie Bude ..." Doch Luigi wedelt mit dem Stapel Einladungen, die er noch zu verteilen hat und balanciert die Auffahrrampe wieder hinunter.

Ina und Andreas sind mal wieder beide aushäusig, aber Luigi ist ja für alle Eventualitäten gerüstet und steckt ihnen die schriftliche Einladung in den Briefkasten.

Auch Dorchen und Bernhard wundern sich über die Verlagerung des traditionellen, nordfriesischen Brauchs ins holsteinische Flachland, sind der Idee als solcher jedoch auch nicht abgeneigt. „Sollen wir etwas mitbringen?", ist Dorchens erste Frage, was Luigi aber herzlich dankend im Namen seiner Frau ablehnt.

194

Als er vor der Tür der Wittmers steht, zögert er eine Sekunde. Was, wenn Sabrina öffnet? Seit Monaten haben weder Clara noch er selbst direkten Kontakt zu ihr gehabt, es könnte ein wenig peinlich werden, sich jetzt plötzlich gegenüberzustehen. Doch die Frau, die ihm die Tür öffnet, scheint mit der Sabrina seiner Geburtstagsfeier im September nichts mehr gemein zu haben. Herzlich lächelnd bittet sie ihn herein, ruft nach ‚Tobi-Darling' und überlässt die Männer dann sich selbst.

Auch Tobias staunt nicht schlecht. „Bike-Brennen in unseren Breiten? Das ist ja mal ganz was Neues", schmunzelt er, bietet Luigi mit einer Handbewegung an, Platz zu nehmen und setzt sich ihm gegenüber, die Ellenbogen auf die Knie gestützt. „Wie seid ihr denn auf die Idee gekommen?", will er wissen, und Luigi erzählt. „Klar, ist ein bisschen strange", gibt er zu. „Aber schließlich feiern die Kids inzwischen ja auch ganz selbstverständlich Halloween - hat ja in unseren Breiten eigentlich auch nichts zu suchen."

Dem kann Tobias nur zustimmen, holt dann zwei Bier und hält Luigi eine der geöffneten Flaschen vor die Nase. Der zögert, wirft einen Blick zur Treppe, auf der Sabrina nach oben verschwunden ist und sieht Tobias fragend an. „Ist schon okay", sagt der im Brustton der Überzeugung. „Sabby ist stark, die hat sich voll im Griff! - Aber komm mal mit, ich muss dir was zeigen!" Und mit stolzgeschwellter Brust präsentiert er ihm - natürlich, nachdem er angeklopft hat! - Lasses „Studio".

Lasse ist gerade im Begriff, sich die Kopfhörer aufzusetzen. Er sitzt bereits hinter seinem Schlagzeug und reagiert genervt auf die Störung, doch als er sieht, wer ihn da besucht, strahlt er übers ganze Gesicht. „Hey, Kumpel!" Luigi begrüßt ihn wie einen alten Kollegen, begutachtet die Anlage und hebt anerkennend den Daumen. „Caspita! Affemmía!! Da haben deine Eltern sich aber nicht lumpen lassen, was?" Und stolz präsentiert Lasse Bass-Drum, Stand- und Hänge-Toms, Snare Drum, Hi-Hat und Ride-Becken. Luigi sieht sich um, registriert die fast professionelle Schalldämmung, bewundert die Verarbeitung und wirft Tobias einen anerkennenden Blick zu.

„Ist nicht alles auf meinem Mist allein gewachsen", gibt der zu. „Ohne Andreas und seine tatkräftige Hilfe - und seinen unerschöpflichen Vorrat an Material und Werkzeugen wohl gemerkt! - wären wir wohl nicht so schnell fertig geworden, was, Lasse? Der Kerl und sein Keller sind ja wirklich ein unerschöpflicher Fundus, und Ausdauer hat der für drei!" Lasse nickt enthusiastisch und schlägt ein paar lockere Grooves zur Bestätigung.

„Na los, zeig mal, was du kannst", fordert Luigi ihn auf, und Lasse lässt sich nicht lange bitten. Er glüht vor Begeisterung, startet mit ein paar einfachen Grooves, in die er lässig hier und da ein Flam einbaut, und grinst von einem Ohr zum anderen, als Luigi bei einer gelungenen Kombination spontan Beifall klatscht. „Weißt du was?", sagt Luigi. „Ich könnte dir ein paar von meinen allerersten Songs rüberreichen, die sind verhältnismäßig einfach. Ich schreib sie dir um für deine Drums, und dann legen wir zusammen los, was hältst du davon?" Diesmal reckt Lasse den Daumen hoch, kann jedoch vor lauter Freude nicht sprechen. Stattdessen klopft Tobias ihm auf den Rücken, und raunt ihm ein herzliches „Danke dir!" ins Ohr.

Kurze Zeit später ist Luigi auf dem Weg zu Dana und Ecki. Er zuckt kurz zurück, als nicht Dana, sondern Elena ihm die Tür öffnet und ihn hereinbittet. „Dana ist grad im Bad und Ecki macht die Kleine bettfertig", erklärt sie kühl, lächelt aber sofort ein unbefangenes Lächeln, als Ecki die Treppe herunterkommt und zu ihnen in die Küche tritt. Gleich darauf gesellt auch Dana sich zu ihnen, die frisch gewaschenen Haare in ein Frotteetuch gewickelt. „Was trinkst du, Luigi?", fragt Ecki und geht zum Kühlschrank. „Nichts, danke! Ich hab grad bei Tobi ein Bier abgestaubt, das muss genügen." „Bei Tobi gibt's Bier?" Alle drei sehen erstaunt auf. „Klar, wieso nicht? Sabrina hat nochmal die Kurve gekriegt, sie ist seit Monaten trocken und gönnt Tobi sein Bier trotzdem - und mir auch", grinst er, erntet jedoch eher Skepsis als Zustimmung.

Elena steht mit verschränkten Armen an die Spüle gelehnt und mustert Luigi mit ausdrucksloser Miene. Ganz offensichtlich hat sie Dana eingeweiht bezüglich des ‚Missverständnisses' zwischen ihnen beiden, denn auch Dana meidet den Blickkontakt und zupft an den Enden ihres Handtuchs herum. Als Luigi schließlich Elena direkt ansieht und trotzig versucht, ihren Blick zu halten, zuckt ein spöttisches Lächeln in ihren Mundwinkeln auf, sie seufzt kaum hörbar und setzt sich an das andere Ende des Tisches. Aufmerksam beobachtet Ecki die beiden, sagt jedoch nichts.

„Ich bin eigentlich nur gekommen, um euch einzuladen", erklärt Luigi nun. Mit dem Erstaunen seiner Nachbarn hat er gerechnet, nicht jedoch mit Elenas ironischem Auflachen. „Hat dir deine Geburtstagsfeier noch nicht gereicht?", fragt sie und deutet mit dem Kopf in Richtung auf Sabrinas Haus. „Willst du es wirklich noch einmal riskieren?" Aus dem Augenwinkel bemerkt er, dass Dana die flachen Hände auf den Tisch presst, während Ecki, gespannt wie eine Feder, den Blick zwischen ihnen hin- und herflitzen lässt. „Es soll ein Bike-Brennen werden", erläutert Luigi so ruhig wie möglich, vermeidet es jetzt jedoch, Elena anzusehen. „Und es ist Claras Geburtstag."

„Bike-Brennen? Ich komme aus dem Spreewald, was bedeutet das?" „Kannst du bei Wikipedia nachlesen", erwidert Luigi kurz, und Ecki registriert, wie Elena kaum merklich zurückzuckt. „Ihr braucht euch nur gegen 19 Uhr auf dem Bolzplatz einzufinden. Für alles andere ist gesorgt", ergänzt Luigi knapp, legt vorsichtshalber noch eine Einladung auf den Tisch und will aufstehen, als Dana sehr leise fragt: „Hast du Dorchen und Bernhard auch eingeladen?" „Ja, selbstverständlich", antwortet Luigi und ist versucht, den Kopf zu schütteln. „Wieso wohl nicht?" „Ich meine nur, damit Dorchen ...", stottert Dana, und Elena räuspert sich vielsagend, steht auf und flüstert ihr etwas ins Ohr.

„Damit Dorchen - was?", hakt Luigi nach, und auch Eckis ganze Körperhaltung drückt Anspannung und Ungeduld aus. „Na ja, damit sie an so einem Abend nicht allein zuhaus ist, meine ich", Dana flüstert jetzt fast. Sie hält den Blick auf ihre ineinander verschlungenen Hände gesenkt und hat hektische rote Flecken auf den Wangen. „Wie ,an so einem Abend'?" Luigi versteht sie nicht, schießt aber einen wütenden Blick zu Elena hinüber. „Also Dana hat Angst um Dorchen", erklärt Elena denn auch sogleich. „Sie möchte vermeiden, dass Dorchen allein ist und womöglich auf dumme Gedanken kommt, das ist alles."

„Aha." Luigi braucht einen Moment, um dem Gesagten nachzulauschen und seine Bedeutung zu erfassen. Dann fragt er ganz vorsichtig, und er fragt es Elena: "Und wie kommt ihr auf die Idee, dass ausgerechnet unser Dorchen auf ,dumme Gedanken' kommen könnte?" Und Elena blitzt ihn an und antwortet gefährlich leise: „Das solltest du als Helfer in der Not doch wohl am besten wissen, Tesoro!"

Ganz langsam erhebt Luigi sich, klopft auf die Einladung, die er auf dem Tisch liegen lässt und tippt sich grüßend an die Stirn. „Also dann: Bis spätestens am 28. auf dem Bolzplatz, okay?"

Ecki erhebt sich schwerfällig, um Luigi zur Tür zu begleiten. Bevor er sie öffnet, sieht er ihn an und fragt: „Was läuft da zwischen euch beiden? Sieht ein bisschen nach bitterböser Kappelei zwischen Liebenden aus ..." Luigi schnauft verächtlich, tritt hinaus in den kalten Abend und zeigt ihm über die Schulter zurück den Mittelfinger: „Frag sie selber, Mann! Aber die Wahrheit wird sie dir eh nicht verraten ..."

******

Auf dem Weg nach Hause sieht er, dass inzwischen auch bei Ina und Andreas Licht brennt. Obwohl ihm inzwischen eigentlich die Laune verdorben und die Motivation abhanden gekommen ist, rafft er sich auf und klingelt.

„Hey, Luigi - welch seltener Besuch", strahlt Ina und bittet ihn herein. „Was führt dich zu uns?"

Schnell hat Luigi den Zweck seines Besuchs erläutert und will sich zum Gehen wenden, doch Andreas lässt es nicht zu. „Ach, komm, Luigi - in dieser Jahreszeit kommt das nachbarschaftliche Leben doch zwangsläufig zu kurz. Also sei nett und setz dich ein wenig zu uns." Und der Italiener in Luigi kann dem nur zustimmen, freut sich über die Zuwendung und nimmt auf dem weit ausladenden Ledersofa Platz. Schnurrend gesellt Mäxchen sich zu ihm, wobei er offensichtlich vergisst, dass es Luigi ist, der ihn regelmäßig mit dem Wasserschlauch vom Grundstück scheucht.

Das Bike-Brennen ist Ina und Andreas nicht fremd, und besonders Ina freut sich, dass dieser Brauch aus ihrer alten Heimat Dithmarschen nun auch hier in Ostholstein Fuß fassen soll. „Eigentlich müssten wir dann ja auch noch boßeln", grinst Andreas und freut sich über Luigis verständnisloses Stirnrunzeln. „Ja, das wär toll", lacht Ina, „aber dazu ist es hier viel zu hügelig. Dazu braucht man wirklich schon das platte Land in Friesland." Und dann versuchen sie, Luigi das Boßeln zu erklären - zwei Mannschaften üben sich mit zwei bis vier Werfern abwechselnd mit einem faustgroßen, bleigefüllten Holzball im Langstreckenwerfen -, wobei Andreas nicht vergisst zu erwähnen, dass die Spieler dabei lange Strecken laufend zurücklegen, weshalb sie sich unterwegs natürlich entsprechend stärken müssen - er führt ein imaginäres Schnapsglas zum Mund. „Aber es gibt viele verschiedene Arten des Boßelns", erklärt Ina. „Die, die wir bei uns in Dithmarschen spielen, ist nur eine davon."

„Hört sich an, als hätte man viel Spaß dabei", meint Luigi anerkennend, was Ina und Andreas nur bestätigen können.

„Andererseits würden wir vielleicht gar keine zwei kompletten Mannschaften zusammenstellen können", überlegt er. „Robert würde wohl zwangsläufig ausfallen, wegen der ‚Stärkung' unterwegs vielleicht auch Sabrina, und wie es mit Dorchen und Bernhard steht, weiß man nicht. Besonders Dorchen muss ja wohl gerade geschont werden, hab ich gehört ..."

Ina wird hellhörig. „Wieso? Was genau hast du gehört?" Sie hat sich erschrocken aufgesetzt und sieht Luigi fragend an. Der versucht, seine Andeutung herunterzuspielen, denn um nichts in der Welt will er sich in irgendwelche Gerüchte über seine Nachbarn verwickeln lassen. Also wiegelt er ab: "Nein, nichts Besonderes. Nur, dass sie der Einbruch ins Eis wohl doch viel Kraft gekostet hat und sie sich ein bisschen zurückgezogen hat." Ina bleibt skeptisch, sagt jedoch nichts.

Erst als er schon fast zuhause ist, fällt Luigi ein, dass er vergessen hat, Ecki nach dem Holz fürs Bike-Brennen zu fragen.

******

„Irgendwie herrscht grad eine seltsame Stimmung in der Siedlung." Luigi nippt an seinem Rotwein und lehnt den Kopf an die Sessellehne. Mit halb geschlossenen Augen beobachtet er das Züngeln der Flammen im Kamin, während Clara sich wohlig schnurrend wie eine Katze in seinen Arm gekuschelt hat. „Wieso? Was meinst du?" Von oben ertönt ein dreistimmiger Kampfschrei, eindeutiges Zeichen für ein verlorenes Computerspiel.

„Elena war mal wieder oben bei Dana und Ecki, das heißt Robert war allein und meines Erachtens schon ziemlich bedröhnt. Tobias hat mir Lasses Studios vorgeführt, das echt super geworden ist, aber als er anfing, mir von Andreas vorzuschwärmen und den in den höchsten Tönen zu loben, hab ich dann doch gemacht, dass ich weiterkam. Tja, und oben machte mir Elena die Tür auf, was mich wunderte, und dann druckste Dana rum und murmelte, dass man Dorchen am Tag des Bike-Brennens auf keinen Fall allein lassen dürfe, damit sie nicht auf dumme Gedanken kommt. - Du siehst, nicht nur dir hat die liebe Elena ihr ,Geheimnis' anvertraut, auch Dana weiß Bescheid. Und damit Ecki natürlich auch. Wobei mir Dorchen gar nicht besonders schonungsbedürftig vorkam.

Tja, und bei Ina und Andreas hätte ich mich um ein Haar verplappert, dabei wissen die beiden ja wohl von nichts. Aber Ina reagierte so erschrocken, als ich sagte, Dorchen müsse wohl geschont werden, und die beiden sahen sich geradezu alarmiert an ... also ich weiß nicht, wer hier eigentlich was von wem weiß." Er leert sein Glas, lehnt den Kopf zurück und schließt die Augen.

******

„Hannah, mein Liebes!

Es ist gerade mal einen Monat her, dass ich dir zuletzt geschrieben habe, und doch ist so viel geschehen, dass ich gar nicht recht weiß, wie ich anfangen soll.

Vor zwei Tagen fand also auf dem Bolzplatz das Bike-Brennen statt, zu dem Clara und Luigi eingeladen hatten. Es war Claras Geburtstag, also mussten wir auch ein Geschenk mitbringen, und deine Mutter hatte die gute Idee, ihr ein Jahresabonnement für die „Landgang" zu schenken. Ich glaube, sie hat sich gefreut.

Das Wetter meinte es auch gut mit uns: Tagsüber war es sonnig gewesen, abends fielen die Temperaturen natürlich, aber das riesige Feuer, für das wohl Ecki das Holz besorgt und das Luigi mit seinen Söhnen schon am Nachmittag entzündet hatte, erwärmte einen gewaltigen Umkreis. Natürlich waren wir alle dick eingemummelt, vor allem die Füße steckten in dicken Socken und Stiefeln, aber irgendwann öffneten wir sogar die Jacken, weil uns zu warm war.

Luigi stand am Grill und bot Würstchen jeder Art an, kleingeschnittenes Brot stand in Körben zur Selbstbedienung bereit, und Clara versorgte uns mit Getränken: Es gab heißen Zitronentee, Kinderpunsch, Kakao, Wasser und sogar Gemüsebrühe für die, die es lieber herzhaft mögen - du siehst, es gab keinen Alkohol.

Vielleicht deshalb war die Stimmung zunächst noch sehr verhalten. Tobias und Sabrina waren mit ihren Kindern pünktlich zur Stelle, natürlich auch deine Mutter und ich (Buddy blieb zuhause), und kurz nach uns erschienen auch Ina und Andreas, beide eingemummelt bis zur Nasenspitze. Dann kam Ecki - allein. Die Hände in den Taschen seines fellgefütterten Mantels vergraben (ich bitte dich, Hannah, wer traut sich heute noch mit echtem Fell auf die Straße?) sah er sich wortlos um, herrschte Clara an: „Und wo sind Robert und Elena?", und lachte höhnisch, als sie antwortete, die würden sicherlich gleich kommen. „Da wär ich mir nicht so sicher", grölte er, zog einen Flachmann aus der Tasche und genehmigte sich einen Schluck. „Wetten, dass Elena nicht kommt? Wetten?" Und damit wandte er sich um und stapfte zu Robert hinüber. Und tatsächlich: Als sich die Tür dort drüben wieder öffnete, war es Ecki, der Roberts Rollstuhl aus dem Haus und zu uns auf den Bolzplatz schob, nicht Elena.

Robert sah schrecklich aus. Unrasiert und ungewaschen, die Augen rot gerändert und verquollen, den Mund zu einem schiefen Grinsen verzogen, hing er mehr in seinem Rollstuhl, als dass er saß. Die Mütze hatte offensichtlich Ecki ihm auf den Kopf gestülpt, die drohte jedenfalls jeden Moment abzurutschen, so dass Ina schnell zugriff und sie ihm erneut aufsetzte. „Fass mich nicht an!", brüllte Robert, wobei sich eine Spuckefontäne über seinen Schoß ergoss. „Was soll der Scheiß hier überhaupt? Was wollt ihr alle von mir? Los, Ecki, du Saftsack, bring mich zurück, bring mich sofort zurück ...", und er brüllte so sehr, dass sich die Kinder zurückzogen und auf der anderen Seite des Feuers versteckten. Und Ecki? Der fing an zu lachen! Der lachte sich krumm und schief, schlug sich auf die Schenkel und wäre fast zu Boden gegangen, wenn Tobias ihn nicht gestützt hätte.

„Ihr Idioten!", brüllte Ecki, schwenkte seinen Flachmann und goss erst sich, dann Robert ein paar Schluck in den Mund. „Ihr habt doch alle keine Ahnung! Macht hier einen auf heile Welt, macht auf Freundschaft und gute Nachbarschaft, aber in Wirklichkeit geht hier doch alles den Bach runter ... alles nur Augenwischerei ..." Und wieder lachte er so sehr, dass er fast Robert auf den Schoß fiel.

Und jetzt fiel Robert ein in das Gebrüll. „Genau, Kumpel, du sagst es!", schrie er. „Was glotzt ihr so, hä? Ja, ich komm ohne meine ‚polnische Lösung', weil ich sie gefragt hab, ob sie mich heiraten will, und wisst ihr, was sie gesagt hat? Wisst ihr das? - Gelacht hat sie, Tränen gelacht hat sie, dann hat sie ihre Sachen gepackt und ist verschwunden ... auf und davon auf Nimmerwiedersehen, so sieht's aus!" Und Ecki fügt hinzu: „Und meine Frau und meine Tochter hat sie gleich mitgenommen!"

Und plötzlich fangen sie alle beide an zu weinen, das war schrecklich. Robert schluchzte wie ein Kind, fing an zu wimmern und rutschte immer tiefer in seinen Rollstuhl, und während deine Mutter versuchte, ihn zu trösten, ihm ein Taschentuch nach dem anderen in die Hand drückte und auf ihn einredete, hockte sich Ecki auf die Bank der Biertischgarnitur, legte den Kopf auf die Arme und heulte wie ein Wolf.

Clara und Luigi taten mir leid, Hannah, das kann ich dir sagen. Das war schon die zweite ihrer Feiern, die aus dem Ruder lief.

Aber es ging noch weiter. Ich mag es dir eigentlich gar nicht erzählen, es ergoss sich ein Schwall an Beschuldigungen, Verdächtigungen, Verrat und Verleumdungen über uns, als habe jemand die Büchse der Pandora geöffnet.

Denn plötzlich fuhr Robert wieder hoch, zeigte auf Luigi und rief: „Und wer ist schuld, dass sie gegangen ist? Du, Luigi Spaghettifresser, du bist schuld! Du hast sie angebaggert, hast keine Ruhe gegeben, hast sie verfolgt mit deiner Grabscherei und deiner Anmache, so lange, bis sie es nicht mehr ausgehalten hat. Du hast sie vertrieben, du geiler Bock ...!" Luigi riss die Grillzange hoch und ging auf ihn los, aber ich konnte ihn aufhalten. Ich zwang ihm die Arme nach hinten und hielt ihn, bis er nachgab - keine Ahnung, woher ich die Kraft nahm. Allerdings hab ich mir selbst dabei die Schulter gezerrt.

Als Ecki sich wieder aufrichtete, fiel sein Blick auf deine Mutter, die sich immer noch um Robert bemühte und versuchte, ihn zu beruhigen. „Ha", keifte er, „hat sie also doch wieder jemanden gefunden, den sie bemuttern kann? Elena hat doch Recht: Schickt den eigenen Sohn in die Klapse und betütelt dann den armen Krüppel in der Nachbarschaft! Ist das nicht süß? Aber gut, gut, dann hast du ja wohl wieder einen Lebensinhalt und brauchst nicht nochmal ins Eis zu gehen, stimmt's?"

Ehe ich noch reagieren konnte, sprang Andreas auf und verpasste ihm eine so gewaltige Ohrfeige, dass er mit dem Kopf auf die Tischplatte schlug.

Als er sich aufrichtete, blutete er aus der Nase, kümmerte sich aber keinen Deut drum und wischte Blut und Schnodder in den Mantelärmel. „Was willst du denn, du Schwuchtel, hä?" Er rappelte sich hoch, torkelte auf Andreas zu und packte ihn am Schal. „Hast dich verraten bei Elena, stimmt's? Hast gedacht, sie behält es für sich? Aber nee, die gute Elena und meine Frau sind dicke Freundinnen, weißt du, die teilen jedes Geheimnis ... und die Hexe hat auch dafür gesorgt, dass meine Frau das Baby nicht kriegt, das mich so viel Mühe und Schweiß gekostet hat ..." Sein Lachen war das hässlichste, das ich je gehört habe.

Es war einfach widerwärtig, Hannah. Aber es war immer noch nicht vorbei.

Gerade machte sich Tobias bereit, um den Kerl nach Hause zu bringen, da riss der sich los und spuckte aus: „Und von dir lass ich mich schon mal gar nicht anpacken! Andi und Tobi, unser süßes Schwuchtel-Pärchen ... habt euch gesucht und gefunden, was? Aber Elena hat euch durchschaut, Elena konntet ihr nicht täuschen, die wusste, wie der Hase läuft, und die hat nie was für sich behalten können ..."

Aber er hatte wohl nicht mit Roberts Loyalität gerechnet, denn er zischte Ecki an: „Lass meine Frau aus dem Spiel, ja? Die ist gut, die ist tüchtig, die ist ein Engel! Keine hat mich so glücklich gemacht wie meine Elena ... und was die mir erzählt hat, wie du deine Frau behandelt hast ... Mannomann, da gruselt's einen doch schon beim Zuhören. Du bist krank, hat sie gesagt, krank bist du. Du gehörst in die Klapse. Und nur weil sie deine Frau vor dir in Sicherheit bringen wollte, ist sie jetzt weg ..." Und wieder schluchzte er sich die Seele aus dem Leib.

Das war genug. Mein Herz schmerzte, und endlich erwachte ich aus meiner Erstarrung. Ich fuhr geradezu hoch wie aus einem Alptraum, griff nach dem Arm deiner Mutter und zog sie mit nach Hause. Ich hörte noch, wie Andreas zu Ina sagte: „Ja klar, nach unsrer Cancan-Einlage! ,Man könnte mich glatt für ein Mädchen halten, nicht?' hab ich zu ihr gesagt, und wir haben uns totgelacht'.

Und dann haben wir die Tür hinter uns zugemacht und uns verbarrikadiert. Die Welt muss jetzt erstmal für eine ganze Weile draußen bleiben.

Ich habe das Gefühl, als stünden uns große Veränderungen ins Haus.

In Liebe -

Dein Paps"

18 Monate später

Das Leben in der Siedlung ist anders geworden. Die Siedlung ist eine andere geworden.

Der Bolzplatz, auf dem so viele ihrer Feste stattgefunden haben, ist zum Bauplatz geworden. Der Besitzer, der eigentlich noch nie in Erscheinung getreten war, hat alles vermessen und schätzen lassen, hat den Bauboom der letzten Jahre nicht ungenutzt vorübergehen lassen wollen und sein Grundstück dreigeteilt. Nun entstehen dort drei Stadtvillen mit riesiger Grundfläche und kaum Grundstück drumherum. Die Baumaschinen brummen und röhren seit Wochen, Erdwälle werden aufgeworfen und wieder abgetragen, Metallgerüste errichtet und wieder abgebaut und Toilettenhäuschen aufgestellt und wieder abgeholt. Um die Stille in der Siedlung ist es geschehen.

******

Bei Clara und Luigi hat sich nicht viel verändert. Zwar haben die beiden eine ganze Weile gebraucht, um zu dem innigen Vertrauen, das sie stets auszeichnete, zurückzufinden, doch es ist ihnen gelungen. Ihre drei Söhne lassen es nie langweilig werden, Luigis Musik beschwingt und belebt den Alltag, und Clara bewahrt neben der eigenen Berufstätigkeit die Auf-, Drauf- und Übersicht über das Familiengeschehen.

Zum Schutz gegen die Baumaßnahmen gegenüber und eventuelle unerwünschte Blicke fremder Nachbarn haben Luigi und sie den Zaun um den Vorgarten durch eine dichte Thujahecke ersetzt.

******

Anders sieht es bei Robert aus. Bereits beim Blick von der Straße her ist man versucht, auf dem Absatz kehrtzumachen und das Weite zu suchen. Im „Vorgarten" ringen Brennnesseln, Kerbel, wilde Wicken und Disteln um die Vorherrschaft, an der weiß verputzen Hauswand wachsen tiefgrüne Algen empor, aus den Blumenkästen vor den Fenstern hängen traurige, mindestens zwei Jahre alte Strunken, die ihren ursprünglichen Zustand nicht mehr erkennen lassen.

Traut man sich dennoch, zu klingeln und Einlass zu begehren, so steht man irgendwann nach längerem Warten einem elektrischen Rollstuhl gegenüber, der gesteuert wird von einem Mann, dem der Lebensüberdruss auf die Stirn geschrieben steht: Selbst, wenn er ausnahmsweise einmal gewaschen und gekämmt und sogar nüchtern ist, drängt sich dem Besucher instinktiv der Verdacht auf, dass er stinkt. Oder stinkt das Haus? Etwas jedenfalls stinkt hier, und zwar ganz gewaltig.

Es dauerte lange, bis Robert akzeptierte, dass Elena wirklich gegangen war und nicht die Absicht hatte zurückzukehren. Und noch länger dauerte es, bis er merkte, dass keine seiner Nachbarinnen mehr gewillt war, sich um ihn zu kümmern. Keine brachte ihm Suppe, Salat, Auflauf. Kein Nachbar bot sich an, seinen Rasen zu mähen oder ihm eine Kiste Bier zu bringen, geschweige denn abends auf ein Bier oder eine Runde Skat vorbeizukommen. - Robert war allein.

Und Robert blieb allein. Solange jedenfalls, bis er selbst zum Telefon griff, einen Pflegedienst anrief und jedenfalls die Alltagshygiene organisieren ließ. Mehr nicht. Die Sozialarbeiterinnen der verschiedenen Pflegedienste wechselten, keine war dabei, die Elena in irgendeiner Hinsicht das Wasser hätte reichen können.

Elena ... ach, Elena. Robert verbringt seine Tage damit, sich nach ihr zu sehnen und sie zu glorifizieren. Inzwischen weiß er auch ganz genau, wer all diese Intrigen
gegen sie gesponnen hat, wer nicht nur ihr, sondern
auch ihm selbst übel mitspielen wollte. Er weiß, dass
und wer ihr gutes Herz mit Füßen getreten und ihre
Großmut ausgenutzt hat, und wenn er genug Bier getrunken hat, fleht er laut schluchzend und händeringend
um ihre Rückkehr ... oder um seinen Tod.
Elena wird wohl eher nicht zurückkehren.

******

Gerade treten Ina und Andreas aus dem Haus. Ina
lässt den Kinderwagen vorsichtig die Stufen herunter,
Andreas legt das Baby, das er in eine Kuscheldecke gewickelt auf dem Arm trägt, hinein. Er beugt sich noch einmal hinunter, nickt zufrieden und lächelt. „Sie schläft",
flüstert er und strahlt seine Frau an. Dann starten sie zu
ihrer üblichen Runde, Andreas schiebt den Kinderwagen, Ina passt auf, dass der Sonnenschirm in die richtige
Richtung gedreht und das Kind auch wirklich beschattet
ist. - Sie sind ein Bild der Eintracht: Eine kleine glückliche
Familie, der nichts und niemand etwas anhaben kann.
Und manchmal begleitet sie Mäxchen bis zur Ecke.

******

Dorchen und Bernhard haben ihr Haus verkauft. Kurz
nach dem berühmt berüchtigten Bike-Brennen erlitt
Bernhard den ersten Herzinfarkt, ein paar Monate später
den zweiten. Glücklicherweise waren es beides nur

leichte Infarkte, sozusagen „Schüsse vor den Bug", aber die beiden haben sie ernst genommen und die Konsequenzen gezogen.

„Eigentlich sind wir noch nicht alt genug für dieses ‚betreute Wohnen'", hatte Dorchen zu Ina gesagt. „Ich hab wirklich keine Lust, mich schon irgendwie betüteln zu lassen. Andererseits werden wir in unserer eigenen Wohnung leben, selbständig und unabhängig wie bisher. Nur, dass einmal in der Woche die Putzfrau kommt und alle 4 Wochen die Fenster geputzt werden. Und einen Notruf haben wir auch, so dass wir nur auf den Knopf zu drücken brauchen, wenn mal wirklich Not am Mann oder an der Frau ist", hatte sie mit einem Lächeln hinzugefügt. „Und wenn ich mal keine Lust zum Kochen habe oder wir nicht zum Einkaufen gekommen sind, können wir jederzeit ins hauseigene Restaurant gehen und uns an den gedeckten Tisch setzen."

„Aber das hört sich doch toll an, Dorchen!", hatte Ina ausgerufen und fast ein wenig Neid verspürt. „Ihr braucht nur noch zu tun, wozu ihr Lust habt!"

„Ja ja", hatte Dorchen genickt und Ina die Hand getätschelt, und dann hatte sie sich eine Träne weggewischt, und Ina hatte sie ganz fest in den Arm genommen. „Ihr werdet uns fehlen", hatte sie ihr ins Ohr geflüstert. „… und ihr mir", hatte Dorchen geantwortet und sich dann lautstark die Nase geputzt.

Am Tag vor dem Umzug hatte sie Bernhard vorausgeschickt. „Lass mich mal allein, ja?", hatte sie ihn gebeten, und er hatte es verstanden. „Bist du sicher?", hatte er gefragt, als er das Haus verließ, zum allerletzten Mal sein Haus verließ, und sie hatte genickt und ihm einen Kuss zugeworfen. „Ich komme morgen mit dem Taxi nach", hatte sie ihm versprochen, und zum allerletzten Mal hatte er den Wagen aus dem Carport gefahren, war langsam aus der Siedlung gerollt und dann verschwunden.

Mit einem Glas Sekt in der Hand hatte Dorchen auf der Terrasse gestanden und den Blick über ihren Garten gleiten lassen. Ihr Garten - was würde aus ihm werden ohne sie? Die neuen Besitzer hatten versprochen, Buddys Grab unberührt zu lassen, er sollte nicht gestört werden. Auch die Fische im Teich würden gut versorgt werden, und Dorchen hatte dafür gesorgt, dass genügend Futter im Schuppen stand.

Jetzt geht sie mit dem Glas in der Hand durch den Garten. Geht über den Rasen und an den Beeten entlang, spricht mit den Pflanzen, spricht mit ihnen, ein letztes Mal mit jeder einzelnen, mit den Dahlien, den Rosen, dem Phlox, den Bauernrosen, der Bartblume, dem Sommerflieder, der Iris und dem Storchschnabel - allen sagt sie Lebewohl und spürt die Tränen nicht, die ihr übers Gesicht in den Kragen laufen.

Erst als Ina zu ihr tritt, ihr das Glas aus der zitternden Hand nimmt und sie ganz fest an sich drückt, schluchzt sie laut auf. Sie kann nicht mehr aufhören zu weinen, sie durchnässt Inas Bluse und ungezählte Taschentücher, und erst, als sie völlig erschöpft um Atem ringt, kann sie Ina ansehen und ein zaghaftes Lächeln versuchen.

„Ich weiß", sagt Ina. „Dein Garten. Dein Garten, Dorchen, deine Pflanzen … und Buddy, nicht?" Liebevoll stützt sie Dorchen, als sie sie jetzt zurück auf die Terrasse führt, füllt ihr Glas noch einmal, nimmt sich selbst auch eines und stößt mit ihr an. „Auf die Zukunft, Dorchen!", flüstert sie. „Und glaub mir: Sie wird schön werden!"

Und dann raunt sie ihr das Geheimnis ins Ohr, ihr einzigartiges, wunderschönes Geheimnis, und als sie Dorchen schließlich bittet, die Patin ihres Kindes zu werden, fließen die Tränen erneut, doch diesmal begleitet von einem glücklichen Lachen und einem immer wieder geflüsterten „Ja! Ja! Oh ja!"

******

Sabrina hat ihren Feng-Shui-Garten beseitigt. Eines frühen Morgens steht sie in der geöffneten Haustür, die Hände in die Hüften gestützt atmet ein paar Mal tief ein und aus. Mit den flachen, vor der Brust aneinander gelegten Händen und geschlossenen Augen verneigt sie sich, wünscht leise, aber innig „Namaste" und richtet sich wieder auf. Und dann, plötzlich, schießen ihre Fäuste wie Trommelwirbel in alle Himmelsrichtungen, und mit einem heiseren Kampfschrei stürzt sie aus dem Haus, stapft mitten durch die Feng-Shui- Linien und Windungen und verschwindet im Geräteschuppen, aus dem sie kurze Zeit später bewaffnet mit Hacke, Spaten und einem riesigen Eimer wieder auftaucht.

Sabrina arbeitet hart. Sie arbeitet lang. Und sie arbeitet so konzentriert, dass sie nicht merkt, wie ihre Kinder sich auf dem Weg in die Schule an ihr vorbeischlängeln, wie sie ihr erstaunte, scheue Blicke zuwerfen und wie Tobias mit dem Kaffeebecher in der Hand am Küchenfenster steht und sich vor Lachen den Bauch hält.

Irgendwann ist auch Sabrinas Energie verbraucht. Schweißnass und abgekämpft richtet sie sich auf, begutachtet das Ergebnis ihrer Schufterei und beschließt, einen Landschaftsgärtner zu beauftragen.

Und dann, zwei oder drei Monate später, wachsen in ihrem Vorgarten rote Lobelien, blaue Bartblumen, duftende Levkojen, Sonnenblumen und Rittersporn. Die Kanten sind gesäumt von flach wachsender, rosa Winde, von Seifenkraut und Fetthenne. Es fliegen Bienen und Schmetterlinge, es duftet und wogt und glänzt und leuchtet, und Sabrina steht mittendrin, umarmt Tobias und weiß nicht, ob sie lachen oder weinen soll.

„Was hab ich alles versäumt in dieser schwarzen Zeit", klagt sie, doch Tobias, der ewig Positive, drückt ihr einen Kuss auf die Schläfe und sagt: „Aber ohne die schwarze Zeit wüsstest du dieses Paradies vielleicht gar nicht zu schätzen."

Dankbar lehnt sie sich an ihn, an seine breite Brust und die gut gepolsterte Schulter und stellt wieder einmal voller Erstaunen fest, dass er fast einen halben Kopf größer ist als sie.

******

Ecki hat nun, eineinhalb Jahre nach Danas Auszug, einen gigantischen Swimming pool in der linken, hinteren Grundstücksecke bauen lassen. Natürlich musste dafür ein Bagger anrücken, das heißt er musste den vorderen und den seitlichen Zaun abreißen und die Gehwegplatten am Haus ersetzen, aber der Pool ist super. Die Wasserrechnung hat er noch nicht bekommen, auch stimmt mit der Pumpe etwas noch nicht so ganz, aber wenn das Wetter so bleibt wie bisher und die Sonne das Wasser nach und nach erwärmt, kann er die Sommerhitze getrost erwarten: Er wird sich dann kopfüber in einen ein Meter zwanzig tiefen und sechs mal sechs Meter großen Pool stürzen können!

Bis dahin allerdings wird er sich noch ein wenig auf den Partnerschaftsportalen umsehen. Es ist ja wirklich kaum zu glauben, was für Frauen heutzutage meinen, sich dort mit einem kecken Lächeln, einem etwas zu tief geratenen Ausschnitt und einem geschönten Lebenslauf einen Mann angeln zu können. Als wenn irgendein Mann, der was auf sich hält, auf sowas reinfallen würde. Aber es gibt ja auch seriöse Partnervermittlungsinstitute, Ecki hat schon mehrere kennengelernt. Und ja, es waren auch ein paar vielversprechende Kandidatinnen dabei. Diejenigen jedoch, die unter dem Tisch die Schuhe ausziehen oder die Jacke über die Stuhllehne statt auf den Bügel an der Garderobe hängen, hat er von vornherein aussortiert, aber zwei waren dabei, die sofort nach dem Essen das Geschirr abräumten und in die Spülmaschine sortierten. Hm, ja, das könnte vielleicht etwas werden. Er lächelt leise vor sich hin.

******

Elena, Dana und Leonie haben eine süße kleine Wohnung in der Stadt gefunden: Drei Zimmer, Küche und Bad. Natürlich war es schwierig, die Finanzierung auf die Beine zu stellen, doch Elena hatte Glück und konnte in ihren Beruf als Physiotherapeutin zurückkehren, und Dana macht auf Kosten der Arbeitsagentur eine Umschulung zur Ergotherapeutin - von jeher ihr größter Wunsch. Das heißt, sie bekommt einerseits Unterstützung von Ecki (Elena hat dafür gesorgt, dass sie sich einen kompetenten Anwalt nahm) und andererseits Wohngeld und Sozialhilfe vom Staat. Und seit Leonie einen Kita-Platz bekommen hat, geht Dana nachmittags für zwei Stunden putzen, um die gemeinsame Haushaltskasse aufzubessern.

Den Entschluss, Ecki zu verlassen, hätte sie ohne Elena nie gefasst. Elena hat gesehen, in welcher Hölle sie lebte, und sie hat ihr zugeredet, immer und immer wieder. „Wir schaffen das", hat sie gesagt und Dana gedrückt und geküsst, und Dana hatte geweint vor Freude über diese Freundin, die ihr soviel Kraft und Vertrauen schenkte. Und sie hat es nie bereut.

Fünf Jahre war sie mit Ecki zusammen, vier davon verheiratet. Die ersten Zweifel an dieser Beziehung waren aufgekommen, als sie Eckis Mutter kennenlernte, dieses wehleidige, fordernde, tückische Weib. Ecki gegenüber freundlich, heiter, zuvorkommend, liebevoll - ja, geradezu unterwürfig und nachsichtig. Doch ihr, Dana, gegenüber, entpuppte sie sich schnell als wahre Giftspritze, tyrannisch, heimtückisch und gehässig, der Alptraum einer jeden Schwiegertochter.

Natürlich wollte Ecki ihre Klagen nicht hören, verbat sich jeden Kommentar und forderte Gehorsam, und einmal hatte er sie sogar geschlagen, so fest, dass ihr Kopf gegen die Seitenscheibe des Wagens geflogen war. Danach hatte er sich jedes Wort über seine Mutter verbeten.

Heute fragt sie sich, warum sie das alles mit sich hat machen lassen. Warum? Warum ist sie nicht gegangen, als es noch Zeit war? Als Leonie noch nicht geboren war? Sie hätte lediglich ein paar Sachen in ihre Reisetasche schmeißen müssen, so wie jetzt mit Elena auch, und den nächsten Zug nach irgendwo nehmen - und sie wäre frei gewesen. Warum hat sie das nicht getan? Diese Frage quält sie immer wieder, und die Antwort, die sie nicht hören will, vergällt ihr von Zeit zu Zeit immer noch das Leben: Weil sie Angst hatte!

Aber heute ist sie frei. Zwar noch nicht geschieden, aber trotzdem frei. Ecki weiß nicht, wo Leonie und sie wohnen, jedenfalls behauptet Elena das, und selbst wenn, könne sie jederzeit eine Einstweilige Verfügung beim Familiengericht erwirken, die es ihm untersagen würde, sich ihr und Leonie zu nähern. Elena kennt sich aus in diesen Dingen, und Dana fällt jeden Abend lächelnd in den Schlaf, wenn ihr bewusst wird, wieviel ihr die Freundschaft zu Elena bedeutet.

Und wenn sie erstmal mit ihrer Ausbildung fertig ist, wenn sie „Staatlich geprüfte Ergotherapeutin" ist, wird sie zusammen mit Elena eine Praxis eröffnen: Physio- und Ergotherapie unter einem Dach, Dana und Elena zusammen.

Wenn Elena dann noch da ist.

Bei AMAZON sind weitere Bücher als eBooks erhältlich:

- Wo, bitte, geht's nach Hause?
- Fortuna heißt Glück
- Wege aus der Dunkelheit

- Am Ende der Dämmerung
- Das Geräusch
- Montags, 18.30 Uhr oder

   Schweigen ist Silber, Reden ist Gold
- Raubmöwen
- Wen(n) der Schein trügt

Am Ende der Dämmerung

„Familiendrama an der Haltestelle: Vater erschießt Tochter.

Ein 53 Jahre alter Mann hat gestern am späten Nachmittag seine 26jährige Tochter an der Bushaltestelle Kohlmarkt/Ecke Breite Straße erschossen. Der Mann hatte der jungen Frau offenbar aufgelauert und sie mit einem gezielten Schuss in die Brust getötet. Nach der Tat blieb der mutmaßliche Mörder neben der Leiche sitzen und ließ sich widerstandslos festnehmen."

So titeln am Dienstag, 22. April, die „Lübecker Nachrichten". Was auf den ersten Blick wie ein schnell geklärtes Verbrechen aussieht, entpuppt sich für die junge Polizistin Imke Groth als mühsame Spurensuche auf den verschlungenen Wegen einer doch eigentlich intakten Kleinfamilie.

Eine Gruppe von 5 Frauen beginnt, sich regelmäßig montags um 18.30 Uhr zu treffen. Katharina sieht sich selbst als „Kuli" und droht, unter der Last des ihr aufgebürdeten Schicksals zu zerbrechen; Jana, von der Willkür ihres dominanten Vaters gezeichnet, wird von Alpträumen geschüttelt; Renate versucht, allen Kränkungen zum Trotz auch ohne Mann an ihrer Seite tief durchatmen und den Kopf oben behalten zu können.

Und Maria und Magda? Was hat sie, die doch in sich zu ruhen scheinen und den Gleichmut gepachtet zu haben, veranlasst, sich hilfesuchend an diese Runde zu wenden?

Lily, 30 Jahre alt, muss die Trauerfeier für ihren verstorbenen Mann Arne vorbereiten. Da meldet sich Mads bei ihr, Arnes Sohn aus erster Ehe und fast genauso alt wie Lily selbst. Als Zwölfjähriger hatte Mads sich rigoros von seinem Vater losgesagt - Arne starb, ohne seinen Sohn noch einmal wiedergesehen zu haben. Kein Wunder also, dass Lily diesem zwar gut aussehenden, aber völlig fremden Mann mit Ablehnung begegnet, auch wenn er ganz offensichtlich Arnes meergrüne Augen und sein kastanienbraunes Haar geerbt hat. Doch Arne zuliebe und weil sie ein großes Herz hat, bietet sie Mads ihr Gästezimmer an, was dieser mit Freuden annimmt. Ziemlich bald allerdings kommen Lily Zweifel: War es wirklich klug, diesen Mann im Haus hinterm Deich aufzunehmen? Doch nun ist es zu spät ...

Das Geräusch

Ein 5-Parteien-Miets-haus in Kiel. Seit einiger Zeit hört Ellen ein seltsames Geräusch: Es klingt nicht wirklich menschlich und nicht wirklich tierisch, es ist kläglich und abgehackt und immer öfter zu hören ... und es kommt aus der Wohnung ihrer neuen Nachbarn.

Christiane Gezeck
Das Geräusch
Roman

Irgendwann glaubt Ellen, die Ursache zu kennen: Der dicke Herr Lauterberg vergeht sich an seiner kleinen Tochter Sarah! Oder doch nicht?

„Hinsehen, nicht wegsehen" war von jeher Ellens Motto, und gemeinsam mit ihrem guten Freund Georg versucht sie, den Dingen auf den Grund zu gehen und sich Gewissheit zu verschaffen. Doch wo auch immer sie sich hinwendet: Die Ratschläge, Bedenken und Warnungen könnten widersprüchlicher nicht sein. Rettet sie mit ihrer Anzeige ein Kind aus der häuslichen Hölle - oder zerstört sie mit falschen Anschuldigungen das Leben einer intakten Kleinfamilie?

Nach langem Kampf entschließt sie sich, das Jugendamt zu informieren: „Morgen", dachte Ellen, als sie sich in ihrem Bett zusammenrollte und das Licht löschte. „Morgen ruf ich an ... bestimmt. Ganz bestimmt." - Doch dann kommt alles anders (und nicht ganz zufällig ist der Tierheimhund Dieti an der Zerschlagung des Gordischen Knotens beteiligt.